www.blue-panther-books.de

# Helen Carter

# Anwaltshure

## Erotischer Roman

www.blue-panther-books.de

BLUE PANTHER BOOKS TASCHENBUCH
BAND 2156

1. AUFLAGE: MÄRZ 2009

VOLLSTÄNDIGE TASCHENBUCHAUSGABE

ORIGINALAUSGABE
© 2009 BY BLUE PANTHER BOOKS OHG,
HAMBURG
ALL RIGHTS RESERVED

COVER: ISTOCK
UMSCHLAGGESTALTUNG: WWW.HEUBACH-MEDIA.DE
GESETZT IN DER TRAJAN PRO UND ADOBE GARAMOND PRO

PRINTED IN GERMANY
ISBN 978-3-940505-30-9

WWW.BLUE-PANTHER-BOOKS.DE

# INHALT

1. EMMA . . . . . . . . . . . . . . . . . . . . . . . . . . . . 7

2. DER ANWALT . . . . . . . . . . . . . . . . . . . . . . . 19

3. NATURGESETZE . . . . . . . . . . . . . . . . . . . . . . 33

4. BÜHNENREIF . . . . . . . . . . . . . . . . . . . . . . 49

5. TOY-BOY . . . . . . . . . . . . . . . . . . . . . . . . . 73

6. ZÜGELLOSE TRÄUME . . . . . . . . . . . . . . . . . . 89

7. DER LORD UNTER DEN MÄNNERN . . . . . . . 107

8. POOLSPIELE . . . . . . . . . . . . . . . . . . . . . . 129

9. MACHT . . . . . . . . . . . . . . . . . . . . . . . . . . 145

10. VERFÜHRUNG . . . . . . . . . . . . . . . . . . . . . 169

11. GRUPPENSEX . . . . . . . . . . . . . . . . . . . . . 183

12. AUSZEIT . . . . . . . . . . . . . . . . . . . . . . . . 193

13. ERHOFFTER SINNESWANDEL . . . . . . . . . . . . 203

14. UNGEAHNTE SEHNSUCHT . . . . . . . . . . . . . 217

15. DER RUSSE . . . . . . . . . NUR IM INTERNET / 235

MIT DEM GUTSCHEIN-CODE

## HC1TBSLQX

ERHALTEN SIE AUF
**WWW.BLUE-PANTHER-BOOKS.DE**
DIESE EXKLUSIVE ZUSATZGESCHICHTE ALS PDF.
REGISTRIEREN SIE SICH EINFACH ONLINE
ODER SCHICKEN SIE UNS DIE BEILIEGENDE
POSTKARTE AUSGEFÜLLT ZURÜCK!

# EMMA

An meinem Klingelknopf steht:

## EMMA HUNTER
## PRIVATE DIENSTLEISTUNGEN

Das kommt der Wahrheit schon sehr nahe …

Ich habe ein hübsches Apartment in Kensington. Es liegt in einer relativ ruhigen Seitenstraße wenige Gehminuten vom Park entfernt. Paddington Station ist zwar nur ein paar hundert Yards weiter weg, aber man bekommt vom regen Innenstadttreiben so gut wie nichts mit. Man überquert die Westbourne Terrace und befindet sich praktisch im Zentrum mit all seinen Sehenswürdigkeiten und Einkaufspalästen.

Das Apartment liegt im Erdgeschoss eines wunderschönen Hauses mit cremeweißer Fassade, einer glänzenden schwarzen Haustür und einem Vordach, das auf zwei Säulen ruht. An den Säulen wiederum hängen, auf jeder Seite, ein ab dem Frühling über und über blühender Korb. Ein hübscher Farbfleck, der die Blicke auf mein Haus lenkt – wenn auch jeder, der ein gewisses Interesse hat, die Adresse sowieso kennt. Denn eigentlich gibt es niemanden, der per Zufall an meiner Tür klingelt.

Mein Apartment ist äußerst großzügig geschnitten und man

würde eine solche Räumlichkeit nicht vermuten, wenn man vor der Front steht. Ich bin furchtbar stolz auf meine Wohnung und liebe es, hier zu leben.

Ich selbst stamme ursprünglich aus Nordengland. Haworth, eine mittlere Kleinstadt, die durch die einstmals dort lebenden Bronte-Geschwister eine internationale Berühmtheit erlangt hat.

In den späten neunziger Jahren war ich nach London gekommen, um dort als Sekretärin zu arbeiten.

Okay, Sekretärin ist vielleicht ein bisschen übertrieben. Ich habe lediglich Aushilfsarbeiten in Büros gemacht. Meine Zeugnisse von der Fachschule waren leider zu mies.

Aber die Preise in der Hauptstadt sind mörderisch und als Sekretärin verdient man sich nun mal keine goldene Nase. Zumal ich tatsächlich keinerlei Begabung für diesen Beruf habe. Ich gebe zu, dass ich für diese Art von Beruf einfach zu schlampig und laut Aussage meiner Lehrerin in Rechtschreibung nicht richtig »gefestigt« war. Also hatte ich eine Stelle nie wirklich lange. Trotzdem hatte ich den unbedingten Willen, aufzusteigen. Das kam wohl daher, dass ich aus sogenannten »kleinen Verhältnissen« stammte und sehr neidisch auf die vielen Geschäftsleute war, die ich täglich um mich hatte. Meine Mutter war seit Jahren tot und mein Vater lebte in Haworth, also weit weg. Den traf ich höchstens an Weihnachten.

Dann packte es mich und ich wollte aufsteigen, um mir die gleichen Taschen mit Monogrammen leisten zu können, wie die Mädels, die an den Armen dieser Geschäftsmänner hingen. Aber das – so schien es mir damals zumindest – ging nur in London. Allerdings bezweifelte ich, dass ich das nötige Aussehen für einen solchen Aufstieg hatte.

\*\*\*

Es begann damit, dass ich meine Rechnungen nicht mehr bezahlen konnte.

Meine Wohnung befand sich in einem der Außenbezirke von London, die angeblich preiswerter sind, als das Zentrum, tatsächlich aber nur schäbiger. Meine Wohnräume bestanden aus einem Schlafzimmer, einem Bad und einer kleinen Küchenzeile.

Wenn ich aß, schob ich einfach etwas Platz auf meinem Couchtisch frei und setzte mich dann auf dem Sofa zwischen die beiden Drahtfedern, die sich über die Jahre ihren Weg nach oben freigebohrt hatten.

In der Badewanne hatten bestimmt schon Generationen von Mietern gelegen und die Armaturen waren so oft gewischt worden, dass die silberne Farbe stellenweise verschwunden war. Mein Bett quietschte bei jeder Bewegung. Vielleicht war das ja der Grund, warum hier schon länger kein Mann mehr übernachtet hatte.

Ich hockte also da und starrte auf die Mahnung meiner Vermieterin. Sie drohte ganz offen damit, mich rauszuschmeißen. Was ich ihr nicht verdenken konnte, denn ich hatte seit fast drei Monaten keine Miete mehr gezalt.

Ein Stapel Briefe lag vor mir, von denen ich bei jedem Einzelnen tief Luft holen musste, ehe ich ihn öffnete. Rechnungen, Mahnungen. Scheiße! Zu Hause hatte Papa die Rechnungen bezahlt, und wenn ich am Monatsende klamm gewesen war, hatte er mir noch einen Zuschuss gegeben.

So viel zum Thema »Selbständigkeit« …

»McLeod & Coll.« stand in großen, geschwungenen Lettern auf dem schweren, dicken Papier, das ich so ziemlich zum Schluss in die Hand nahm. Erstens, weil ich überzeugt war, es enthielte auch nicht viel bessere Neuigkeiten, und zweitens, im Glauben an das glückliche Schicksal, das auch mir eines Tages zulächeln würde.

Und tatsächlich … Ich konnte es kaum fassen: Man bat mich zu einem Vorstellungsgespräch!

Fast hatte ich vergessen, dass ich mich blind bei »McLeod & Coll.« beworben hatte. Meine Freundin Daisy hatte das Schild an der Kanzlei gesehen und mich mit dem Satz »Mehr als Nein sagen, können sie auch nicht« ermutigt, es zu versuchen.

Und damit hatte ich schließlich Erfahrung!

Zu diesem Zeitpunkt verdiente ich meinen Lebensunterhalt mit einem Job als Verkäuferin in einer Buchhandlung. Mehr schlecht als recht! Keine Sekunde hatte ich mit einer Einladung gerechnet! Sicher, bei so einer Kanzlei …

Dieser Brief war ein echter Lichtblick, auch wenn ich mir keine wirkliche Chance ausrechnete. Meine Zeugnisse waren einfach zu mies. Dennoch, es war eine Gelegenheit, und ich wollte sie nutzen, denn die Stelle in der Buchhandlung würde ich bestimmt nicht mehr lange behalten.

So machte ich mich, die Landpomeranze, mit einem braunen Tweedrock, einer weißen Bluse und einem dunklen Blazer auf den Weg nach Belgravia. Diese Aufmachung erschien mir angebracht bei einem konservativen Anwaltsbüro.

\*\*\*

Die Räume der Kanzlei lagen in einem jener ehemals hochherrschaftlichen Häuser, die den Weltkrieg relativ unbeschädigt überstanden hatten. Zudem hatte es nie am Geld gefehlt, um auch die kleinsten Mängel augenblicklich beseitigen zu lassen.

Anders als bei dem Haus, in dem ich wohnte, das erst vierzig Jahre alt war und von dem bereits der Putz abfiel.

Hier nun glich ein Haus dem anderen. Es gab auch keine Blumen oder Sträucher, nur Autos, die entlang der Straße parkten. Man musste sich in London auskennen, um zu wissen, welcher Reichtum sich hinter diesen Fassaden verbarg.

Ich lenkte meine Schritte in den flachen Pumps über die rechteckigen Gehwegplatten und mühte mich mit dem Versuch, meine Nervosität in den Griff zu bekommen, was mir aber nicht gelang.

Endlich stand ich vor der Tür, die sich nur dadurch von jenen der Nachbarn unterschied, dass neben der Klingel ein dezentes, auf Hochglanz poliertes Messingschild mit geschwungener Schrift »McLeod & Coll.« ankündigte.

Eine Sekretärin nahm mich in Empfang. Sie war schlank, mittelgroß und trug ein sehr teures Kleid, dezentes Makeup und eine randlose Brille. Die Hollywoodbesetzung für den Job. Der Typ Filmsekretärin, der irgendwann vor dem Boss steht und gesagt bekommt: »Miss Miller, machen Sie doch mal Ihr Haar auf ... Und jetzt nehmen Sie bitte die Brille ab!«

Bewerbungsgespräch – fein! Aber wo waren die anderen Aspirantinnen? Ich umklammerte meine Bewerbungsmappe mit den mäßigen Zeugnissen darin.

»Mr McLeod hat sofort Zeit für Sie, Miss Hunter. Wenn Sie noch einen Moment hier Platz nehmen würden ... Darf ich Ihnen etwas anbieten? Kaffee? Tee? Wasser?«

Die ausgesuchte Höflichkeit, mit der sie mich behandelte, unterschied sich wohltuend von den arroganten Sekretärinnen und Vorzimmerdamen, mit denen ich bei meinen anderen Bewerbungsgesprächen zu tun gehabt hatte. Und jedes Mal kam die Frage nach Empfehlungsschreiben, welche ich zwar vorweisen konnte, die aber schon recht betagt waren ... Tippsen, die sich aufführten, als gehörte ihnen der Laden, weil man selber ein noch ärmeres Würstchen war, konnte ich verständlicherweise nicht leiden.

Die Art, wie aber diese Frau mit mir sprach, als sei ich keine Bittstellerin, sondern eine wichtige Klientin, machte deutlich, aus welchem Holz diese Kanzlei geschnitzt war.

Und, dass ich nicht den Hauch einer Chance auf die Stelle hatte! Tja …

Ich saß also in dem Besuchersessel und sah mich in den ehrfurchtgebietenden Räumen um. Die Wände waren so hoch, dass man die Decke kaum erkennen konnte. Es gab nur dezente Stuckaturen, dafür aber wunderbare Stiche mit englischen Landschaften und Jagdszenen. Jetzt erst erkannte ich, dass es sich bei den dunkelgrünen Wänden nicht um Tapeten handelte, sondern um Stoffbespannungen.

Auf dem Schreibtisch der Sekretärin stand ein Gesteck mit Lilien, die im Raum einen schweren, süßen Duft verbreiteten – beinahe hypnotisch.

Ich war noch unsicherer als gewöhnlich, denn bisher hatte ich mich nur bei ganz gewöhnlichen Firmen vorgestellt.

Meine Freundin Daisy, die an dieser Bewerbung »schuld« war, hatte mir auch die Handtasche geborgt, die ich jetzt neben meinen nervös wippenden Füßen stehen hatte. Eine Gucci-Tasche. Das gute Stück wurde von ihr auf einem Markt in Pimlico ergattert. Blender versteht sich, aber top verarbeitet. Was will man mehr! Leider war sie zu klein, um meine Unterlagen darin zu verstauen.

»Sie können jetzt reingehen.«

Was für eine Stimme! Weich, dezent und unglaublich vornehm, ohne den leisesten Anflug von Hochnäsigkeit. Dabei hatte ich keine Sprechanlage gehört. Arbeitete man hier mit Gedankenübertragung?

Es hasteten auch keine Kunden oder Mitarbeiter über die Flure, wie ich es sonst kannte. Gab es hier überhaupt jemanden außer ihr und mir? Und Mr McLeod – versteht sich …

Mit weichen Knien stand ich auf und überquerte den dicken, flauschigen Teppich. Meine Nerven drückten direkt auf meine Blase, doch jetzt konnte ich nicht mehr nach einer Toilette fragen!

Überall, selbst im letzten Eck, feinste Qualität und über allem eine dezente Beleuchtung, die ein bisschen an die Nachtlampen in einem Hotelflur erinnerte. Ach, ich hätte Ewigkeiten hier sein können!

Alles edel und geschmackvoll. Menschen, die sich mit ihrem Leben Mühe gaben und die eine Sehnsucht nach Schönheit und Eleganz besaßen …

Vorsichtig klopfte ich an. Meine Knöchel waren kaum auf dem dicken Holz zu hören. Sollte ich nochmals klopfen?

»Sie können einfach hineingehen«, wehte es hinter mir her wie schwerer Lilienduft.

Vorsichtig öffnete ich, trat ein. Am anderen Ende des Raumes ahnte ich den gewaltigen Schreibtisch mehr, als ich ihn tatsächlich sah. Die hohen Fenster waren mit schweren, samtenen Vorhängen verhängt. Wieso ließ jemand so wenig Sonne herein, fragte ich mich. Die gab es in London ja nicht gerade im Überfluss!

»Miss Hunter?«

Ich zuckte zusammen. Er kannte meinen Namen. Jetzt kämen die Fragen und Tests!

Die Stimme war ruhig, sonor und von einer ungeheuren Tiefe. Sie klang ein bisschen wie bei einem Opernsänger. Wobei die Rauigkeit auf zu viele Zigaretten schließen ließ, was Opernsänger wohl eher meiden.

»Ja, Mr McLeod.«

Er sah kurz auf. So kurz, dass ich nicht glauben konnte,

dass er mich wirklich wahrgenommen hatte. Hinzu kam, dass das einzige Licht im Raum von einem superflachen Computerbildschirm schien und ich auf der gegenüberliegenden Seite praktisch im Dunklen stand. Vielleicht hatte er ja eine Lichtallergie oder so … Immerhin war es Mittag!

Er sah auf den Bildschirm und machte sich neben der Tastatur mit dem Stift Notizen. »Kommen Sie ruhig näher.« Noch ein Blick über die randlose Brille. »Sind Sie zum Tee bei der Herzogin von Warwick eingeladen?«, fragte er mit kurzem Blick auf mein Outfit.

Mein Kreislauf begann wegzusacken.

Das Amüsement in seiner Stimme war kaum verborgen, und er gab sich diesbezüglich auch keine Mühe, es zu ändern. Er war es gewohnt, dass andere seinen Humor über sich ergehen lassen mussten, ohne zurückzuschlagen. Dabei hatte ich mich doch so passend gekleidet geglaubt.

»Danke. Wir melden uns bei Ihnen«, sagte er knapp und wand sich wieder dem Bildschirm zu.

Ich zupfte an meinem Rock und umklammerte meine Mappe. Das war doch der Satz, der normalerweise am Ende eines Vorstellungsgespräches gesagt wurde, nicht am Anfang …

»Danke!« Seine Stimme hatte an Eindringlichkeit zugenommen, denn ich war stehengeblieben.

Ich nickte. Jetzt hatte ich verstanden.

Wortlos tappte ich kurz darauf an der Empfangsdame vorbei. Schon fast aus der Tür, entrang ich mir doch noch einen tonlosen Abschied. Nie werde ich den Klang der Tür vergessen, die hinter mir leise ins Schloss fiel!

\*\*\*

Wie elend kann man sich fühlen, wenn man nicht mal eine Chance bekommt? McLeod hatte mich antreten lassen und gleich wieder rausgeschmissen. Verflucht! Der Blödmann hatte mich doch nicht mal richtig sehen können in seiner Vampirhöhle. Oder hatte ihm das bisschen schon gereicht?

Wen suchte der Kerl eigentlich? Naomi Campbell? Bei solchen Vorgaben hatte ich sicherlich keine Chance. Wobei ich mir natürlich wider besseren Wissens doch die eine oder andere kleine Hoffnung eingeräumt hatte …

Also beschloss ich gezwungenermaßen, die Sache zu vergessen.

\*\*\*

Es gelang mir tatsächlich, über diesen Tiefschlag hinwegzukommen, bis ich drei Tage später einen Brief der Kanzlei in meinen Händen hielt.

Was für eine Überraschung!

Zuerst dachte ich an die obligatorische Absage. Aber das sind normalerweise größere Kuverts, denn sie enthalten ja die Unterlagen, die man ihnen zuvor geschickt hatte. Dies war nur ein ganz normaler Umschlag.

Ich erinnere mich noch sehr deutlich, dass ich leicht gezittert habe … Friedlich vereint mit dem Räumungsbescheid meiner Vermieterin lagen beide Briefe in meiner Hand. Der nächste Erste war mein letzter Erster!

»Das war's dann«, dachte ich und riss den Umschlag auf. Wahrscheinlich schickten sie die Unterlagen separat. Eine innere Stimme sagte: »Den kannst du gleich wegschmeißen. Warum willst du dir das antun?« Während eine andere innere Stimme wisperte: »Sei nicht so blöd. Es gibt immer wieder Wunder!«

»… deswegen erlauben wir uns, in den nächsten Tagen persönlich Kontakt mit Ihnen aufzunehmen.«

Mein Herz wummerte bis in die Ohren. Ich hörte mein Blut rauschen wie den Ozean in einer Muschel. Meine Hände wurden eiskalt und ich fürchtete, Erfrierungen an meinen Fingerspitzen zu bekommen.

Als habe mich jemand beobachtet, klingelte in diesem Moment das Telefon. Es überraschte mich, denn immerhin hatte die Telefongesellschaft die Sperrung meines Anschlusses angekündigt.

»Miss Hunter?«

Die Stimme war nicht zu verkennen. George McLeod!

»Mr McLeod?«, krächzte ich, was mir sehr peinlich war, aber mit dem vor Aufregung trockenen Hals nicht zu ändern.

»Ich erwarte Sie heute Abend in meinem Büro. Punkt zehn Uhr.«

Ich schwieg. Was für ein Termin sollte *das* denn sein?

»Sind sie umgefallen?«, brummte es.

Ich schluckte. Er hatte mir eine Probe seines Humors geschenkt!

»Nein, Mr McLeod. Um zehn Uhr. In Ihrem Büro.«

»Und ziehen Sie sich was Vernünftiges an.«

Damit knackte es und die Leitung war tot. Wie hatte er das gemacht? Es gab kein Tuten. Nichts. Tote Leitung.

»Hallo?«, rief ich ziemlich verblödet in die Lautlosigkeit.

Egal. Vielleicht hatte er eine Spezialleitung zur British Telecom!

Etwas Vernünftiges anziehen … auf jeden Fall kein »Tee mit der Herzogin«-Kleid! Zwei Sekunden später stand ich vor meinem äußerst übersichtlich gefüllten Kleiderschrank. Wenn ich mich auch sonst mit keiner Sache rühmen konnte – jener, stets die billigsten Klamotten zu finden, schon!

Jetzt allerdings musste ich zugeben, dass kaum ein vernünftiges Teil dabei war. Alles war gut genug für einen Fahrradausflug mit Freunden, aber nicht zu einem Gespräch mit George McLeod!

Die Bemerkung mit der Herzogin ging mir nicht mehr aus

dem Kopf. Also rief ich Daisy an und fragte um Rat.

»Das hat er gesagt? Hm … Dann weiß ich was. Bin in zehn Minuten bei dir.«

Daisy war ein echtes Juwel! Sie kam zwar mit einer ziemlich übersichtlich gefüllten Plastiktüte an, aber sie bewies, dass auf sie Verlass war.

»Was ist denn *da* drin?«, fragte ich.

Sie grinste und stülpte die Tüte auf meinem Bett um. Der Stoff ergoss sich wie eine quecksilbrige Flüssigkeit auf die Decke.

»Aha«, sagte ich.

»Nix Aha! Ist wahrscheinlich besser, als deine Wäsche. Was hast *du* denn?«

Ich hob mein T-Shirt und Daisy verzog das Gesicht, als hätte sie auf eine Zitrone gebissen. »Okay. Vergiss es! Nimm lieber die Dessous von mir.« Sie hielt mit den Fingerspitzen zwei schwarze Nichtse in die Höhe. »Ein Stringtanga und ein BH. Hopp! Zieh an!«

Die schwarze Spitze war ziemlich ungewohnt und ich muss zugeben, dass ich mich etwas für meinen reichlich ausladenden Po schämte.

Doch Daisy nickte zufrieden. »Geil!«

»Ich zieh aber noch etwas drüber.«

»Genau. Das hier!« Damit reichte sie mir eine praktisch durchsichtige Bluse und einen schwarzen Bleistiftrock. Da konnte ich auch gleich nackt gehen, schoss es mir durch den Kopf. Das war zwar keine Teeeinladung bei einer Herzogin, aber ich bewarb mich ja auch nicht gerade in einem Puff!

Ich schloss den BH. »Oh …«, entfuhr es mir. Meine Brüste drängten sich ungestüm aus den etwas zu kleinen Körbchen. Durch die Löchlein in der Spitze konnte man meine Nippel

17

wunderbar sehen, die jetzt, bedingt durch die Reibung, auch noch hart wurden. »Ähm … ich kann so aber nicht zu dem Gespräch!«

»Klar kannst du! Dieser McLeod ist ja wohl alles andere als ein Kostverächter.« Sie stützte ihre Fäuste in die Hüften und raunzte mich wie ein Ausbilder bei der Armee an: »*Willst* du den Job, oder nicht?«

\*\*\*

Mir war elend, als ich in dieser Aufmachung, bedeckt mit einem beigefarbenen Trenchcoat, in der Tube, der U-Bahn, zur Kanzlei fuhr.

*Du hast nur eine minimale Chance, also nutze sie!,* redete ich mir gut zu.

Ich brauchte einfach besser bezahlte Arbeit! McLeod hatte mir einen Wink gegeben, und ich würde mich danach richten. Wenn er eine verführerische Sekretärin suchte, würde er sie bekommen.

Im spiegelnden Fensterglas der U-Bahn schaute ich mich an und bemühte mich um einen verwegenen Gesichtsausdruck. Cool. Entschlossen.

Verdammt! Ich musste diesen Job kriegen! Im Zweifel würde ich den Trenchcoat einfach anlassen …

# DER ANWALT

Es war stockdunkel um mich herum und meine Haare stellten sich jedes Mal auf, wenn ich ein Knacken hörte. Ich hatte die Tube-Station verlassen und festgestellt, dass außer mir praktisch niemand unterwegs war. Nervös lauschte ich auf jedes Geräusch – und sei es nur der Sommerwind, der welkes Laub über die gepflasterten Gehwege fegte. Meine Ängstlichkeit war bemerkenswert.

In dieser Gegend gab es nicht viele Leute, die noch spazieren gingen. Man war einfach zu weit weg von den quirligen Londoner Einkaufsstraßen.

Ich musste nicht lange suchen, wenn auch meine Orientierung in der Dunkelheit etwas anders war als bei Tageslicht. Vor dem Haus angekommen, drückte ich die goldfarbene Klingel und gleich darauf sprang die Tür mit einem Summen auf. Kein Mensch weit und breit. Auch die Sekretärin war verschwunden. Kein Wunder – abends um zehn!

Ein kleines Licht brannte auf dem verlassenen Schreibtisch im Empfangsraum. Nur der Duft der Lilien erinnerte an jenen Morgen, als ich zum ersten Mal hier gewesen war.

Der Vorraum verbreitete die Atmosphäre eines Hotels inmitten der Nacht, wenn der Portier irgendwohin verschwunden ist, man hilflos und verlassen am Empfang steht und unsicher ist, was man machen soll.

19

Was sollte ich nur tun? Ich sah an mir herab. Himmelherrgott! Ich war allein mit einem der bekanntesten Anwälte Londons und sah aus wie eine Hafennutte!

Er würde über mich herfallen, mich vergewaltigen und die Polizei würde nur *ihm* glauben, wenn sie meine Aufmachung sahen.

Aber was half es? Ich brauchte den Job und ich brauchte das Geld. Jetzt konnte ich nicht mehr weglaufen und so beschloss ich, an seine Tür zu klopfen.

Auch sie öffnete sich automatisch, denn als sie aufschwang, sah ich ihn scheinbar unverändert an seinem Tisch sitzen. Möglicherweise lag ein jahrhundertealter Fluch auf ihm, der besagte, dass er diesen Tisch nie verlassen durfte und …

»Sie sind pünktlich. Das weiß ich zu schätzen, Miss …«

Die Pause enttäuschte mich. Hatte er ernstlich meinen Namen vergessen?

»… Hunter«, ergänzte ich. Gut, ich hatte mich darauf eingestellt, einiges hinnehmen zu müssen, um meine Lage zu verbessern.

»Treten Sie näher.«

Und indem ich auf ihn zukam, stand er auf. Also kein jahrhundertealter Fluch! Er streckte die Arme vor sich aus und gab mir damit zu verstehen, dass er mir helfen wollte, den Mantel abzulegen. Vor Schreck hielt ich die Luft an und öffnete ihn mit leicht bebenden Händen. Von wegen: Anbehalten! McLeods Augen schlossen sich zu kleinen Schlitzen als er mich ohne Trenchcoat sah. Dann wanderte sein Kopf eine Winzigkeit nach unten und wieder hoch. »Sie sehen sehr … ansprechend aus, Miss Hunter.«

Ja! Ich hatte ihn umgehauen! Punkt für Daisy.

»Keine Teeeinladung«, sagte ich. Der Satz war nicht geplant. Peinlich.

Er grinste. Trotzdem oder gerade deswegen.

»'Tschuldigung …«, raunte ich.

»Sie haben Humor. Das mag ich. Im Übrigen … Nein, keine Teeeinladung! Nehmen Sie Platz.«

Jetzt erst erblickte ich eine lederne Sitzgruppe an der seitlichen Wand. Soweit war ich beim ersten Mal gar nicht in den Raum gekommen.

»Ja, dorthin, bitte.«

Ich sank so weit in den Sessel ein, dass meine Knie beinahe höher waren, als meine Schultern. Schnell klappte ich meine Beine seitlich zusammen. Er musste ja nicht gleich alles sehen!

McLeod setzte sich neben mich in einen zweiten Sessel. Distanz halten. Gut!

Ich war baff über den perfekten Schnitt seines Anzuges, der selbst jetzt noch ohne Falten saß. McLeod war etwas über mittelgroß und schlank. Offensichtlich fehlte ihm sogar der für Männer seines Alters so typische Bauchansatz. Sein Haar legte sich in beinahe konzentrischen silbernen Wellen um seinen Kopf und seine Lippen waren ausdrucksstark und markant, ohne zu voll zu wirken.

»Sie wundern sich vielleicht über den Zeitpunkt unseres Gespräches …«, begann McLeod.

*Er wird über mich herfallen,* dachte ich. *Genau, deswegen hat er mich herbestellt.* »Nein … Ja … Nein.« Wie blöd kann man sein?

Seine Brauen wanderten nach oben und wieder herab. »Sie sind genau das, was ich gesucht habe. Ein Wink des Schicksals war Ihre Bewerbung. Nur weiß ich nicht, ob Sie den Job wollen. Sherry?«

Was für eine Stelle war das? Fachfrau für Grenzdebilität?

Ohne meine Antwort abzuwarten, schenkte er in ein winziges, fragiles Glas ein und reichte mir den Drink.

Ich leerte ihn auf einen Zug. Eigentlich mag ich gar keinen Alkohol, aber in dieser Situation war ich etwas überfordert. Der Sherry brannte und ich mochte den Nachgeschmack nicht. »Als Sekretärin?«, schaffte ich zu fragen.

»Dazu reichen Ihre diesbezüglichen Noten nicht.«

Das ließ an Deutlichkeit nichts zu wünschen übrig. »Putzfrau?« Der Sherry machte mich etwas übermütig.

Er lachte, warm und trocken und irgendwie sexy. »Dazu sind die Noten zu gut. Nein, ich habe etwas anderes, für das ich eine Mitarbeiterin suche …« Er setzte sich noch etwas gerader hin und sah mich durchdringend an. Die Dunkelheit umhüllte uns. Es war eine seltsame Situation, in der ich nicht wusste, ob ich mich wohl oder bedroht fühlen sollte.

Jedenfalls wurde ich träge. Der Sherry setzte mir zu.

»Wenn Sie es nicht möchten, stehen Sie auf und dieses Gespräch hat nie stattgefunden.«

Der plötzliche Ernst in seiner Stimme irritierte mich. Das klang nach einem Mafia-Gespräch. Oh, mein Gott! Der suchte einen Kurier für Drogen oder Schwarzgeld, oder beides …

»Lassen Sie mich erklären …«, begann McLeod. Seine Hand ruhte plötzlich auf meinem nackten Knie. Ich hielt die Luft an. Jetzt konnte ich den Rock nicht mehr hinunterziehen. Zu spät!

»Ich habe sehr oft Klienten, die ich ausführe. Ins Londoner Nachtleben. In Restaurants …« Er legte den Kopf etwas schräg, um mein Gesicht besser zu sehen.

»Die Herren kommen meistens ohne Begleitung …« Fortwährend warf er kleine Satzsteine ins Wasser und beobachtete, was geschah, während sie fielen.

Ich wusste, was er meinte. Er suchte eine Nutte – eine Hure. Und ich hatte mich ja auch passend gekleidet. Aber das hatte er nicht wissen können, als er mich eingeladen hatte … Besaß ich etwa so eine Ausstrahlung?

»Warum rufen Sie keinen Escort-Service an?« Ich kannte den Begriff aus dem Fernsehen …

Er presste die Lippen aufeinander. Sein silberfarbenes Haar glitzerte richtiggehend im Licht der kleinen Wandlampe hinter uns. »Ich will keine professionellen Nutten. Ich will eine nette, junge Frau, die den Herren die Zeit vertreibt.«

»Ich sehe ziemlich durchschnittlich aus. Und … ähm, üppig dazu.«

»Sie haben einen schönen Busen und sexy Kurven.«

Das ließ ebenfalls nichts an Deutlichkeit vermissen. Eins musste man ihm lassen: Er neigte keineswegs dazu, um den heißen Brei zu reden!

Ich leerte den zweiten Sherry. Oder war es der dritte? Wie konnte er das mit meinen Kurven wissen? Er hatte mich doch gar nicht nackt gesehen! Die Bluse! Die verbarg echt wenig!

»Müsste ich mit den Klienten schlafen?«, wollte ich wissen.

Er schüttelte langsam den Kopf. »Nein. Wenn Sie einen attraktiv finden, können Sie das natürlich tun. So wie mit irgendeinem anderen Mann auch. Sie mögen doch Männer?«

Was sagt man denn da drauf? Meinte er es in erotischer Hinsicht oder allgemein? Da konnte man durchaus zu unterschiedlichen Antworten kommen …

»Ja, klar. Schon.« Ich begann, mich von außen zu betrachten. Was redete ich da eigentlich? War das der Sherry, die Dunkelheit im Zimmer oder seine Stimme, die mich dazu brachten, mich wie eine Schlampe aufzuführen?

Ich war ein einfaches Mädchen vom Land. Die Liebhaber, die ich bis jetzt gehabt hatte, konnte man locker an einer Hand abzählen. Auch wenn ich deswegen ein ganz klein wenig betrübter war, als ich es bei meiner Erziehung und Herkunft hätte sein dürfen.

Da saß ich nun, angeschickert, mit einem vornehmen Herrn in den »besten Jahren« und quatschte Mist. In diesem Moment hätte ich aufstehen sollen und gehen. Einfach so. »Dankeschön« sagen, und das war's. Aus! Vorbei!

Aber konnte ich das wirklich noch? Was sollte ich nur tun? Er saß so dicht bei mir, dass ich seinen Atem und den Duft, der ihn umgab, wahrnahm. Eine Mischung aus Zigarettenrauch, Sherry und Rasierwasser. Vielleicht einen Hauch Duschgel vom Morgen. Ich beobachtete die Bewegungen seiner Lippen, während er sprach, betrachtete seinen Adamsapfel, der sich langsam auf und ab bewegte und dabei die winzigen Stoppeln mitnahm, die aus den Poren traten.

Wie sonor seine Stimme in meinem Ohr hallte. Eine Stimme, bei der man die Augen schließen und nur noch lauschen will. Verdammt! Der Kerl war sexy. Und ich hatte Lust auf ihn!

Sein Finger glitt plötzlich an meinem Ausschnitt entlang nach unten in Richtung meiner Halbkugeln. Seine Lippen sprachen so dicht an meinen Wangen, dass es mir lauter winzige Schauer über den Rücken trieb. Mir war heiß. Verfluchter Sherry! Warum machte niemand ein Fenster auf? Sein Atem berührte meine Haut. Seine Finger, maniküft, lagen an der schwarzen Spitze. Meine Nippel rieben am Stoff und ich verlor langsam den Überblick. Ich war kurz davor, ihn anzuflehen, meine Brüste zu berühren.

»Sie sind eine wirklich attraktive Frau.«

Ich schluckte hart. Oh Gott, war ich leicht rumzukriegen!

»Sie sind einfach … sinnlich. Das ist genau, was ich gesucht habe.« Er machte eine Bewegung nach vorne, gerade so weit, dass seine Unterlippe meine Wange berührte. Es war ein halber Kuss. Eine getarnte, scheinbar zufällige Berührung. Mir wurde noch heißer.

Mit geübten Fingern öffnete er den obersten Knopf meiner Bluse. Ich japste. Der Sherry stieg mir massiv in den Kopf. Ich sah ein paar kleine Schweißtropfen auf seinen breiten Nasenflügeln, dann wanderten meine Blicke wieder hinab zu dem wunderbar gezeichneten Amorbogen seiner Lippen.

Ich beugte mich vor, so, als würde ich nach dem Glas greifen. Tatsächlich aber wollte ich ihm nur einen weiteren Blick auf meine Brüste gewähren, vielleicht sogar dafür sorgen, dass er sie berührte. Ich wollte wissen, wie weit ein solcher Mann bereit war, zu gehen. Sehr weit – das hätte ich erkannt, wäre ich nicht so benebelt gewesen.

»Sie müssen mit keinem ins Bett, den Sie nicht wollen«, raunte er.

Meine Kehle war trocken. Da half nur ein weiterer Sherry.

Seine Stimme war wie eine Vibration um mich herum, die beständig schwerer zu werden schien.

Ich sehnte mich nach frischer Luft und ich sehnte mich nach … Ich wollte meinen Slip loswerden. Meine Schenkel rieben gegeneinander. Der String war unangenehm. Ich wollte nicht sexy aussehen und auch nicht, als sei ich leichte Beute.

»Wie viel bezahlen Sie?«, war alles, was mir einfiel. Sollte das etwa eine Verteidigung sein? War diese Frage die Barriere, die ich gegen seine gierigen Augen aufstellte?

Es musste echt viel sein, was er zu bieten hatte, sonst würde ich auf der Stelle gehen. Das nahm ich mir zumindest vor. Ein paar Pfund für eine kleine Schlampe – und ich wäre draußen.

»Fünfhundert.«

»Pro Monat?«

Die Vibration seiner Stimme brach durch meinen Gehörgang

mitten in meinen Unterleib. »Pro Abend«, sagte er ungerührt.

Mir wurde schlecht! Er wollte mich damit auf den Arm nehmen. Es konnte gar nicht anders sein! Fünfhundert englische Pfund Sterling für einen einzigen Abend?

Mein Atem pulste ruckartig durch meine Lungen und meine Kopfhaut zog sich zusammen, schien über meinem Schädel zu schrumpfen.

»Und wenn ein Herr Trinkgeld gibt oder ein kleines Geschenk machen möchte, dann würde ich nicht Nein sagen …« Seine Lippen sprachen direkt gegen meine Wangen, so dicht war er bei mir und entfernte sich auch nicht mehr. Die Gänsehaut begann in der Nähe seiner Lippen und wanderte um meinen Kopf herum bis zu meinem Nacken, wo sich alle Härchen aufstellten.

»Wie viele Abende?«, fragte ich mit zitternder Stimme.

»Ich habe viele Klienten.«

»Wie viele Abende?«

»Wenn du willst – jeden Abend, Emma.«

Mir wurde noch schlechter. Er duzte mich! Hätte ich jemals richtig Kopfrechnen können, die Summe hätte mich in eine Ohnmacht gestürzt.

Ein kühler Hauch streifte über meine Haut. In dem Moment merkte ich, dass er meine Bluse komplett geöffnet hatte und ich nur noch den etwas zu kleinen BH trug. Er streifte den leichten Stoff über meine Schultern und seine Lippen wanderten meinen Hals entlang zu der soeben freigelegten Stelle. Die Bluse hing so, als wäre ich gefesselt. Am Schlüsselbein hielt er inne und leckte in kleinen Stupsern in die Kuhle hinter dem Knochen. Die Erste war ich nicht, die er verführte …

Ich wurde feucht. Bei allen Göttern – der Typ würde mich hier und jetzt vernaschen. Ich hatte keine Chance. Nicht die geringste! Aber ich wollte sie ja auch gar nicht. Ich war scharf! Hier war dieser appetitliche Typ und ich mit meiner feuchten Spalte. Warum sollte ich das Rühr-mich-nicht-an-Blümchen spielen?

So beschloss ich, dass es Zeit wäre, in die Offensive zu gehen und löste seinen Krawattenknoten. Ich wollte ihn haben! Es war dunkel, es war warm und ich war geil!

»Ist der nicht schrecklich eng?« Er zog eine Seite meines BH's herab und meine Brust hüpfte heraus. Wie er innehielt und sie betrachtete, machte mich ganz verrückt.

»Greif zu!«, wollte ich ihn anschreien. Doch ich beherrschte mich. Wie er mich fixierte, geilte mich so auf, wie ich es noch nie bei einem Mann erlebt hatte. Es machte Spaß, die Hure zu spielen – seine Hure – die Anwaltshure! Wir waren allein. Kannten uns nicht. Keine Verpflichtung. Keine Peinlichkeit.

Die Knöpfe an seinem Hemd waren allerdings etwas zu winzig. Ich fingerte unsicher Stück für Stück auf, bis sein Oberkörper freilag. Überrascht stellte ich fest, wie sehr mich diese winzigen grauen Löckchen auf seiner Brust faszinierten und anzogen. Ich streckte die Zungenspitze heraus und begann, sie durch die kleinen Kringel zu schicken.

Ein Lächeln wanderte über sein Gesicht, löste kurz die Lust ab und machte ihr dann gleich wieder Platz. Es war wie eine kleine weiße Wolke, die über die Sonne hinwegschwebt. Eine Überraschung, mit der er so nicht gerechnet zu haben schien.

Genießerisch lehnte er sich zurück und spürte anscheinend meiner Zunge nach, die sich jetzt heftig mit seiner Brustwarze befasste. Da es mich selbst so in Fahrt brachte, wenn meine Nippel stimuliert wurden, ging ich davon aus, dass es bei ihm nicht anders wäre. Und ich hatte Recht! Denn kaum hatte ich begonnen, sie zu stupsen, vergrößerte sich die Beule

27

in seiner Hose. Jetzt übernahm ich die Kontrolle. Mit zwei Fingern streifte ich meinen String ab, dann öffnete ich seinen Reißverschluss und mit einem Griff hielt ich seinen harten Penis in der Hand.

Es hatte sich bereits ein winziges Tröpfchen auf der Eichel gebildet und das erregte mich maßlos. Ich sah die glänzende dunkelrote Kuppel an und konnte mich nicht von diesem wundervollen Anblick lösen. Also setzte ich meine Wanderung bis hinunter in seinen Schoß fort. Als er erkannte, was ich vorhatte, stöhnte er.

Mit viel Zeit glitt ich seinen Schaft aufwärts, bis ich das Tröpfchen auf meiner Zungenspitze zergehen lassen konnte. Er wollte meinen Kopf halten, doch ich schüttelte mich frei und bestimmte jetzt, wo es langging, denn ich war nicht gewillt, das Zepter so schnell wieder aus der Hand zu legen. Ich hatte mir vorgenommen, ihn zu beeindrucken.

Überrascht über meinen eigenen Einfallsreichtum, leckte und saugte ich an seinem heftig pulsenden Schwanz. Von Moment zu Moment schwand sein innerer Widerstand und ich spürte, wie er sich in meine Hände begab, auf dieser Woge davontragen ließ und nur noch willenlos genoss, was ihm widerfuhr. So wollte ich das!

Es war das Zusammenpressen seiner Arschbacken, das mir zeigte, dass es nicht mehr lange dauern würde. Also musste ich meine Vorgehensweise schnell ändern. So erhob ich mich und setzte mich rittlings auf seinen Schoß, sorgfältig darauf achtend, dass seine Erektion nicht in mich eindrang, sondern in meinen Löckchen stehenblieb.

»Lass mich rein ...«, raunte er mit einem Hauch von Verzweiflung in der Stimme.

»Du wartest noch!«, kommandierte ich und lauschte mir

selbst wie einer Fremden. Ich sprach nicht wirklich im Befehlston. Es war nur eine gewisse Härte. Aber die Art, wie er jetzt seinen Unterleib sinken ließ und sein Penis ungeduldig zu pulsieren begann, zeigte mir, dass er genau das mochte.

»Du kannst es wohl nicht abwarten ...«, reizte ich ihn. »Was willst du mit mir machen? Sag's mir!«

Er stockte, dachte nach und sagte: »Ich will dich ficken.«

Wir waren hier in unserer dunklen Höhle, und da war der Satz richtig. Nicht brutal. Nicht beleidigend. Nur geil!

»Du willst mich so richtig rannehmen?«, wiederholte ich seine halb gekeuchten Worte. Das war es, was ihm Spaß machte. Reden wie ein Schwein und sich selbst und die Frau auf Touren bringen ...

»Ja, ich will ihn in dich rammen, bis du schreist vor Geilheit.«

»Und ich soll dich reinlassen?«

»Ja. Jetzt!«

Ich bewegte meine Spalte auf seinem Helm wie streichelnd hin und her. Doch immer, wenn er versuchte, in mich einzudringen, zog ich mich so weit zurück, dass er keine Chance hatte. Dann knurrte er und entspannte sich.

Wir machten dieses kleine Spiel ein paar Mal, dann war ich in gnädiger Stimmung und mit einem Ruck ließ ich ihn an sein Ziel kommen. Er stöhnte so laut auf, dass ich fürchtete, man würde ihn noch auf der Straße hören können.

Jetzt ritt ich ihn. Auf und ab. Er umfasste meine Arschbacken und hielt mich fest, damit ich nicht aus dem Sattel stürzte. Immer schneller und heftiger ging es. Ich wusste, dass ich in wenigen Augenblicken kommen würde und er sicherlich auch. Er hatte keine Kontrolle mehr, pumpte wie ein Verrückter und stieß seinen Ständer in meine Spalte, dass ich das Gefühl hatte, er ramme bis in meine Kehle.

Um noch fester zustoßen zu können, hatte er sich mit dem Oberkörper fast gegen mich gelehnt. Ich stöhnte und hechelte. Aber ich wollte mehr. Es war wie auf der Autobahn. Mann bekommt einen regelrechten Rausch. Schneller! Weiter! Immer mehr! Sein Penis tobte in mich hinein und ich bekam kaum noch Luft. Meine Brüste hüpften auf und ab und zogen dabei an meinem Brustkorb, dass es wehtat.

Der Orgasmus war wie ein ausbrechender Vulkan. Ich hatte so etwas noch nie erlebt. Ich wurde förmlich ins All geschossen. Tausende bunte Blitze explodierten vor meinen Augen und in meinem Schädel. Der Gefühlsorkan, der sich in meiner Möse gebildet hatte, trug mich in die Endlosigkeit. Es war so schön, dass sogar das Abebben des Höhepunktes noch herrlich war.

Als ich wieder einigermaßen klar denken konnte, stellte ich freudig fest, dass er noch nicht ejakuliert hatte.

So erhob ich mich von ihm und tat etwas, das ich noch mit keinem Mann getan hatte: Ich kniete mich vor ihn und nahm seinen glühenden, feuchten Penis zwischen meine Lippen. Er schmeckte nach warmem Mösensaft, der sich mit den ersten Spritzern seines Samens gemischt hatte. Ich pumpte ihn mit dem Mund, spannte meine Lippen an, dass sie fest um seinen Schaft lagen wie ein zusammengezogener Mösenmuskel und gleichzeitig massierte ich seine Eier. Mal sanft, mal fest.

»Oh … ja …«, stöhnte er.

Ich liebte diese tiefe Stimme, wie sie mich antrieb, ihn so richtig ranzunehmen. Diese Mischung aus passivem Genießen und aktivem Vögeln. Er war ein unglaublicher Liebhaber.

»Mach mich fertig!«

Jetzt ließ ich meine Lippen immer schneller über seine Erektion gleiten. Da ich mit dem Mund die ausreichende Kontrolle hatte, konnte ich meine Hände unter seinen Hintern schieben und seine Pobacken kneten. Wie er darauf reagierte, zeigte mir, was ich beim nächsten Mal mit ihm tun würde. Himmel, ich drehte beinahe durch bei dem Gedanken!

Ich massierte und kniff ihn. Er stöhnte und ächzte, pumpte in meinen Mund. Seine Eier zuckten. Als er seine Arschmuskeln so fest anspannte, dass ich kaum noch zugreifen konnte, wusste ich, dass er soweit war. McLeod konnte sich nicht mehr halten. Im nächsten Moment tauchte er meine Zunge in seinen Samen. Es war eine solche Menge, dass ich kaum noch Luft bekam. Ich musste den Mund ein Stück weit öffnen und es hinauslaufen lassen.

Er atmete keuchend ein und aus, dann richtete er sich mit ernstem Gesicht auf, beugte sich vor und begann mich zu küssen. Ich öffnete meine Lippen und wir vereinigten unsere Zungen in seinem Samen. Sanft leckte er mir über die Mundwinkel und das Kinn, bis er mich ganz gesäubert hatte.

Ich war noch atemlos, doch ich genoss seine Blicke auf meinem feuchten, nackten Körper. Zum ersten Mal in meinem Leben erhob ich mich nach dem Sex und sonnte mich in den Blicken meines Liebhabers. Wo ich früher verschämt nach meinen Sachen gesucht hatte, um meinen ach so unzulänglichen Körper zu bedecken, gab ich jetzt keinen Pfifferling mehr auf meine Kleider.

»Du bist so verdammt sexy«, sagte er ruhig und gefasst. Es war eine Feststellung, so beiläufig und doch so gewichtig.

Schnell sah ich auf die Uhr. Ich musste die Tube erwischen, sonst kam ich nur noch mit dem Taxi heim, und Taxifahrer hatten die dumme Angewohnheit, einen Haufen Geld für ihre Fahrerei zu verlangen. Da hatte sie mich also wieder, die Wirklichkeit. Schnell stieg ich in den schmalen Rock und die durchsichtige Bluse, zog die Schuhe an und den Trenchcoat.

Er sagte kein Wort, sah mir nur zu. Er war es gewohnt, dass Frauen nach dem Sex mit ihm sofort gingen. Sicherlich legte er ihnen für gewöhnlich auch ein paar Scheine hin …

Ebenso wortlos ging ich zur Tür.

»Und? Machst du es?«, fragte er.

Ich wusste genau, was er meinte. »Vergiss es!«

Es war der beste Abgang, den ich in meinem ganzen Leben gehabt hatte!

# NaturGesetze

Okay, der Job in der Buchhandlung war kein Kracher. Er war mies bezahlt und ich hatte die naturwissenschaftliche Abteilung zu betreuen.

Das bedeutete: schwere Bücher, uninteressante Titel und Kunden, auf die man, erotisch gesehen, verzichten konnte. Verschrobene Professorentypen in unmöglich gemusterten Hemden und breiten Krawatten, die locker um dürre Hälse hingen. Oder Studenten, die aussahen, wie die jüngere Ausgabe dieser Professoren.

Klar war London Universitätsstadt und unter den Studenten gab es durchaus einige Sahneschnitten, aber von denen verirrten sich nur recht wenige in meine Abteilung.

Die Buchhandlung war nach ihrem Gründer, einem Mister Marley benannt, von dem ich noch immer fürchtete, dass ich seinen mumifizierten Leichnam irgendwann einmal hinter irgendeinem Regal entdecken würde.

Zu diesem Zeitpunkt besaß ich weder einen Freund, noch einen Liebhaber und hatte still und heimlich die Hoffnung begraben, beides in diesem Laden zu finden.

Hier roch es staubig und die Regalreihen standen so dicht beieinander, dass man an keinem vorbeikam, wenn derjenige sich nicht mit dem Bauch gegen die Bücher drückte.

Morgens um zehn Uhr fing ich an, hatte um zwölf Mittagspause und machte dann, mit einer Kaffeepause von zwanzig Minuten, weiter bis acht Uhr abends.

George McLeod hatte ich abgeschrieben. Und mit ihm den Job!

Natürlich, wir hatten eine geile Nummer geschoben, aber offensichtlich hatte ihm meine Schlussansage genügt. Nachhaken kam in diesen Kreisen offensichtlich nicht vor. Im Übrigen hatte er mir meine Chance gegeben und ich hatte es vorgezogen, sie auszuschlagen.

Heute war ein Mittwoch. Der übelste Tag der Woche, denn das vergangene Wochenende lag ewig zurück und das kommende war noch Lichtjahre entfernt. Zudem kam mittwochs neue Ware. Das hieß: Platzproblem!

Ich musste stundenlang schieben und rücken, um die neuen Titel unterzubringen und die schweren Wälzer dorthin umsetzen, wo eigentlich nirgends mehr ein Plätzchen frei war. Dann fielen meistens auch noch Bücher runter und ich kassierte böse Blicke. Entweder von Kunden oder vom Abteilungsleiter. Für den war ich sowieso nur Frischfleisch, ungelerntes noch dazu, das eh bald die Flinte ins Korn werfen würde.

Gerade hatte ich einen Bildband zur Chaostheorie an seinen Platz gestopft, als auch schon am anderen Ende drei Bände zur Quantenphysik Newtons Theorien zur Erdanziehung belegten.

Ich bückte mich also, um die runtergefallenen Bücher einzusammeln, als sich von hinten jemand gegen mich drückte.

»Moment noch …«, zischte ich und bemühte mich nicht einmal um Höflichkeit, während ich mich lediglich genervt gegen das Regal drückte, damit der Kunde durchkonnte.

Wieso musste dieser Depp ausgerechnet hier entlang? Hätte ja einfach nur durch die nächste Reihe gehen brauchen, wenn er sah, dass ich an dieser Stelle alles blockierte!

Er blieb genau hinter mir stehen. Er? Ja! Denn ich spürte einen Penis, der gegen meinen Hintern gedrückt wurde. Eindeutig!

War das schon sexuelle Belästigung?

Mit vom gebückten Stehen rotem Kopf sah ich an meinen Beinen vorbei nach hinten. »Was ist denn nun?«, fuhr ich ihn an, und mein Blick fiel auf ein strahlend-weißes, schmal geschnittenes Jeansbein über hochglanzpolierten, schwarzen Stiefeln. Er stand hinter mir, als wollte er mich im Stehen nehmen.

»Geht's noch?«, motzte ich ihn an.

Noch so ein Satz zu einem Kunden und ich war draußen. Er stieß mich mit seiner Männlichkeit an.

Gerade wollte ich mich aufrichten und ihm eine knallen, da schob er seine Hände unter meinen Rock. Eine solche Schnelligkeit und Geschicklichkeit hatte ich noch nie erlebt. Heftig Luft holend richtete ich mich ein Stück auf, ließ die Bücher fallen, die ich in Händen gehalten hatte und wollte in dieser Sekunde losbrüllen, als ein Finger in meinen Slip eindrang.

Dunkle Locken fielen von hinten in mein Gesicht und eine Stimme flüsterte heiß in mein Ohr: »George McLeod schickt mich.«

Ich erstarrte. Mich traf der Schlag! Meine Knie gaben nach und die Erinnerung an George nahm mir den Atem. Sofort war alles so präsent, als hätte er eben seinen Schwanz aus mir herausgezogen.

»Er muss es dir ja ganz schön besorgt haben …«, hauchte die Stimme in meinen Verstand.

Fassungslos spürte ich, wie er seinen Finger zwischen meine Schamlippen schob und im nächsten Moment meine intimste Öffnung zu betasten begann. So brauchte ich nur an George zu denken und wurde schon nass vor Gier.

Ohne darüber nachzudenken, bewegte ich plötzlich meinen Unterleib vor und zurück. Ich musste den Verstand verloren haben! Was, wenn jetzt ein Kunde in diesen düsteren Reihen auftauchen würde? Oder Mister Prince, mein Abteilungsleiter? Kalter Schweiß stand auf meiner Stirn und ich fragte mich intensiv, ob ich mir das jetzt nur einbildete, oder ob es wirklich geschah. So etwas erlebte man doch sonst nur in Filmen?!

Ich wollte den Kerl sehen, der mir mit seinem Finger meine Muschi überschwemmte, von daher drehte ich leicht den Kopf und schaute in die größten olivenfarbenen Augen meines Lebens.

Ich betrachtete die Einzelheiten dieses Gesichtes, die großen, runden Augen, die schmale Nase und die vollen Lippen. Die Unterlippe kräftiger, sinnlicher, als die Oberlippe. Seine creme-weißen Zähne waren vergleichsweise kurz und lagen wie Perlen aufgereiht nebeneinander.

Langsam bewegte ich mich ein Stück vor und betrachtete den hinter mir Stehenden in seiner Ganzheit und erkannte, dass es ein ungemein attraktiver Mann war.

Er schob seinen Finger fest über meinen Kitzler und ließ den Finger dann ruckartig in mir verschwinden. Mein Atem ging von Moment zu Moment schneller, keuchend fast, und ich wusste, dass es nicht mehr lange dauerte, bis ich hier mitten im Laden zwischen den Büchern über Biochemie und Nuklearphysik explodieren würde.

Die Erwähnung McLeods genügte, dass ich mich willenlos nehmen ließ. Der Kerl hinter mir, der mich so unverschämt gut wichste, gehörte zu McLeods Dunstkreis und das war alles, was ich brauchte. So viel jedenfalls zum Thema: »Vergiss es!«.

Ohne ein weiteres Wort zu sagen, drückte er sanft meinen Oberkörper wieder hinab, schob meinen Rock bis zur Taille hoch und zog meinen Slip zur Seite. Ich erbebte bei der Vorstellung dessen, was er jetzt gleich mit mir tun würde. Meine Augen saugten sich am abgeschabten Holz des Regalbodens vor mir fest, während meine Sinne ganz auf das konzentriert waren, was der Fremde mit mir trieb.

Wo zum Teufel sollte ich mich festhalten? Wenn er gleich zustieß, würde ich umfallen! Also klammerte ich mich an dem kleinen freien Regalstück fest, das vor mir war, spreizte meine Beine und sehnte mich beinahe danach, dass jemand käme und uns sähe.

Es war so unglaublich, was hier geschah, dass ich keine Angst empfinden konnte. Ich hörte das Ratschen seines Reißverschlusses. War der Stoff seiner Hose wirklich so laut, als er heruntergeschoben wurde?

Die ganze Situation war derart irreal, dass ich keine Sorge um meinen Job hatte. Im Gegenteil: Ich stellte mir vor, dass Prince jetzt auftauchte. Der dürre, magenkranke Mr Prince, der den ganzen Tag nur irgendwelche Brühen schlürfte, die er sich in alten, zerbeulten Blechkannen in den Laden mitbrachte. Und ich stellte mir vor, wie er offen dabei zusah, wie ich hier im Stehen von dem Fremden rangenommen wurde.

Dieses Szenario machte mich so scharf, dass ich gar nicht gleich merkte, als ein harter Penis in meinen Spalt geschoben wurde. Erst nachdem er mir drei oder vier Hübe verpasst hatte, wurde ich von meinem eigenen Keuchen aus den Gedanken gerissen. Mit geübtem Griff hielt er meine Hüften in Position und verschaffte so gleichzeitig sich und mir die höchste Befriedigung.

Der Typ bumste schnell und hart. Es dauerte nicht lange und meine Spalte begann zu brennen. Jetzt musste ich mich wirklich festhalten, denn ich wollte ihm Widerstand bieten, um nicht ernsthafte Schmerzen zu erleiden. Um Luft zu holen, öffnete ich meinen Mund, und das möglichst ohne zu ächzen.

Das Regal bebte, sobald er zustieß. Ich wollte meine Spalte für ihn spreizen, doch ich konnte unmöglich loslassen.

Ein kurzes Ächzen hinter mir, ein Innehalten, Verkrampfen. Dann spürte ich die Wärme, die sich in meinem Schoss ausbreitete. Ich drehte mich um und beobachtete ihn dabei, wie er einen Schritt zur Seite trat und gemächlich seine Hose schloss. Sein Schwanz musste inzwischen schlaff sein, doch formte er selbst in diesem Zustand noch eine ansehnliche Beule in der Hose. Kein Wunder, dass meine arme Muschi so mitgenommen war!

Höflich zog er meinen Rock hinunter und lächelte. Auch wenn er jetzt im Düsteren stand, so war trotzdem nicht zu übersehen, dass er ein verdammt appetitlicher Typ war. Es machte mich sogar ein bisschen stolz, dass er mich gevögelt hatte. Total verrückt!

»Du musst aufpassen. Es kann jeden Moment jemand kommen«, grinste er frech. Als hätte ihn das irgendwie gekümmert!

Ich ging gar nicht auf seinen kessen Spruch ein, sondern gab die Coole: »Was will McLeod von mir?« Auf keinen Fall wollte ich ihn merken lassen, welches überraschende Vergnügen er mir gerade bereitet hatte!

»Kann ich dir nicht sagen. Aber ich denke, er will dich sehen oder wissen, was du machst.«

»Hat er dir gesagt, dass du mich bumsen sollst?« Wieso wollte ich denn das wissen?

»Du bist ein echt heißes Teil!«, grinste er.

»Das ist nicht die Antwort auf meine Frage.«

»Er muss mir so was nicht sagen«, gab er lapidar zurück.

Eine wirkliche Antwort war das auch nicht. Aber ich wollte nicht weiter in ihn dringen.

»Er lässt dir sagen, dass der Job immer noch zu haben ist.«

Ich war wild entschlossen, bei meiner Absage zu bleiben. Wenn ich jetzt auch leicht wankend wurde, während ich diesen Kerl gegenüber ansah und ein seltsames Beben in meinem Magen spürte. In seinen Augen las ich eines – ganz über jeden Zweifel erhaben: Verheißung!

Ich war wie gespalten … Auf der einen Seite hätte ein solcher Job das Ende meiner Misere bedeutet. Auf der anderen Seite konnte ich mir nicht vorstellen, mit wildfremden Männern gegen Geld ins Bett zu gehen. Natürlich, vorstellen konnte ich mir viel … aber die Wirklichkeit?

»Sag ihm, dass ich immer noch nicht interessiert bin.« Das war der einfachste Ausweg. Zumindest kam es mir in dieser Situation als das Beste vor. McLeod schien ja weiterhin an mir interessiert – hätte er sonst diese Sahneschnitte mit dem atemberaubenden Lächeln geschickt? Einerseits gab mir das Bedenkzeit, aber andererseits durfte ich den Bogen nicht überspannen, wenn ich das Angebot nicht endgültig in den Sand setzen wollte.

Er nickte. Auf seinem Gesicht zeichnete sich etwas ab, das ich nicht gleich deuten konnte. Also durchforschte ich seine Züge und kam zu einem Schluss, der mich verwirrte: Zufriedenheit! Er schien in irgendeiner abgedrehten Art zufrieden mit meiner Antwort zu sein. »Ich werd's ihm ausrichten.«

»Wer bist du eigentlich?«, fragte ich zugegebenermaßen etwas spät.

Er grinste, drehte sich rum und verschwand zwischen den Bücherreihen.

»Miss Hunter! *Was*, bitte schön, ist *das* denn?« Eine hohe, anklagende Stimme ertönte hinter mir und das Blut gefror in meinen Adern. Ein langer spinniger Finger zeigte vorwurfsvoll auf die am Boden liegenden Bücher.

»Sie sind mir runtergefallen. Tut mir leid.« Eifrig machte ich mich daran, sie aufzuheben, was mir ein bisschen schwerer fiel als normal, weil meine Spalte noch leicht brannte. Doch ich wusste genau, dass ein Leo Prince einen nicht so leicht davonkommen ließ. Er musste noch eins draufsetzen.

In der Mittagspause war es dann soweit! Ich saß mit meinem Brot und einer Modezeitschrift im Pausenzimmer und betrachtete die bunten Bilder der Reichen und Schönen, als Prince hereinkam. Er setzte sich ans andere Ende des Zimmers und packte seine Suppe aus.

Der Raum roch nach Kaffee und dem Inhalt des Kühlschrankes, der teilweise schon Füße bekam und von allein zum Mülleimer lief.

Jedes Mal, wenn jemand die Ladentür öffnete, kam ein Schwall Geruch nach feuchtem Papier hereingeweht. Es regnete draußen, denn der Herbst hatte mit aller Kraft eingesetzt. Regen bedeutete feuchtes Papier im Laden!

Jim, Prince' neueste Errungenschaft als Schoßhündchen, kam herein und trug einen Stapel Bücher. Er balancierte ihn in Richtung seines Gebieters. »Wo soll ich die hinbringen, Mr Prince?«

Jim machte natürlich keine Mittagspause – er arbeitete durch. Jim genehmigte sich nur einen Tee im Stehen. An ihm konnte man sich ein Beispiel nehmen! Jim würde es noch weit bringen! Jim war der Beste von allen!

Wahrscheinlich vögelte Mister Magenkrank den guten Jimmy …

»Ooooh …«, trötete Prince, »… sei mir ja vorsichtig. Das sind die neuen Chagall-Bildbände. Aber du machst das schon. Nicht, wie manch andere hier …«

Die letzten Worte galten mir – und damit allen! Pflichtschuldig wurden Köpfe gehoben und wieder gesenkt. So, jetzt hatte er die Aufmerksamkeit, die er gesucht hatte. Endlich konnte er sich mich vorknöpfen, denn ich war sein Lieblings-Opfer.

Er wusste, wie sehr ich diesen Job brauchte. In einem schwachen Moment hatte er mich in ein Gespräch verwickelt, den Kümmerer gespielt und ich war glatt darauf reingefallen. Unerfahrene Pute, die ich war!

Ich hatte ihm von meinen unbezahlten Rechnungen erzählt und vom Druck, den meine Vermieterin machte, weil ich immer wieder mit der Miete im Rückstand war. Von dem Tag an hatte ich ausgelitten. Für alles und jedes ließ er mich büßen. Und ich hatte eine beinahe panische Angst vor ihm. Ich begann zu zittern, wenn er nur in meine Nähe kam, bekam Schweißausbrüche, wenn ich seine Stimme hörte.

Keine Gelegenheit ließ er aus, mich zu piesacken oder mich vor anderen bloßzustellen. All das genoss er offensichtlich auf eine unnachahmlich perverse Art und Weise. Himmel, wie ich diesen dürren Mann hasste!

Jetzt hatte er sich wieder mich vorgenommen. Ich, der dümmliche, abstoßende Gegensatz zu seinem strahlenden Schoßhündchen. Innerlich wappnete ich mich und versuchte wegzuhören, so zu tun, als sei ich nicht da. Deshalb verkroch ich mich in meine Zeitschrift – »Gedruckte Abscheulichkeit«, wie Prince es nannte – und zwang die Tränen zurück, die mit Sicherheit gleich in meiner Kehle aufsteigen würden.

»Wissen Sie …«

An wen wendete er sich jetzt?

»… es gibt Kollegen, bei denen ich mich frage, wieso sie eigentlich in unserem Beruf arbeiten!«

Dramatische Pause. »Es scheint ihnen nämlich so gar nichts am gedruckten Wort zu liegen. Zumindest nicht am tiefsinnigen gedruckten Wort.« Abermals dramatische Pause. »Stellen Sie sich vor: Vorhin komme ich in eine meiner Lieblingsabteilungen …«

Warum stand ich nicht einfach auf und ging? Weil es nichts brachte! Er hätte mich einfach woanders gekriegt. Also konnte ich auch gleich sitzenbleiben und mir meine Predigt sofort anhören.

»… und was sehe ich am Boden liegen?« Er drehte sich mit weit geöffneten Augen im Kreise, wie ein Schmierenkomödiant, der sich des Erfolges seiner Pointe sicher sein will. »… einen kompletten Stapel Bücher. Zehn Stück mindestens. Keines unter dreißig Pfund Sterling!«

Die Zuhörer brauchten eine gewisse Zeit, um die gesamte Tragweite zu begreifen und dann zu versuchen, den Schock zu überwinden.

Schon lange konnte ich mich nicht mehr auf die Fotos konzentrieren. Längst war klar, dass alle Augen sich auf mich gerichtet hatten. Es war schließlich *meine* Hinrichtung. In meinem Magen wurde es ganz flau. Ich wollte wegrennen.

All meine Qual trat vor mein inneres Auge: Ich sah mich selbst an diesem Resopal-Tisch sitzen, sah, wie ich erniedrigt wurde und mich nicht zur Wehr setzte, und ich sah mich wieder und wieder als das Opfer seiner selbstgerechten Angriffe!

Nachher würden mich alle trösten, ihre Arme um mich legen und beruhigend auf mich einreden. Man würde mir Taschentücher reichen, über mein Haar streicheln und mir versichern, was Prince für ein Arschloch sei. Aber eben erst, wenn er wieder draußen war.

Es verletzte mich, dass niemand aufstand, um für mich Partei zu ergreifen und es verletzte mich noch mehr, dass es sich ständig wiederholte und ich diesen Bann scheinbar nicht brechen konnte. Aber was hielt mich denn ab? Nur das Geld?

Dann würde ich eben alles hinschmeißen und heimfahren. Punkt. Aus. Fertig. Ich würde zu meinem Vater gehen und sagen: »Hallo, Dad, hier bin ich wieder! Die Versagerin, die mit weit aufgerissenem Maul und großen Ankündigungen, entgegen deinen Warnungen, mit ihren paar Kröten in die Hauptstadt gegangen ist und Schiffbruch erlitten hat.«

Genau das war es! Ich musste mich hier demütigen lassen, um nicht zu Hause die wandelnde Blamage zu sein. In einem kleinen Ort nahm man sich eine solche Chance nur ein Mal im Leben. Entweder nutzte man sie und kam nie wieder zurück oder man versagte und …

Ich musste da einfach nur durch, sagte ich mir. Irgendwann würde er die Lust verlieren, mich niederzumachen. Aber was würde bis dahin aus mir werden? Ein Häuflein Elend ohne einen Funken Selbstbewusstsein?

»Man geht so nicht mit Büchern um, Miss Hunter«, donnerte es über mich hinweg.

Jetzt war es raus! Er hatte meinen Namen ausgesprochen.

»Ich weiß nicht, wie Sie mit ihrem privaten Lesestoff umgehen – und das interessiert mich ehrlich gesagt auch gar nicht – aber mit *diesen* Büchern hier, für die ich die Verantwortung trage, werden Sie …«

Ich dachte an George. Und an den Typen eben im Laden. Die Bilder wirbelten durch meinen Kopf wie das Laub in Kensington Gardens. Ich konnte sie nicht fangen. Nicht halten. Aber sie waren da und erfüllten mich. Georges Blicke. Die Berührungen des Dunkelhaarigen. Ein äußerst erfolgreicher Anwalt und ein traumhaft aussehender Fremder hatten mich begehrt und genommen. Ganz so übel konnte ich also nicht sein. Zudem war mir ein Job für fünfhundert Pfund – wohlgemerkt: pro Abend! – angeboten worden!

»*Wieso,* wenn Sie mir das mal erklären würden, *wieso* liegen diese Bücher am Boden?!«

Dann geschah es! Überraschender als Schnee im Juli. Eine warme Welle sammelte sich in meinem Magen, zog aus allen Adern Kraft, bäumte sich wie ein lebendiges Wesen auf und brach plötzlich aus mir heraus.

Eine gewisse Emma Hunter stand auf, klappte das Titelblatt ihres Magazins zu und stützte die Fäuste auf den Tisch. »Weil sie mir runtergefallen sind«, sagte sie ganz ruhig. Sie beugte sich ein klein wenig nach vorne. Kaum erkennbar für einen Außenstehenden, aber eine klare Kampfansage für einen gewissen Leo Prince!

»Und *warum* sind sie Ihnen runtergefallen?« Seine Stimme schien sich nicht verändert zu haben. Noch immer war sie hochnäsig, rechthaberisch und oberlehrerhaft. Aber irgendwo darunter, unter diesen festgefügten Schichten, gab es plötzlich eine andere Nuance. Eine Nuance der Unsicherheit.

»Weil ich am Regal von einem Typen gevögelt worden bin.«

Jetzt saßen alle aufrecht. Wilde Blicke flogen durch den Raum wie der Quidditch-Ball bei Harry Potter. Ein paar männliche Kollegen feixten. Die Frauen waren geschockt oder wurden rot.

»Sie wurden … *was?*«

Das letzte Wort stürzte aus Prince' Mund wie ein Bergsteiger vom Felsvorsprung. Man konnte es kaum noch hören. Es zerbrach. Zerschellte.

Vollkommen ruhig betrachtete ich die Überreste. Dann legte ich meine Brotbox auf das Heft, obendrauf meine Wasserflasche und warf meine Tasche über die Schulter.

»Ich wurde von einem Typen mitten in Ihrer Lieblingsabteilung gebumst. *Im Stehen. Von hinten.* Und dabei sind mir die Bücher runtergefallen.« Langsam schob ich den Stuhl unter den Tisch. »Und dieser Typ waren nicht Sie, Mister Prince!«

In diesem Moment wurde mir klar: Ich konnte fliegen! Ich hätte nur die Arme ausbreiten müssen, um mich in die Lüfte zu erheben. Wenn ich mich umblickte, konnte ich die offenen Münder erkennen und einen Leo Prince, der gelähmt mit einem blutarmen Gesicht in den Seilen hing. Für immer dem Hohn und Spott seiner Kollegen ausgesetzt. Jeder kleine Lehrbursche würde hinter seinem Rücken kichern: »Und der Typ waren nicht Sie, Mister Prince.« Diesen Satz würden sie noch auf seinen Grabstein meißeln! Ganz London würde widerhallen vom Gelächter.

Ich hatte meinen Trench angezogen und den Schirm aufgespannt. So tänzelte ich beinahe über den Gehweg in Richtung Straßenbahn á la Gene Kelly.

Ernüchtert fiel mir dann allerdings auf, dass ich in diesem Laden mein Geld verdient hatte und dass Mister Prince noch immer Abteilungsleiter war und andere schikanieren konnte. Ich aber war pleite und arbeitslos.

Ein eisiger Wind pfiff mir aus dem Eingang der Tube entgegen. Selbst Kragenhochziehen nützte nichts mehr. Ich blieb stehen. Wenn dieser Monat vorbei wäre, hätte ich nicht mal mehr das Geld, um mit dem Bus zu fahren …

Aus und vorbei! Ich war erledigt. Ein verdammt teuer erkaufter Triumph! Gewiss, alle würden über Prince lachen, aber nur so lange, bis Prince sich den erst besten Lachenden schnappte, der sich dann auch überlegen musste, wie er ohne Job klar kam.

So schluckte ich meinen Stolz hinunter, betrat ein Schuhgeschäft an der Gloucester Road und fragte, ob sie nicht eine Verkäuferin suchten. Man sah mich mitleidig an und verneinte.

Ich wanderte von Tür zu Tür und hatte überall Pech. Nicht einmal als Putzfrau hatte ich Glück!

Also fuhr ich in meine Wohnung, kaufte bei unserem indischen Tante-Emma-Laden noch eine billige Flasche Sherry von meinem letzten Geld und beschloss, mich zu betrinken. Jämmerlich!

Wenn ich wenigstens geraucht hätte. Rauchende Helden sind immer tragische Helden. Ich aber saß an meinem vollgerümpelten kleinen Couchtisch und nippte an dem Sherry, der nicht mal ansatzweise nach dem schmeckte, was ich bei George McLeod getrunken hatte.

Dieses Zeug hier schmeckte nur nach Kopfschmerzen.

Aber so etwas wie bei McLeod würde ich eh nie mehr bekommen, also konnte ich auch diesen Fusel trinken. Ich wollte nur Pause machen, darüber nachdenken wie ich nach Haworth zurückkam und dann – schlafen.

Leider hatte ich nämlich keinen einzigen Penny mehr, um eine Fahrkarte zu kaufen. Also würde ich nicht nur besiegt nach Hause zurückkehren, ich musste mir das Geld für meine Fahrkarte nach Canossa auch noch borgen …

\*\*\*

Der Regen trommelte einen gleichmäßigen, traurigen Rhythmus gegen mein Fenster und ich wusste mir keinen Rat mehr.

Ich ließ Wasser in meine Wanne einlaufen und schüttelte die letzte Probepackung »Pincher's Golden Rose« hinein, die ich bei »Boot's« geschenkt bekommen hatte.

Dann zog ich mich aus und legte mich mit meinem Sherry in das heiße Rosenbad. Ruhig dümpelte ich vor mich hin, nippte am Sherry, träumte von George McLeod, einem besseren Leben und irgendeinem Wunder, das sich sicherlich nicht nur bei Rosamunde Pilcher ereignete, sondern auch bei Emma Hunter.

Immerhin hatte McLeod den Dunkelhaarigen zu mir geschickt. Das hieß doch, dass er Interesse an mir hatte. Ob
ich ihn einfach noch mal anrufen sollte? Dass ich mich von
seinem Handlanger hatte bumsen lassen, steigerte das jetzt
meine Chancen oder ruinierte es sie vollkommen?

Die alte, brave Emma schalt mich für solche Überlegungen,
doch die alte Emma war auch nicht pleite und am Ende.
Der neuen Emma blieben lediglich unerfüllte Träume. Oder
Fantasien, wie die mit George McLeod … Das war für mich
eine kleine rettende Insel in meiner Niedergeschlagenheit.
Ich stellte mir vor, er würde mich aus allem rausholen und
ich begänne ein anderes Leben ohne Geldsorgen und ohne
vernichtetes Selbstbewusstsein.

Wieder rief ich mir unsere Höhle vor Augen und das Gefühl,
das ich dort gehabt hatte, welches er mir gegeben hatte …

Mit geschlossenen Augen lag ich in der Wanne und beobachtete das Gefühl von allen Seiten, das nun in mir aufstieg.
Es war – Sehnsucht! Überraschende, unerwartete und unver-
hoffte Sehnsucht! Ich wurde unruhig. Sollte ich zu ihm gehen
und sagen, ich hätte es mir überlegt? Aber wollte ich wirklich
mit anderen Männern *das* tun, was ich mit *ihm* getan hatte?

Das Wasser wurde kalt und zwang mich zu der Entscheidung, neues heißes dazuzulassen oder ganz aus der Wanne
zu steigen …

Ich leerte meine Flasche Sherry bis auf einen Rest, den ich
nicht mehr schaffte, denn ich war jetzt so träge und umnebelt,
dass ich nur noch ins Bett wollte. Deshalb kuschelte ich mich
in meine Decke und überließ abschließende Gedanken dem
nächsten Tag.

# BÜHNENREIF

Das Nächste, an das ich mich erinnere, war schrilles Klingeln. Mein Kopf schmerzte. Scheiß Sherry!

Ich versuchte zu erkennen, was da klingelte. Es war mein Telefon. Helligkeit trat durch die Gardinen. Es war also Tag. Orientieren war in diesem Moment nicht meine starke Seite.

Ich tappte über den kalten Boden und suchte den Hörer.

»Ja?«, fragte ich unwirsch.

»Aha, du arbeitest also nicht mehr.«

Mein Herz machte einen Sprung bis zur Sonne und wieder zurück. »George? Äh, Mister McLeod …« Ich räusperte mich, denn ich wollte nicht, dass er mir den Kater anhörte. Wie sollte ich ihn überhaupt anreden?

»Ich wollte mit dir einkaufen gehen«, sagte er locker.

Ich war wie vom Donner gerührt!

»Derek hat mir von seinem Besuch in der Buchhandlung erzählt, und da dachte ich mir, einkaufen sei vielleicht keine schlechte Idee.«

*Von wegen: hat mir erzählt! – Alles geplant!*, schoss es mir durch den Kopf. Aber wie viel wusste er? Die Frage brannte in meinem Magen. Hatte er eine Ahnung von dem, was dieser Derek mit mir gemacht hatte?

»Kannst du in einer dreiviertel Stunde fertig sein? Ich hole dich ab.«

Ich stammelte eine Zustimmung. Er sprach mit mir wie mit einer alten Bekannten. Aber war man das nicht auch irgendwie, wenn man den Schwanz des Typen im Mund gehabt hatte?

Ich wollte mich schick machen, doch ich konnte ja schlecht den schwarzen Rock und die durchsichtige Bluse anziehen! Die ganze Zeit über hüpfte ich förmlich auf der Stelle. Himmel, es war das gleiche Gefühl wie damals als Kind, wenn ich am Weihnachtsfeiertag die Treppe zum Wohnzimmer hinuntergelaufen bin. Ich konnte das Gefühl fast berühren, so realistisch kehrte es zu mir zurück.

George war mein Weihnachtsmann!

Ich entschied mich für ein enganliegendes, schwarzes Kleid, dessen Ausschnitt ich tief hinunterzog, in der Hoffnung, er möge an der Stelle bleiben.

Bei dem Gedanken an George, fühlte ich mich augenblicklich sexy. Sehr sexy sogar. Er war ein Zauberer!

Ich war mir nicht sicher, ob ich nicht schon im Wagen über ihn herfallen würde. Auf der anderen Seite: was, wenn unsere Nummer nur der Test-Fick gewesen war? Wenn er nur rausbekommen wollte, was ich im Bett so draufhatte …

Augenblicklich wurde mir speiübel. Wie weggewischt war alle Vorfreude. Einkaufen? Doch nicht, um mir eine Freude zu machen oder um mit mir zusammen zu sein … Nein! Da stattete einer sein neuestes Pferdchen aus! Es tat weh – unsagbar weh! Es war schlimmer als alles, was ein Leo Prince mir je hatte antun können. Und gerade, als ich zu weinen anfangen wollte, klingelte es an der Tür.

Ich stürmte zum Fenster. Draußen stand im nassen, klebrigen Laub des billigen Londoner Vorortes ein anthrazitfarbener Rolls Royce. Ein glitzerner, strahlender Abkömmling der automobilen Upperclass. Mein Herz setzte einen Schlag lang aus.

*Reiß dich zusammen, Emma Hunter!*, mahnte ich mich. *Du brauchst den Job, und wenn du Glück hast, fällt sogar noch mal eine Nummer mit McLeod für dich ab!*

Oh Gott! Am liebsten hätte ich den Weg zum Rolls Royce zehnmal gemacht, damit auch wirklich jeder sehen konnte, dass dieser Wagen auf *mich* wartete.

George war im Trockenen geblieben. Er hatte es seinem Fahrer überlassen, auszusteigen und zu klingeln. Hatte ich tatsächlich etwas anderes erwartet? Die Upperclass lässt sich nicht für eine Landpomeranze nass machen.

Der Fahrer hielt einen gewaltigen weißen Regenschirm über mich, aber ich zog trotzdem den Kopf ein. Es war, als ginge man mitten im Regen unter einer weißen Wolke. Der Fahrer trug keine Uniform, aber auch so sah man, dass er ansprechend breite Schultern und ein energisches Kinn besaß. Er dirigierte mich zur rückwärtigen Tür des Rolls, die er mit elegantem Schwung öffnete.

George hatte einen Arm auf dem herausklappbaren Mittelteil gestellt und stützte sein Kinn mit dem Zeigefinger. Vor ihm leuchtete ein kleiner Monitor, der in die Rückenlehne des Beifahrersitzes eingelassen war.

»Du bist nicht nass geworden, oder?«, fragte er.

Der Geruch im Wagen verströmte einen Hauch von Reichtum. Kein protzig zur Schau gestellter Reichtum, sondern angewöhnter Reichtum. Feinstes, handschuhweiches Leder. Keins, an dem man mit der Haut schmerzhaft kleben blieb, wenn man ein wenig schwitzte.

»Mach's dir bequem. Ich dachte, wir fangen mit der Wäsche an.«

Das musste man ihm lassen – er verschwendete keine Zeit!

Ich sah mich um und kam zu dem Schluss, dass die Wurzelholzelemente hier drinnen kein bemalter Kunststoff, sondern echt waren.

»Schaust du damit Fernsehen?«, wollte ich wissen und deutete auf den kleinen Bildschirm.

Er runzelte die Stirn und blickte mich verwirrt an. »Was? Ähm … ja, kann ich auch. Oder DVD's … oder mit Bild telefonieren.« Er beugte sich zum Fahrer. »Was kann man noch damit machen?«

»Internet, Mr McLeod. Sie kriegen hier Internet.«

»Ah, ja. Danke.«

Ich war schwer beeindruckt. An so etwas konnte man Geschmack finden.

George nickte kurz in den Rückspiegel und der Wagen setzte sich vollkommen lautlos in Gang. Ich war fassungslos. Wir schwebten förmlich durch den Londoner Regen. Es war wie in einem Film. Man sah, was sich auf der Leinwand abspielte, aber es hatte eigentlich nicht wirklich mit einem selbst zu tun.

Vielleicht liegt darin das Geheimnis, warum sich Menschen mit einem gewissen Reichtum derart unantastbar fühlen und manchmal auch aufführen …

Wir bewegten uns von den grauen schäbigen Außenbezirken mit den Spielplätzen, auf denen die Basketballkörbe keine Netze mehr haben, und in denen die Häuserwände mit hässlichen Graffiti überzogen sind, in das elegante Herz der Stadt. Ich sammelte alle Eindrücke der Straßen und Häuser um mich herum, denn ich war mir die ganze Zeit über bewusst, dass ich wahrscheinlich nie mehr in solch einem Fahrzeug hier entlang fahren würde.

Und – egal, was erzählt wird – es *ist* ein Unterschied, ob man in einem Rolls durch eine Stadt fährt oder mit einem Toyota!

»Du bist aus der Buchhandlung rausgeflogen, hörte ich«, bemerkte George.

»Woher weißt du das?« Erstaunt blickte ich ihn an und

52

fügte hinzu: »Im Übrigen bin ich nicht rausgeflogen! Ich habe gekündigt!«

Er drehte an seinem Ehering. Ein zartes Lächeln umspielte seine Mundwinkel. Seltsam, aber ich mochte dieses Schmuck-stück nicht.

»Wohin fahren wir?«, fragte ich, doch ich bekam keine Antwort. Auch nicht, als ich trocken feststellte: »Du hast mich noch nicht mal begrüßt.«

Er schenkte mir lediglich einen Seitenblick und schaute dann wieder hinaus in den Regen. Nach einer Weile drückte er einen Knopf der Mittelkonsole und zwischen uns glitt eine Art Schublade auf, die diverse Getränke und Gläser enthielt. Er füllte ein Glas und reichte es mir herüber.

»Wieso siehst du mich gar nicht richtig an?«, grummelte ich und war augenblicklich von mir selbst genervt, weil ich die Rolle der zickigen Geliebten nicht spielen wollte.

Jetzt blickte er zu mir herüber. Seine blauen Augen fokus-sierten mich. Mein Hals wurde mir eng und meine Brüste spannten in dem hässlichen Kleid vom Ramschtisch bei »Marks & Spencer«.

»Wenn ich dich länger ansehe, dann werde ich dich auf der Stelle hier im Wagen vernaschen. Ich versuche mich also zu beherrschen.« Er grinste.

Ich mochte die Art, wie er mit mir sprach. Er war nett, ohne Berechnung. Ich war auch nett, aber mit Hintergedanken, denn ich konnte meine Augen nicht von ihm lassen. Wie mit einer Röntgenbrille sah ich durch seinen wunderbaren Anzug und das seidene Hemd bis auf seine Brust mit den kleinen grauen Löckchen. Sie dufteten so wunderbar nach dem Gel, das er offensichtlich zum Duschen verwendete. Es hatte die gleiche Note wie sein Rasierwasser. Ich fantasierte kleine Honigtröpfchen auf seine Brustwarzen, die ich ablecken wollte. Ganz langsam. Dabei würde ich ihn so anturnen, dass er fast kam.

Während er sprach, sah er aus dem Fenster. »Du denkst an Schweinereien, mein Schatz.«

»Hör auf, meine Gedanken zu lesen, böser, alter Mann!«

Er schenkte mir einen kurzen amüsierten Blick.

Dass der Wagen gehalten hatte, war mir nicht bewusst gewesen, so leise glitt er durch die Landschaft. Als ich aus dem Fenster blickte, stellte ich fest, dass mir die Gegend nicht bekannt war.

Eigentlich wollte ich nicht aussteigen, sondern in die weichen Ledersitze gekuschelt ewig weiterfahren und aus dem Fenster schauen oder eine Nummer mit George schieben …

Es waren keine Läden zu sehen. Nur Wohnhäuser im Edwardianischen Stil. Was wollten wir hier?

Jetzt übernahm George den Schirm. Der Fahrer hielt uns nur den Wagenschlag auf. Dann liefen wir durch den Regen zu einem Haus und klingelten an der Tür.

»Sind wir hier richtig?«, fragte ich unsicher.

George würdigte mich keiner Antwort.

Es wurde so schnell geöffnet, als habe die Dame im strengen dunkelblauen Kostüm, und den straff nach hinten frisierten Haaren, schon hinter der Tür auf uns gewartet. Der kleine weiße Schulmädchenkragen warf ein helles Licht auf ihr Gesicht, das ihren Teint zum Leuchten brachte.

George nickte ihr zu und sie nahm ihm den Schirm ab.

»Miss Hunter«, stellte er mich leise vor.

Was war das hier? Eine Leichenhalle? Um mich herum strotzte es nur so von Eleganz und Geld: zentimeterdicke Perserteppiche, an den Wänden hingen Gemälde mit schweren, goldenen Rahmen, über uns funkelten Kronleuchter mit hunderten von Prismen … Es raubte mir den Atem. Jetzt befand ich mich also in einem jener Häuser, die ich bisher nur deswegen kannte, weil ich abends gerne vom Gehweg aus in die erleuchteten Zimmer der Reichen schaute.

»Wenn Sie sich bitte noch einen Moment gedulden würden.« Die Dame im Kostüm glitt davon, ohne dass ihre Füße irgendein Geräusch machten. Es war beinahe unheimlich.

Ich betrachtete die Gemälde genauer und erkannte jede Menge pikanter Szenen, die an Deutlichkeit nichts zu wünschen übrig ließen: fröhlich bumsende Putten, Mösen leckende Drachen – Eine Schweinerei nach der anderen! Ich deutete auf einen Geist in waberndem Gewand, der offensichtlich ein Burgfräulein in den Po vögelte.

George nickte. Ein etwas angestrengter Zug lag auf seinem Gesicht. Schämte er sich meiner?

»Ich möchte wieder gehen«, wisperte ich. Das Gefühl von Warten auf den Zahnarzttermin machte sich breit.

»Sei nicht albern«, wies er mich knapp zurecht.

Ich senkte den Kopf.

Die Gouvernante erschien wieder. »Wenn Sie mir jetzt folgen würden …«

Wir betraten hinter ihr einen wunderbaren Raum, und es herrschte eine derart plüschige Atmosphäre hier, dass der Widerspruch zwischen dieser Frau und dem Raum kaum hätte krasser ausfallen können. Die Wände waren mit ochsenblutrotem Stoff bespannt, der von goldenen Rahmen gehalten wurde. An der Decke wogten üppigste Stuckaturen und setzen sollten wir uns auf dicke rote Barocksessel, die an den Wänden verteilt standen.

Es gab auch einen eleganten Zweisitzer, den ich aber ignorierte, weil ich nicht in so engen Kontakt mit George kommen wollte. Auf einem Seitentisch stand ein riesenhaftes Gesteck aus schwer duftenden Blumen, von denen Bündel von Freesien und Lilien nur ein Teil waren.

Noch immer blickte ich mich um, während die Frage durch meinen Kopf wanderte, wo denn nun die Wäsche war, die wir uns ansehen wollten …

Im gleichen Moment wurden meine Gedanken von einem leise schleifenden Geräusch der gegenüberliegenden Zimmerseite abgelenkt.

Ich hielt den Atem an. Die Wand bewegte sich in mäßigem Tempo, wie ein Vorhang bei einem Theater, zur Seite und gab den Blick auf eine wunderschöne Szenerie frei. Es gab echte Blumen und eine Art Schlafzimmer, dessen Fenster auf einen Schlosspark hinausgingen, wo Springbrunnen, Rabatten und gepflegte Kieswege zu sehen waren. Der Künstler hatte sich eindeutig den Park von Hampton Court als Vorbild genommen.

Atemlos erkannte ich, dass die Springbrunnen ganz offensichtlich echtes Wasser führten. Und wenn nicht, so war dies eine wirklich perfekt gemachte Illusion!

Ich warf George ein strahlendes Lächeln zu. War diese ganze Inszenierung nur für mich? Ja, daran gab es keinen Zweifel mehr.

Zufrieden blickte er mich an.

Und dann geschah es …

Eine Bewegung von der linken Seite des Zimmers lenkte meine Aufmerksamkeit wieder der Bühne zu. Eine junge Frau trat auf. Sie hatte schulterlange, rötlich-braune Haare und eine aufregend weibliche Figur, die mit jeder Bewegung durch den hauchdünnen Stoff ihres goldfarbenen Negligees schimmerte.

Wie anmutig sie sich bewegte! Ich war fassungslos.

Jetzt drehte sie sich zu uns hin und ich erkannte mit äußerster Überraschung, dass nicht nur ihre Figur der meinen glich, sondern in irgendeiner sonderbaren Art auch ihre Züge, wie bei einer Schwester. So betrachtete ich zum ersten Mal ein Spiegelbild meines eigenen Körpers. Wie er sich bewegte, wie der Stoff ihn umschmeichelte … und ich stellte fest, dass dieser Körper schön war – schön und unglaublich sexy! Zum ersten Mal erkannte ich, warum George es mit mir machen wollte und warum dieser attraktive Fremde mich in der Buchhandlung gevögelt hatte.

Das Negligee der jungen Frau zeigte mehr, als es verbarg und lief auf eine reizende Art wie flüssiges Gold an ihren Kurven entlang. Ihr Anblick war der pure Genuss! Die junge Frau verströmte sich auf das große Bett. Dabei öffnete sich das Negligee und gab den Blick auf einen champagnerfarbenen Slip frei, der im Schritt geöffnet war.

Wie sie die Knie auseinanderfallen ließ und uns so den Anblick ihrer wunderbar rasierten Muschi schenkte … Ich liebte diesen Slip, der nicht mehr war, als die Andeutung eines Höschens.

Jetzt drehte sie sich schläfrig auf den Bauch und ließ uns so auch die transparente Rückseite sehen, die nur dort etwas dunkler schimmerte, wo ihr Pospalt war.

Himmel, was hätte ich darum gegeben, solch einen Hintern zu haben. Rund und voll. Zum Hineinbeißen.

Es klopfte.

Ich schrak aus meiner Betrachtung des hübschen Ärschleins hoch. Sie setzte sich auf ihre Knie und ein erwartungsvolles Strahlen ging über ihr Gesicht.

Eine junge Frau in einer Zofenuniform trat auf. Allerdings war diese Uniform wesentlich enger als die einer echten Zofe, und zwar so eng, dass die Brüste förmlich aus dem Ausschnitt gequetscht wurden. Die Uniform selbst war aus einer Art nicht glänzendem Gummi und schmiegte sich bei jeder Bewegung um die Kurven der Zofe. Sie beugte sich nach vorne, scheinbar um ihrer Herrin beim Umkleiden zu helfen, denn sie hatte mehrere Wäschestücke mitgebracht, die sie nun nacheinander in die Luft hielt.

Die Herrin schüttelte unwirsch den Kopf. Mit jedem präsentierten Stück schien sie wütender zu werden. Im Gegensatz zu mir, denn ich fand die Wäscheteile extrem schick und sexy.

Schlussendlich ohrfeigte sie die Zofe und befahl ihr, sich auf das Bett zu legen. Dann platzierte sie deren Rock auf dem Rücken so, sodass man die Arschbacken der Zofe herrlich glatt und rund in den Himmel ragen sah, umspannt von den Spitzenrändern ihrer schwarzen, halterlosen Strümpfe. Mit flacher Hand schlug die Herrin der Zofe auf den Hintern, dass es klatschte.

Das ganze Spiel, so albern es war, wirkte sehr anregend auf mich. Das helle Fleisch der Zofe bebte unter jedem Schlag und blieb doch fest. Wie gern hätte ich auch einmal Hand angelegt!

Ich kannte mich nicht mehr – seit wann erregten mich denn Frauen?

Starr blickte ich geradeaus, doch aus dem Augenwinkel bemerkte ich George. Er stützte sein Kinn auf die Finger und fixierte mich, wo sich doch das eigentlich Interessante auf der Bühne abspielte! Gänsehaut lief über meinen Rücken. So hatte mich noch nie ein Mann angesehen. Eine erregende Mischung von emotionsfreiem Beobachten und offenem Begehren.

Diese Erkenntnis raubte mir den Atem und ließ augenblicklich meinen Spalt prickeln. Es gab keinen direkteren Weg zum Sex, als die Gewissheit, zu begehren und begehrt zu werden.

Ich schlug meine Beine übereinander und reckte meine Brust etwas nach vorne. Ich wollte ihm einen appetitlichen Anblick bieten.

So sehr war ich mit Zurechtrücken beschäftigt, dass ich gar nicht bemerkte, wie die Wand wieder leise rauschend den Blick auf die Szenerie verstellte.

»Wie hat es dir gefallen?«, kam Georges sonore Stimme.

»Es war … anregend«, stammelte ich mit trockenem Mund.

Er grinste. »Darum ging es aber nicht wirklich, meine Süße. Das hier ist eine Verkaufsshow.«

Jetzt war ich baff. »Eine … *was?*«

»Tupperparty für Fortgeschrittene. Das ist es«, grinste er.

»Aha …«

»Du bekommst die Wäsche vorgeführt und im Anschluss entscheidest du dich für die Stücke, die dir besonders gefallen haben.«

»Das ist wirklich unglaublich!« Gerade wollte ich noch etwas sagen, das meinen Ruf wieder herstellte, als die Wand abermals zu rauschen begann. Bis heute weiß ich nicht, wie sie das gemacht hatten: Die Szenerie war komplett verändert worden und zwar in kürzester Zeit!

Nun erkannte man eine mittelalterliche Folterkammer. George blieb vollkommen regungslos, als ich ihm einen überraschten Blick zuwarf. Jetzt wurde mir klar, dass er das Szenario schon oft gesehen haben musste.

Augenblicklich ging es mir schlecht. War ich noch vor einigen Minuten so stolz darauf gewesen, dass er mich hierher mitgenommen hatte und ich die Frau an seiner Seite war, so schien plötzlich alles wie weggewischt. Wahrscheinlich hatte er schon viele Frauen hierher gebracht, die, genau wie ich, neben ihm gesessen hatten. Enttäuscht stellte ich fest, dass es nur ein Test-Fick gewesen war. Sein gelangweilter Blick auf die mittelalterliche Szenerie sprach Bände.

Aber ich beschloss, jetzt Spaß zu haben. Es war ein guter

Vorsatz, denn ich hatte nie Spaß gehabt und war immer die Verbiesterte gewesen. Und der Sex mit George hatte ja was gehabt. Wenn ich ehrlich war – der beste Fick meines Lebens! Ein Mann mit Erfahrung! Warum also nicht so weitermachen?

Eine Frau in einem hauteng geschnittenen, nach unten hin weit schwingenden, Lackledermantel betrat die Bühne.

In der Hand hielt sie eine Peitsche. Ihre Stiefel, die bei jedem Schritt unter dem Mantel hervorblitzten, waren mit so hohen Absätzen ausgestattet, dass ich mich wunderte, wie sie überhaupt darauf gehen konnte. Die Schäfte reichten ihr bis zu den Oberschenkeln, was ihr einen martialischen Touch gab. Dabei schwankte sie kein bisschen, sondern bewegte sich so fest und sicher, als trüge sie Sneakers.

Sie blickte sich um, dann setzte sie sich in eine Art Thron aus Holz. Als sie die Beine übereinanderschwang, sah man das helle Fleisch ihrer Schenkel, das über dem Schaft ihrer Stiefel hervorlugte. Die Beine schienen ewig lang – es war unglaublich! Dazu noch diese Endlos-Absätze!

Ich war neugierig, was sie unter dem Mantel trug …

Wer immer diese Bühnenbilder entwarf, er hatte ein Händchen, mit wenigen Ausstattungsstücken einen maximalen Effekt zu erzielen. Die Wände sahen nach einer Mischung von Höhle und steinernen Burgwänden aus. Es roch sogar nach nassem, modrigem Verließ. Und bei all dem Aufwand, der betrieben wurde, war mir auch klar, dass es in diesem Laden keinen Slip für vier Pfund gab!

Doch ich erinnerte mich daran, dass George die Wäsche bezahlen musste und lächelte zufrieden. So könnte ich öfter Einkaufen gehen!

Jetzt betrat noch jemand die Bühne. Ein junger Mann wurde hereingeführt. Er hatte die Hände auf dem Rücken gefesselt, was seine überaus wohldefinierten Bauchmuskeln so richtig zur Geltung brachte. Sein Haar hing in goldenen Wellen seinen Rücken herab und verschaffte ihm Ähnlichkeit mit einem jungen Löwen. Alles, was er trug, war eine hauteng Lederhose, die über seinem Penis keinen Reißverschluss hatte, sondern mit Bändern geschnürt wurde. Sie saß derart hüftig, dass sein Schamhaar zu sehen war.

Der Löwenmann wurde von einem fetten Kerl hereingeführt, der wie ein echter mittelalterlicher Henkersknecht wirkte und eine Art dreckige Leggings trug, die unter dem feisten Bauch von einem breiten Gürtel gehalten wurde. Sein Kopf und seine Schultern steckten in einer Maskenhaube, die ihn unkenntlich machte.

Künstlich grob stieß er seinen Delinquenten, den blonden Löwen, vorwärts und fesselte ihn mitten auf der Bühne an eine Kette, die von der Decke hing. Nach getaner Arbeit ging der Henkersknecht links ab, nicht, ohne sich vor der Lederdame verbeugt zu haben.

Sie würdigte ihn keines Blickes, sondern sah nur auf den jungen Löwen, dessen Brust einfach zum Anbeißen war. Es kam mir unheimlich vor, wie all jene Dinge aufgeführt wurden, die mich auf Touren brachten …

Ich war derart in den Anblick des jungen Löwen versunken, dass ich zu Tode erschrak, als plötzlich Georges Stimme in mein Ohr glitt. »Würdest du ihn gerne vernaschen?«

Ich schluckte hart. Eine Antwort konnte und brauchte ich nicht zu geben. Es war mir nicht möglich, mir eine Frau vorzustellen, die bei klarem Verstand diesen Adonis verschmäht hätte.

Er war genau im richtigen Maße trainiert ohne als muskelbepackt zu gelten. Seine Haut war so glatt und schimmernd, dass sie förmlich danach schrie, berührt zu werden. Dazu kam

61

noch die mehr als einladende Beule in seiner Hose ... Das Ganze wurde von dieser scheinbaren Hilflosigkeit gekrönt – diesem Ausgeliefertsein ...

Jetzt erhob sich die Lederdame von ihrem Thron und ging langsam auf ihn zu. Sie setzte einen Fuß vor den anderen. Keine Hast. Er sollte Gelegenheit haben, ihren Anblick zu genießen und sich zu fragen, was ihn unter diesem Mantel erwartete ...

Doch seine Blicke zeugten nur von Abscheu.

Während sie ihn umrundete, schlug sie mit dem Griff der Peitsche in ihren Handteller. Dann aber blieb sie vor ihm stehen und sah ihn schweigend an. Mir stockte der Atem als sie einen Schritt nach vorne ging. Es war gewagt, denn er konnte sie durch einen Tritt oder einen Kopfstoß verletzen. Dann streckte sie die Hand aus und legte sie flach auf die kleine Senke in der Mitte seines Brustkorbes. Langsam glitt sie abwärts. Herr im Himmel – wäre das doch nur meine Hand gewesen!

Über dem Nabel machte sie eine Drehung und schon verschwanden ihre Fingerspitzen hinter der Schnürung seiner Hose.

Er warf den Kopf in den Nacken. Auf seinem Gesicht zeichnete sich eine Mischung aus Abscheu und Lust ab.

Durch das dünne Leder konnte ich sehen, dass sich ihre Finger um seine Erektion legten, wozu sie allerdings noch dichter an ihn herantreten musste. Jetzt würde sie seine Haut riechen können ... Mit geschlossenen Augen presste sie ihr Gesicht an seinen Brustkorb, während ihre Hand seinen Penis immer heftiger bearbeitete.

Und da war die Abscheu weg. Jetzt bewegte er seinen Unterleib in ihrem Rhythmus. Er stöhnte sogar leise. Nein, das war nicht mehr gespielt ... Sie wichste ihn tatsächlich! Sein Schwanz war jetzt so hart, dass er nicht mehr in der Hose blieb, sondern hinter dem Bund emporwuchs. Es genügte eine schnelle Handbewegung und die Lederdame riss die Hose herunter.

*Grundgütiger! Was für ein Hammer!,* schoss es mir durch den Kopf. Meine Möse juckte und brannte, mein Unterleib drückte vor Gier und Geilheit. Ich wollte mich nur noch auf die Bühne werfen und von ihm vögeln lassen.

Weg mit der Lederschlampe! Ich bin dran! Es kostete mich alles, auf dem Sessel sitzenzubleiben. Meine Finger waren eingekrallt und mein Gesicht vor Erregung gerötet.

Die Lederdame öffnete ihren Mantel, der mit einem Rauschen zu Boden fiel und einen großen schwarzen Hügel bildete. Die Figur, die nun zum Vorschein kam, passte exakt zu den Endlosbeinen. Sie trug ein schwarzes Lederkorsett, das derart eng geschnürt war, dass ich ohne Probleme meine Hände um ihre Taille hätte schließen können. Es war so kurz, dass man ihren Nabel sehen konnte. Der schwarze Lederslip war tief geschnitten und ließ den Bauch frei.

Die Lederdame hatte einen sehr kleinen Arsch, dessen Backen dennoch unter dem Rand des Slips hervorschauten. Ihre Brüste lagen auf dem Korsett wie auf einem Balkon.

Mit den Stiefeln war sie sogar ein Stückchen größer, als ihr gefesseltes Opfer, sodass sie jetzt nur ein Bein heben und den Slip im Schritt beiseiteschieben brauchte, um seinen Penis in sich einzuführen.

Ich wurde so geil, dass ich kurz davor war, es mir selber zu besorgen. Hätte George nicht so weit von mir weggesessen, wären meine Finger längst in seinem Hemd verschwunden, wenn nicht sogar tiefer gerutscht. Zum Teufel mit all den Weibern, die er hier schon hergeschleppt hatte!

Die Lederdame machte fickende Bewegungen, wenn ich auch irgendwie bezweifelte, dass die beiden es wirklich da vorne miteinander trieben. Es gab sicher irgendeinen Paragraphen, der es verbot, bei »Tupperpartys« zu vögeln.

George beugte sich wieder zu mir herüber und flüsterte in mein Ohr. Diesmal kam es nicht ganz so überraschend wie vorher und so schrak ich nicht zusammen. Ich warf nur einen kurzen, neugierigen Blick auf seine Hose und wusste Bescheid …

»Und? Geil?«, fragte er mich.

»Ja, sehr. Der Typ sieht wirklich klasse aus.« Ich überraschte mich selbst in einer Tour. Früher hätte ich es nie gewagt, einem Liebhaber gegenüber so etwas zu sagen. Ich hätte immer Angst gehabt, er würde mich sitzen lassen, weil er gekränkt war.

George aber strich sanft und langsam über meinen Schenkel. Sein Gesicht verzog sich etwas, als habe er erst jetzt den Stoff bemerkt, der meine Beine verdeckte. »Trag bitte keine solchen Zelte mehr, Süße.«

Er gab mir einen kleinen Klaps und sagte: »Aber da werden wir auch noch Abhilfe schaffen«, und sah zufrieden aus.

Ich öffnete meine Schenkel ein kleines bisschen und zeigte ihm so, dass ich mehr wollte. Hätte er meinen Slip angefasst, wäre ihm schnell klar geworden, wie scharf ich tatsächlich war …

Er rutschte wieder auf seinen gewohnten Platz und beobachtete die Szene weiter.

Die Lederdame warf jetzt den Kopf nach hinten, sodass ihre langen braunen Haare wie die Mähne eines Pferdes flogen. Ihr Rhythmus war so schnell geworden, dass sie offensichtlich beide gleich kommen mussten. Dann hielten sie plötzlich inne. Ein letztes Verkrampfen und ein langgezogener Schrei erfüllte den Raum. Der junge Löwe war auf das Heftigste in ihr gekommen.

Hechelnd ließ sie von ihm ab, rückte mit offensichtlich bebenden Fingern ihren Slip wieder zurecht und trat dann zurück.

Ich musste mich korrigieren: Seine Männlichkeit glänzte feucht und er war *definitiv* gekommen – es war unglaublich! Die beiden hatten es tatsächlich vor aller Augen getrieben!

Mein Hals wurde eng. Ich musste es bekommen. Jetzt! Geil rutschte ich auf meinem Sitz hin und her. Mein Magen rebellierte.

Die Wand schob sich vor, doch das bekam ich nicht mehr richtig mit. Mein Gehirn war umnebelt von Gier. Sie hatten mich mit ihrer Nummer so angemacht, dass ich keine Sekunde mehr klar denken konnte.

Ich stand auf und George sah mich überrascht an. Dann ging ich vor ihm auf die Knie und legte meine Hand auf seinen Schritt.

»Hey, du Luder!«, grinste er in gespielter Empörung.

Ich stand auf, ergriff seine Hand und führte sie unter meinen Rock. Wir waren allein in dem Raum. Was scherte es mich! Breitbeinig stellte mich über seinen Schoß. »Fass mich an!«, flüsterte ich heiser.

Er ließ sich nicht zweimal bitten. »Verflucht! Du bist nicht nur feucht, du bist nass!«

Als einer seiner Finger meine geschwollene Klitoris berührte, kam ich fast in seiner Hand, so geladen war ich. »George, nimm mich! Jetzt! Sofort!«

»Und wenn ich nicht kann?«

»Er ist hart. Warum solltest du nicht können?« Meine Stimme hatte den Klang eines enttäuschten Kindes angenommen.

»Weil wir Besuch bekommen haben …«

Jetzt erst bemerkte ich die Frau, die hinter uns eingetreten war. Sie trug ein Chanel-Kostüm in einem tiefdunklen Blau mit weißen Einfassungen. Dazu eine lange Perlenkette, die bis zu ihrem Bauchnabel reichte. Ihr Haar war frisch frisiert und sie duftete dezent nach einem sehr teuren Parfum. Alles in allem ein Abbild einer Grande Dame der Oberschicht.

»George! Wie lange ist es her?« Sie tat allen Ernstes so, als habe sie überhaupt nicht bemerkt, dass er seine Hand in meiner Muschi hatte und ich drauf und dran war, seinen Harten auszupacken …

Wir lösten uns voneinander und George erhob sich. Noch immer mit ansehnlicher Beule in der Hose. Zu meiner Überraschung nahm George sie in den Arm und küsste sie. Das war kein Freundschaftskuss Marke »Bussi links – Bussi rechts«, sondern sie küssten sich richtig, nur ohne Zungeneinsatz. Ich schluckte. Das fand ich nicht so witzig. Allerdings stand sie in einer Aufmachung vor uns, die wenig sexy wirkte.

Nach einer für mich peinlichen Wartezeit, lösten sich die beiden voneinander, und er betrachtete sie an ausgestreckten Armen. »Du siehst fabelhaft aus. Aber du hast abgenommen. Das nimmt dir etwas.«

Sie lächelte, rosenholzfarben und warm. »Mein lieber Freund, ohne meine Diät hätte ich kaum in dieses Kostüm gepasst.« Sie wandte sich mir zu. »Würdest du uns bitte bekannt machen?«

»Miss Emma Hunter … Lady Annabel de Winter."

Lady de Winter lächelte mich gewinnend an. »Es ist schön, Sie kennenzulernen. Ich hoffe, Ihnen gefällt unser Angebot.«

Hatte ich da eine gewisse Amüsiertheit gehört? »Die Sachen sind ganz wunderbar und man kann sich kaum entscheiden«, sagte ich wahrheitsgetreu.

»George nimmt bestimmt sowieso alles«, flötete Lady de Winter.

66

*Er ist einer unserer besten Kunden,* hätte eigentlich im Nachsatz kommen müssen. Doch sie schwieg höflich. Wir lächelten uns an, als plötzlich die Tür aufging. Nacheinander wurden kleine Tische hereingetragen. Auf einem wurden langstielige Gläser aufgebaut, daneben ein eleganter Sektkühler und auf den anderen Tischen die Wäschestücke.

»Ich darf euch doch auf einen winzigen Schluck einladen?« Lady de Winter blickte George verführerisch an.

Wir setzten uns und herein kam – der junge Löwe!

Jetzt war seine Hose wieder an ihrem Platz. Der Oberkörper allerdings noch immer nackt. So war dafür gesorgt, dass die gewollt erotische Atmosphäre erhalten blieb, denn ich konnte, wie geplant, meine Augen kaum von ihm lassen.

Als er sich leicht vornüberbeugte, um seiner Chefin einzuschenken, bewunderte ich seinen wunderbaren Knackarsch, der eng von der Lederhose umspannt wurde. Sie rutschte bei dieser Bewegung so tief, dass ich sogar einen winzigen Blick auf seine Pofalte werfen konnte.

Mein Blick traf den von George und er amüsierte sich offensichtlich königlich. Manchmal ging er mir ein bisschen auf die Nerven.

»Danke«, sagte Lady de Winter und schenkte dem jungen Löwen ein kleines Lächeln, während er sich ein paar Schritte zurückzog.

Wir hoben unsere Gläser. Erst prickelte es auf meiner Zunge und dann kam dieser, wie ich fand, etwas stechende Geschmack, der einen Schleier von Trägheit hinterließ.

Unsere Augen wanderten über die ausgelegten Wäschestücke und George orderte mit einem Satz – alle! »Rechnung wie immer.«

Lady de Winter nickte zufrieden. »Ich danke dir.« Damit erhob sie sich. George stand ebenfalls auf und küsste sie nochmals.

»Wann sehen wir uns wieder?«, fragte sie.

Er überlegte kurz. »Wie steht es mit morgen Abend?«

»Ich erwarte dich!« Ihre Stimme hatte einen Beiklang von Boudoir angenommen, der mir gar nicht gefiel. Jetzt lief sie vielleicht noch im Chanel-Kostüm mit Perlenkette rum, aber morgen Abend …

Man darf sagen, wenn es weh tut!

Sie ging hinaus und die Tür schloss sich lautlos.

»Und jetzt?« Meine Stimme klang nicht geduldig. Sie hatte einen kleinen Beiklang von Eiswürfeln in einem Martini-Shaker angenommen.

George sah zum jungen Löwen hin, der sich die Zeit vertrieb, indem er die Wäsche betrachtete und anscheinend noch immer auf Anweisungen wartete.

»Willst du ihn haben?« George deutete mit seinen silbergrauen Wellen in dessen Richtung.

»Ernsthaft?« Ungläubig blickte ich zum jungen Löwen.

Kurz sah er hoch und begegnete meinem Blick. Mein Herz machte einen Satz. Sofort widmete er sich wieder der Wäsche.

»Er ist sozusagen im Preis inbegriffen«, holte George mich aus meinen Gedanken.

»Aber er hat doch eben noch die Lederdame beglückt …«

George zuckte mit den Schultern. »Ja, und?«

Es war für mich eine große Versuchung, aber für mein langsam wachsendes Pflänzchen »Selbstbewusstsein« nicht gut, wenn ich mit einem jungen Gott schlief, der dafür von meinem Liebhaber bezahlt wurde. Langsam schüttelte ich den Kopf.

George grinste verwegen. »Ich sehe euch auch gern dabei zu.«

Im Moment war mir das einfach zu viel. Wieder schüttelte ich den Kopf. »Das kann ich nicht.«

George sah zum jungen Löwen und fing seinen Blick auf. Auf ein Kopfnicken Georges hin, verbeugte sich der blonde Mann und verließ leise das Zimmer.

Sanft legte George seine Hand an meine Wange. Seine blauen Augen tauchten tief in meine ein und kosten mein Herz. »Emma, mach nicht den Fehler …« Wie kleine Wogen drangen seine Worte an mein Trommelfell.

»Was für einen Fehler?«

Seine Augen oszillierten über mein Gesicht. »Verliebe dich nicht in mich.«

Mein Herz begann wild zu pochen. Ich zitterte sogar ein bisschen. Seine Hand duftete nach Duschgel und einem Hauch Zigaretten. Ich wollte antworten, doch ich konnte nicht. Zu tief war die Verwirrung, die mich ergriffen hatte. Wenn er so dicht vor mir stand, ich seinen Atem spürte und seine Hand an meiner Wange lag … wie sollte ich mich da nicht in ihm verlieren?

»Ich bin kein Mann, in den man sich verliebt.« Er legte den Kopf schräg und seine Lippen legten sich auf meine. Ich öffnete meinen Mund und empfing seine Zunge. Ich kostete seinen Speichel, betastete die weiche Haut seiner Mundhöhle, verlor mich in seiner Nähe.

Ohne, dass ich es steuerte, presste sich mein Unterleib gegen seinen. Wie ich neben George gesessen hatte … ich gehörte einfach zu ihm, zu diesem wunderbaren Mann. Zu diesem Mann, der niemandem mehr etwas beweisen musste. Der in seinem Selbstvertrauen ruhte, wie in einem Sessel. Dessen Körper so sexy war, dass es mir den Atem nahm und die Stimme mich allein schon zum Orgasmus brachte.

Ich schob meine Hand hinter seinen Gürtel und tauchte nach dem Penis. Seine Küsse wurden drängender, fordernder.

Er wollte mich und ich wollte ihn! Unsere Körper gerieten in eine seltsame Art von Zweikampf, als wollten sie dem jeweils anderen den Platz rauben.

Doch er war größer. Und stärker. Und ich war willig …

So schob George mich vor sich her bis zu dem Zweisitzer. Beinahe stolperte ich. Sein Atem kam stoßweise und sein Penis vergrößerte sich von Sekunde zu Sekunde in meiner Hand. Mit fahrigen Griffen schob er mein Kleid weg, verhedderte sich, riss daran. Krachen von Stoff – es war mir egal!

Jetzt nahm ich beide Hände, um seine Hose zu öffnen und kämpfte dabei, damit ich seine Lippen nicht verlor. So vorgereckt stand er über mich gebeugt, ließ sich ausziehen und fraß dabei förmlich meinen Mund.

Endlich spürte ich die Luft an meiner glühenden Spalte und endlich konnte ich ihn in mich aufnehmen. Sofort zog ich meine Knie bis fast neben meine Ohren, sodass er tiefer und immer tiefer in mich eindringen konnte. Er weitete meine Möse mit seinem starken Schwanz und tobte sich dann augenblicklich wie ein Verrückter in ihr aus. Die Szenen hatten ihn anscheinend genauso geil gemacht, wie mich!

Der Zweisitzer quietschte leise unter seinen Hüben und ich bekam kaum noch Luft, weil meine Brust von meinen Oberschenkeln gepresst wurde. Mit weit geöffnetem Mund hechelte ich seine Stöße und war so stets für seine Küsse bereit. George zerrte an meinem Dekolleté und legte mit einem Riss meine Brüste frei. So stieß er in mich hinein und leckte gleichzeitig meine Nippel, dass sie sich hoch in die Luft stellten. In diesem Moment kam ich mit solcher Wucht, dass ich ihn beinahe aus mir hinausstieß. Es traf mich vollkommen unvorbereitet und ich schrie wie eine Verrückte, was George aber nur noch geiler machte. Er rammte mich jetzt stürmisch – schneller und schneller. Ich fühlte seinen dicken Penis in mir. Der Orgasmus hatte meine Spalte noch sensibler gemacht und nun hielt ich es fast nicht mehr aus. Energisch presste ich das Kinn auf meine Brust und beobachtete sein Glied, das wie ein Pflock immer wieder in meinen wolligen Hügel getrieben wurde.

Tränen der Lust rannen über meine Wangen und George beugte sich über mich, um sie wegzuküssen. Dann kam er. Augenblicklich hielt er inne, die Augen geschlossen, die Züge äußerster Konzentration, ein letzter Hub und der heiße Samen verströmte sich in mich hinein. Bebend rückten wir leicht voneinander ab. Er sah auf meine Möse hinunter und ich streichelte seinen erschlafften Schwanz, während er langsam seine Hose wieder hochzog.

Noch einmal koste er meinen Mund mit seinen Lippen, dann richtete er sich auf. Langsam nahm ich meine Beine herunter, die ziemlich steif geworden waren.

Seine Hand glitt über die Innenseite meines Schenkels und er warf mir den gedankenverloren-zärtlichsten Blick zu, den man sich vorstellen konnte. In diesem Moment zog sich mein Herz zusammen, denn ich wusste, dass ich wirklich einen furchtbaren Fehler machte.

# TOY-BOY

Das ungewöhnliche Wäschegeschäft war nur einer von zahlreichen Läden gewesen, die wir an jenem denkwürdigen Tag aufgesucht hatten.

George kaufte mir alles. Von der Wäsche, über Tages- und Abendgarderobe, Schuhe, Mäntel bis hin zu den Accessoires. Es war großartiger als Weihnachten und Geburtstag zusammen. Dabei steuerte er nie die großen Kaufhäuser an. Nur noble Boutiquen. Kleine Geschäfte mit eleganten Sachen und exquisitem Service – und astronomischen Preisen, die ich andeutungsweise mitkriegte.

Ich kam mir vor wie im Märchen. Wo wir auch hingingen, nirgends versteckte er mich oder tat so, als gehörten wir nicht zusammen.

Als wir im »Le Gavroche« zu Mittag aßen – wir hatten es uns ehrlich verdient – da nickte er mehr als einmal Leuten an den Nebentischen oder Vorübergehenden grüßend zu. Dem einen oder anderen wurde ich sogar vorgestellt. Allerdings, und das fiel mir ebenfalls auf, nur Herren, die allein waren.

Aber es war mir egal. Auf einmal begab ich mich in eine Welt, die ich so nur aus Magazinen und dem Fernsehen kannte.

Ich bekam Kleider gekauft, von denen ich mir nicht mal den Kragen hätte leisten können. Und George gab mir nie das Gefühl, eine Hure zu sein. Er bewegte sich neben mir als mein

73

Freund. Als mein Liebhaber. Als jemand, der mir Geschenke machte und es genoss.

Ich war stolz auf ihn und stolz auf die Position, die ich neben ihm einnahm. Zwar ging ich noch durch die gleichen Straßen wie zuvor, aber trotzdem war ich ein anderer Mensch geworden.

Am Ende des Tages saßen wir erschöpft nebeneinander im Fond seines Rolls. Die Lichtkassetten über uns strahlten eine milchig-warme Helligkeit aus und leise Musik umschwebte uns aus verdeckten Lautsprechern.

Der Tag hatte uns einander so nahe gebracht, dass ich jetzt die Mittelkonsole mit einem Knopfdruck verschwinden ließ und mich in seinen Arm kuschelte.

»Emma-Schatz …«

Träge, wie eine Katze am Kamin, sah ich zu ihm auf.

»Emma, hast du übermorgen Zeit?«

»Ja«, hauchte ich und lächelte ihn selig an.

Er leckte über seine Lippen. »Ich gebe ein Essen im ›Grill Room‹ des ›Savoy‹. Und du bist dir ganz sicher, dass du Zeit hast?«

»Ja, George, ich habe alle Zeit der Welt«, erwiderte ich entschlossen. Es war unser Deal und ich würde meinen Teil erfüllen. Denn ich tat es für ihn. Allerdings war ich auch neugierig auf andere Männer. Das gebe ich offen zu!

***

Die Limousine hielt lautlos vor meiner Wohnung. Ich unterdrückte den spontanen Impuls, George hineinzubitten. Zu schäbig kam mir meine Bude vor, mit der zerschlissenen Couch und dem vollgestapelten Tisch.

Wir saßen da und sahen uns an. Einfach so. Ich fragte mich, warum er jetzt nichts sagte und mir fiel nichts ein, was diesen Tag nicht zerstört hätte oder in irgendeiner Form angemessen war.

»Was machst du jetzt?«, fragte er, ohne den Blick von mir zu nehmen oder auch nur zu blinzeln.

»Ich gehe hinein und nehme ein Bad.«

Er holte Luft und wollte etwas erwidern, doch es blieb ungesagt, denn er atmete nur aus. Sein Adamsapfel bewegte sich auf und ab. »Wir sehen uns also übermorgen …«

Übermorgen erst … natürlich! Er traf sich ja mit Mrs Chanel. Tränen schossen mir in die Augen. Sofort stellte ich mir vor, wie er mit ihr ins Bett gehen würde, und ich war mir sehr sicher, dass er es tat! »Wenn du mit ihr schläfst, denkst du dann an mich?«, rutschte mir die Frage raus.

Statt einer Antwort gab er mir einen Kuss. »Wir sehen uns übermorgen.«

»Holt mich der Wagen ab?«

Er nickte.

So erhob ich mich langsam, ging leicht gebeugt hinüber bis zur Wagentür, die im gleichen Moment vom Fahrer geöffnet wurde, und stieg aus.

Als sich der elegante, große Rolls in den fließenden Verkehr einfädelte und im englischen Herbstregen verschwand, stand ich noch immer an meiner Eingangstür und blickte ihm versonnen hinterher.

***

Den nächsten Tag verbrachte ich praktisch komplett vor dem Fernseher. Für den Abend hatte ich mir vorgenommen, mit dem Geld aus meiner Sammelflasche ins Kino zu gehen.

Doch der Abend entwickelte sich anders, als ich ihn mir vorgestellt hatte. Ständig musste ich an George und Mrs Chanel denken. Sie beherrschten meine Gedanken so sehr, dass ich nicht einmal mehr wusste, wie der Film hieß, den ich mir ansah.

Als ich das Kino verließ, war mir schlecht vor Hunger, doch

essen konnte ich nichts – mein Magen schien wie zugeschnürt. Ob George wohl jetzt gerade seinen fantastischen Schwanz in Mrs Chanel versenkte?

Der Regen peitschte mir ins Gesicht und mir war nach Heulen zumute. Der Schmerz bohrte sich in meine Brust. Hätte ich genügend Geld gehabt, hätte ich mir einen Callboy genommen und mich richtig flachlegen lassen.

Ich fühlte mich ausgezehrt. Je länger ich über die letzten Tage nachdachte, desto unwirklicher erschienen sie mir. Seit wann wurde aus einer arbeits- und nutzlosen Sekretärin die Geliebte eines der erfolgreichsten Anwälte Englands? Noch dazu als Begleitdame!

Wieder sah ich vor meinem inneren Auge, wie Lady de Winter und George sich streichelten, liebkosten und sich einfach nur in den Armen des anderen hielten.

Ich erfror beinahe bei dieser Vorstellung und diesem eisigen Herbstwind. Meine Tränen liefen mir über die Wangen. Bei dem Regen konnte ich ja heulen, die Wassertropfen würden sich mit meinen Tränen mischen. Keiner würde es sehen. Es war egal!

Tief schob ich meine Fäuste in die Manteltaschen. Sogar die waren völlig durchweicht. Plötzlich berührte ich etwas Papierartiges und zog es heraus. Eine Zehn Pfund-Note! Ungläubig blinzelte ich die Tropfen weg, die von meinen Wimpern in die Augen fielen. *Gottesgeschenk!*, dachte ich. Sofort schwenkte ich nach links, wo ich einen Pub gesehen hatte und trat ein.

*** 

Herrliche Wärme umgab mich. Der Lärmpegel war beachtlich und die Luft dick vom Zigarettenqualm. Das EU-Rauchverbot hatte sich anscheinend noch nicht überall herumgesprochen!

Ich ging zur Theke und kaufte ein Glas Weißwein. Damit suchte ich mir einen Platz an einem der hinteren Fenster. Es war mit einer Werbefolie verklebt. So konnte ich zwar nicht nach draußen gucken, aber auch niemand sah mich, außerdem konnte ich so von meinem Platz aus die anderen Gäste ungestört beobachten.

Aus einer Musicbox dröhnten irische Klänge.

»Na so was!« Es war eine Stimme unter vielen und sie ließ mich aufhorchen, kam mir bekannt vor, doch ich konnte sie nicht gleich zuordnen.

»Damit hätte ich nun wirklich nicht gerechnet«, sagte die Stimme wieder und gab mir den Anlass, mich umzudrehen.

»Hallo, Emma Hunter!« Der Typ aus der Buchhandlung! Sofort versuchte ich mich an seinen Namen zu erinnern … Derek! Genau. George hatte ihn Derek genannt.

Mir wurde glühend heiß.

Derek trat an meinen Tisch. Er war groß und schlank und hatte schmale Schultern. Die Hände in die Taille gestemmt, den Kopf leicht schiefgelegt, blickte er mich an und fragte locker: »Darf ich mich setzen?«

Ich nickte. Das konnte doch kein Zufall sein! Mein Rollkragen wurde mir zu eng. Sofort erinnerte ich mich wieder an unser erstes Zusammentreffen und errötete.

Er blickte mich mit diesen unglaublichen olivenfarbenen Augen an. »Na, da sind wir ja beide ganz schön in den Regen gekommen …«, sagte er aufgeräumt.

»Hm … sieht so aus.«

Die Locken klebten nass an seinem Gesicht, wenn sie auch an den Spitzen bereits wieder zu trocknen begannen und die Locken sich noch mehr wellten. Er blickte zum Tresen und wandte sich dann wieder mir zu. »Kann ich dir noch was mitbringen?«

Ich deutete auf mein Glas. »Ich hab noch. Danke.«

Geschickt schob sich Derek zwischen den feuchten Rücken durch und verschwand.

Nein, verdammt! Das war kein Zufall! Das konnte kein Zufall sein! Bei all den Pubs in der Stadt suchte er sich ausgerechnet den aus, in dem ich saß?

***

Mit einem Ale, das nur noch sehr wenig Schaum hatte, kam er zurück. Er stellte ein Bein auf die Bank und lehnte sich gegen die Wand hinter ihm. So wanderten seine Blicke zunächst über mich und dann über die anderen Gäste hinweg.

»Nett hier«, stellte er zufrieden fest.

Warum setzte er sich nicht? Neben mir war noch frei …

»Ja, und auf jeden Fall ist es hier trocken«, sagte ich.

Er nickte und lächelte mich an.

»Hat McLeod dich geschickt?«, versuchte ich eine Konversation in Gang zu bekommen.

»McLeod?« Er zog eine Schachtel Zigaretten aus seiner Gesäßtasche und zündete sich eine davon an. Bevor er mir antwortete, inhalierte er nochmals. »George, meinst du«, sagte er und fixierte mich.

Es versetzte mir einen Stich und das war anscheinend auch so gedacht. »Ja, George. Hat er dich geschickt?«

»Wieso denkst du das?«, wollte er wissen.

»Ich glaube nicht an Zufälle.«

Mit einem zischenden Laut blies er den Rauch aus seinen vollen Lippen. »Gut…« Es klang wie »Gutt«. »Ich auch nicht.«

»Also *hat* er dich geschickt?« Ich redete mit ihm wie mit einem störrischen Pferd. Langsam wurde ich sauer.

Er zog wieder an der Zigarette. »McLeod ist dein Lover, wie?« klang es etwas hohl aus seinem Mund, denn die Frage wurde von einer Rauchwolke begleitet.

Warum sollte ich ihm antworten? Weil er mich an meinem Arbeitsplatz gebumst hatte?

»Geht dich einen Scheiß an«, zischte ich.

Er trank von seinem Ale. »Kommt auf den Standpunkt an«, brummte er.

»Wieso, ist er etwa *dein* Liebhaber?«

Der Blitz schlug in mein Hirn ein. War ich denn des Wahnsinns, so etwas zu sagen? Wenn es stimmte, dann wollte ich es gar nicht wissen! George und ein Toy-Boy?! Denn ich fand, dass dieser Derek der Prototyp eines Toy-Boys war. Dieses Schlangenhafte, Animalische, das ihn so unglaublich sexy machte. Verdammt, ich *fand* ihn sexy!

Selbstbewusstsein, das allein aus dem Aussehen gezeugt war. Und dieser Blick – dieser Gesichtsausdruck – gerade so, als würde er ständig an irgendwelche unaussprechlichen Schweinereien denken, und zwar an solche, die er mit seinem Gegenüber zu tun beabsichtigte. Dem widersprach aber offensichtlich etwas anderes, etwas, dass diese sexuelle Anziehungskraft zu überlagern schien. Ein Hauch von ... von Traurigkeit. Vielleicht sogar Melancholie.

Erotik und Melancholie – gibt es irgendeine Mischung, die eine Frau an einem Mann mehr anzieht als diese?

Mir wurde schwindelig. Was das Thema George und ein Toy-Boy betraf, so war die Wahl zwischen Mrs Chanel und Derek wie jene zwischen Pest und Cholera. George bisexuell? Und dieser Derek – der auch? War das meine schöne, neue Welt?

*Wieso, ist er etwa dein Liebhaber?,* hallte meine Frage in meinem Kopf nach. Derek war mir noch eine Antwort schuldig.

Er legte den Kopf in den Nacken, die Zigarette im Mundwinkel, und grinste, dass sich seine Augen zu schmalen Schlitzen verengten. Er presste die Lippen so sehr aufeinander, dass der

Filter beinahe zerquetscht wurde. Dann blickte er mich direkt an. »Nein, verdammt! Er ist *nicht* mein Liebhaber! Da würde er sich ja strafbar machen.«

»Wieso? Bist du minderjährig?«, zickte ich.

Er aber dachte offensichtlich nicht daran, die Frage als Beleidigung zu werten und ließ den Fehdehandschuh unbesehen liegen. Stattdessen lächelte er, verschränkte die Arme und erwiderte trocken: »Nein, George ist mein Vater.«

Der Schlag traf mich mit voller Wucht und mein Mund klappte auf! »Das ist nicht dein Ernst!«, stieß ich hervor.

»Doch.«

Ich hatte mit Vater und Sohn gevögelt! Wenigstens nicht zur gleichen Zeit! Da gingen sie hin, meine kleinbürgerlichen Moralvorstellungen … Sekunden verstrichen, in denen ich unfähig war, zu sprechen. Derek nutzte die Zeit, um mich zu beobachten.

Endlich fand ich meine Sprache wieder und fragte: »Und er hat dich zu mir in die Buchhandlung geschickt?«

Derek nickte. »Mein alter Herr überlässt nichts dem Zufall. Das macht ihn so wahnsinnig erfolgreich. In jeder Beziehung.«

»Hat er dir gesagt, dass du mich …«

Er klopfte die Glut in den Aschenbecher und lächelte, ohne mich anzusehen. »Nein.« Sein Blick traf mich erst jetzt, als er sagte: »Ich hatte einfach Bock auf dich.«

War das jetzt eine Beleidigung? War ich verfügbare Ware?

In irgendeiner abgedrehten Windung meines Hirns war ich allerdings erleichtert, dass George keinen Toy-Boy hatte. Und auch, dass Derek kein Toy-Boy war …

Dennoch, dass man mich vögelte, weil man »Bock« auf mich hatte, widersprach meinen Empfindungen als emanzipierter Frau.

»Und wie lautet jetzt dein Auftrag?«, fragte ich.

»Dich zu unterhalten und auf dich aufzupassen.«

»Danke. Nicht nötig! Ich kann noch immer allein auf mich Acht geben. Außerdem geht's mir gut.« Ich wusste, worauf er anspielte …

Derek grinste überlegen. »Und deswegen bist du in diesen Pub geflüchtet und betrinkst dich?«

»Ich betrinke mich nicht.«

»Genauso sieht es auch aus.«

Hach, wie schrecklich ihn doch alles amüsierte! Er ging mir auf die Nerven. Genau wie sein Vater. Sie hatten eine ziemlich ähnliche Ader. Hinter diesem Lächeln steckte nichts weiter als Arroganz. Ungerechtfertigte in Dereks Fall noch dazu.

»Du sollst also auf mich aufpassen, während er Lady de Winter bumst …« Ich trank meinen letzten Schluck. Es war eh alles egal.

»So? Macht er das?«

»Natürlich macht er das«, fuhr ich ihn an. »Tu bloß nicht so, als ob du das nicht wüsstest!« Ich keifte ihn förmlich an, verlor die Kontrolle. Lag es am Wein oder waren das die Hormone? »Ich habe gehört, dass sie sich für heute verabredet haben. Du weißt das doch auch, oder?! Und wahrscheinlich auch noch, wo sie jetzt sind!«

»Das geht dich nichts an.«

»Aha, also weißt du es!«

Jetzt konnte er zumindest nicht mehr sagen, er hätte keine Ahnung. Denn, es »ging mich ja nichts an«!

»Hey, mach keinen Ärger.« Eindringlich blickte er mich an.

»Ich hab ja nur gefragt!« Meine Stimme klang seltsam gepresst, als würgte mich irgendetwas.

Plötzlich hatte ich eine Idee: Wenn George jetzt mit einer

anderen durch die Betten hüpfte, wer wollte mich dann davon abhalten, es ihm gleichzutun?

Dies war eindeutig der Einfall der neuen Emma! Der Emma, die ich erst entdeckte, seit ich mit George zu schaffen hatte. Ich saß da, mein leeres Weinglas in Händen und überdachte das Leben im Allgemeinen und das der Emma Hunter im Besonderen.

George hatte wirklich meine Existenz auf den Kopf gestellt. Vor einem halben Jahr noch hätte ich jedes Mädchen, das auch nur einen One-Night-Stand gehabt hatte, für eine echte Schlampe gehalten. Und wenn mir jemand das vorausgesagt hätte, was ich jetzt tat, dann hätte ich ihm eine geballert oder ihn verklagt.

Was sich in mir und um mich herum abspielte, war einfach unglaublich. Aber das Allerunglaublichste war die Tatsache, dass ich stärker war, als ich je gedacht hätte. Ich hob diese alte, muffelige Tweed-Decke hoch und fand eine Frau, die Leidenschaften hatte, die einen Mann begehrte und ihn sich nahm.

Sex war auf einmal etwas, was Spaß machte, das einen aber keineswegs an den anderen band. Und das war gut!

Wo stand denn geschrieben, dass man den Mann heiraten musste, mit dem man vögelte, und dass man es auf Jahre und Jahrzehnte hinaus nur mit ein und demselben Kerl treiben durfte?

Ich gab mich zwar George hin, aber gleichzeitig überreichte er mir beim Bumsen die Leine, an der ich wiederum *ihn* führen durfte. Wie konnte ich mehr wollen?

Es war, als hätte er die Tür zum Weihnachtszimmer ein Stück weit aufgezogen und mich hineinsehen lassen. Es funkelte. Es gleißte. Es glitzerte. Ich liebte es und brauchte nur noch in dieses Zimmer hineingehen!

Und genau jetzt, in diesem Moment, wollte ich seinen Sohn!

Diesen attraktiven Kerl mit dem träumerischen Gesicht und den olivenfarbenen Augen.

»Bringst du mir noch einen Wein mit?«, bat ich ihn.

Er nickte und verschwand in Richtung Bar. Das Getümmel war mittlerweile so schlimm geworden, dass ich fürchtete, er würde nicht mehr zurückkommen. Doch es gelang ihm. Allerdings hatte er nur noch ein dreiviertel volles Glas. Der Rest war wohl auf irgendeinem Jackett gelandet.

Ich trank meinen leidlich gekühlten Weißwein und stellte fest, dass ich eindeutig genug hatte. Man muss seine Grenzen kennen.

»Und jetzt?«, wollte er wissen.

»Ich gehe nach Hause.«

»Ich bringe dich.«

Ich zuckte mit den Schultern und kämpfte mich in meinen feuchten Trenchcoat, der von der Nässe ruiniert war.

Als mir Derek die Tür öffnete, schlugen mir Kälte und Regen so heftig ins Gesicht, dass ich rückwärts taumelte und gegen Derek prallte. Ich hatte das Gefühl, dass er mich für ein paar Sekunden absichtlich länger festhielt als nötig. Dann nahm er meinen Ellenbogen und führte mich auf die Straße. Da merkte man doch gleich die gute Eaton-Erziehung!

Ich wankte leicht hin und her, geführt von seinem Griff.

»Hey, Vorsicht!«, sagte er leicht belustigt. »Du fällst noch auf die Nase, und dann bringt Papa mich um.«

»Stimmt, ich muss ja morgen ein hübsches Mädchen sein.«

»Du bist so oder so ein hübsches Mädchen!«

Ich tappte vor mich hin und war nicht unglücklich, dass ich seinen festen Griff um meinen Arm spürte. Das musste ich zugeben. Also nutzte ich die Gelegenheit und lehnte mich gegen ihn. Ich erwartete, dass er versuchen würde, mich zu stützen und gleichzeitig ein wenig Distanz zwischen uns zu bringen. Doch nichts dergleichen geschah. Im Gegenteil. Er drückte mich nur noch mehr an sich. Zielstrebig führte er mich um die Ecken, die Straßen hinunter bis vor meine Haustür. Faszinierend!

»Du willst sicher noch kurz mit reinkommen, oder?«, sagte ich mit träger Stimme. Was ritt mich eigentlich, ihn hineinzubitten? Damit er seinem Vater über meine jämmerliche Behausung taufrisch Bericht erstatten konnte?

»Okay, wenn du's schon vorschlägst.«

Ich hatte einen kleinen Kampf mit dem Schlüsselloch, schlug mich aber wacker. Dann waren wir in meinem Wohnzimmer.

»Und wo ist der Rest der Wohnung?«, seine Stimme war tief und weich. Gänsehaut war garantiert!

Aber nicht bei diesem dämlichen Spruch! Blitzschnell drehte ich mich um und funkelte ihn böse an. Er überraschte mich mit einem breiten Grinsen. »War ein Scherz.« Dann ließ er sich auf das Sofa fallen. »Und? Bekomme ich jetzt noch einen Drink?«

Suchend blickte ich mich um. Wie peinlich! Ich hatte nur noch den Rest Sherry im Bad.

»Kaffee?«, fragte ich hoffnungsvoll.

»Hast du nichts Stärkeres?«

Also gut, sollte er die Flasche leeren!

Derek nahm eine Zigarette aus seiner Schachtel. »Ich darf doch, oder?«

Ich nickte.

»Danke.«

Er hielt mir die Schachtel hin, doch ich lehnte ab. Fast lag er flach auf meiner Couch. Die Unterarme hatte er hinter sich aufgestützt, sein Hemd war ein Stück weit aus der Hose gerutscht und gab den Blick auf einen flachen, festen Bauch und den schmalen Haarstreif frei, der sich bis zu seinem Nabel hinaufzog. Eindeutig appetitlich!

Derek hatte den Körper eines Balletttänzers. Kein Gramm Fett und doch nicht dürr, sondern mit strategisch exquisit platzierten Muskeln. Er zündete sich eine Zigarette an und inhalierte in tiefen Lungenzügen. Plötzlich begann er zu husten. Kein Wunder, bei den Mengen, mit denen er seine Atemwege teerte! Schnell sprang er auf und warf sich förmlich über das Spülbecken. Er trank Wasser aus dem fließenden Strahl. Da versagte Eaton …

Dankenswerterweise gönnte er mir somit einen ausgedehnten Blick auf seinen göttlichen Hintern. Hart und rund. Selbst in diesem Moment strahlte jede seiner Bewegungen eine eindeutig erotische Aufforderung aus.

»Es will mir scheinen, du solltest das viele Rauchen lassen.« Ich legte den Klang eines Hofschauspielers in meine Stimme. Der mühsame Versuch, die Tatsache zu übertünchen, dass meine Gedanken eindeutig auf Abwege gingen …

Noch immer gebeugt, drehte er sich um. Das halbe Gesicht glänzte vom Wasser. »Klar, sollte ich. Aber das ist die Sucht, und die bringt mich eines Tages um.« Er sagte es mit der Gelassenheit eines Menschen, für den der Eines Tages noch sehr weit weg war.

Er kam wieder zurück und ließ sich auf die Couch fallen.

Eingehend betrachtete ich Derek. Der Sex quoll aus jeder seiner Poren und doch benahm er sich, als ob er es überhaupt noch nicht bemerkt hatte. Er war entschiedenermaßen der feuchte Traum eines jeden Mädchens. Himmel! – Ich wollte ihn wirklich!

Aber es ging nicht. Zwar hatten wir es schon einmal miteinander getrieben, aber da wusste ich noch nicht, dass er

Georges Sohn ist. Jetzt stand George eindeutig zwischen uns.

»Denkst du, er schläft jetzt mit ihr?«, meine Stimme klang gequälter, als ich beabsichtigt hatte. Eigentlich wollte ich nur eine Information von ihm.

Derek blickte zur Decke. Ich war überrascht, seine Augen groß und glasig zu sehen. Kam das von dem einen Ale? Mein Gast hatte offensichtlich nicht erst in diesem Pub angefangen zu trinken.

»Klar. Er vögelt sie seit Jahren.« Die Nonchalance mit der er den Satz sagte, schockierte mich mehr, als die eigentliche Aussage, die ja so überraschend nicht war. »Und deine Mutter?«, wollte ich wissen.

»Was soll mit ihr sein?«

»Stört es sie nicht, dass ihr Mann mit anderen Frauen …«

Er zuckte die Schultern. »In unserer Familie kümmert man sich nicht groß um so was.«

»Ich gehe morgen Abend mit deinem Vater und ein paar anderen Männern aus. Wirst du auch da sein?« Warum fragte ich ihn das? Was sollte er da? Mit mir schlafen und mich anschließend bezahlen? Mein Magen drehte sich um. Das wollte ich auf keinen Fall! Nicht er!

Derek blickte mich an, doch es schien, als sehe er durch mich hindurch. Wie aus weiter Ferne kam sein Blick zurück, heftete sich auf mich. Er stieß kurz Luft durch die Nase und grinste dann. »Nein, Süße, das sind Geschäftsessen«, antwortete er endlich und schien die Situation wieder voll im Griff zu haben. Entspannt lehnte er sich zurück und legte einen Arm lang über die Rückenlehne.

»Kennst du noch andere Mädchen, die bei diesen Essen dabei sind? Ich bin ja wohl nicht die einzige.«

»Die Einzige sicher nicht.«

»Schläft er mit jedem Mädchen?« Jetzt war es eh egal, was ich fragte!

»Nein, er ist ja kein Zuhälter, der die Pferdchen einreitet.«

»Das war geschmacklos!«

Er zuckte mit den Schultern. »Es ist Amusement für die Klienten. Nicht mehr, nicht weniger.«

»Und warum sollst du jetzt nach mir sehen? Denkt er, ich bin eifersüchtig und springe verzweifelt in die Themse?«

»Weiß nicht. Vielleicht denkt er ja, du liebst ihn.« Der Satz klang seltsam genervt von Derek. Er verschränkte die Arme vor der Brust und blickte durchs Fenster nach draußen.

In diesem Moment verspürte ich den unbändigen Drang, mich zu ihm hinüberzubeugen und ihn zu küssen. Wollte einfach nur die Wärme seiner Lippen auf meinen spüren … Ich hatte ganz einfach Lust auf ihn, auf seine Nähe. Außerdem wollte ich sehen, was er im Bett so draufhatte, und wie er sich von George unterschied. Oder wo er ihm ähnelte.

»Vielleicht wollte er auch nur, dass ich dich unterhalte, indem ich mit dir ins Bett gehe.« Der Zynismus in Dereks Stimme war kaum zu überbieten. Abrupt stand er auf und ging zur Tür.

»Derek!«

Er drehte sich zu mir um.

»Gehst du etwa?«, stieß ich hervor. Enttäuschung und Wut erfüllten mich. »Tu doch einfach, was Papa von dir erwartet und leg mich flach!«

Trocken sagte er: »Woher willst *du* wissen, was mein Vater von mir erwartet?«

»Gut. Dann bums mich eben, weil man das mit Frauen wie mir so macht. Wäre ja nicht das erste Mal.«

Seine Augen hatten die Düsternis eines nebligen Herbsttages,

87

als er sagte: »Ich bin kein Zuhälter!«

Ich schluckte hart. In meinem Kopf drehte sich alles. Was tat ich bloß? Was sagte ich da bloß?

Dereks Hand lag noch immer auf der Türklinke und er sah mich an. Dann sagte er: »Ich gebe dir einen guten Rat, Emma: Gewöhn dich nicht allzu sehr an meinen alten Herrn. Das bringt kein Glück!«

# ZÜGELLOSE TRÄUME

Warum auch immer – aber ich fühlte mich schmutzig, brauchte dringend eine Dusche. Alleine schon, um das Gefühl zu bekommen, all das abzuwaschen, was mich belastete.

Der Gedanke an diesen neuen Job machte mich, gelinde gesagt, verdammt nervös! Dazu kamen noch meine Gefühle für George und … Derek. Was auch immer *Er* in mir auslöste – so zickig kannte ich mich einfach nicht! Das Ganze gepaart mit meiner Eifersucht auf jene Frau, mit der George es mit Sicherheit gerade trieb.

All das musste ich loswerden, um nicht durchzudrehen. Also schaltete ich in meinem Bad die Heizung an und zog mich aus. Wie winzig dieser Raum war. So einer diente bei George sicherlich nicht einmal als Besenkammer. Der Abstand zwischen Wanne und Waschbecken betrug gerade mal einen Meter. Aber ich kam klar.

Müde betrachtete ich mich im Spiegel. Dass Derek unter diesen Umständen gegangen war, hatte tiefere Spuren in meinem Gesicht hinterlassen, als ich erwartet hatte. Meine Mundwinkel hingen herab und unter meinen Augen zeichneten sich dunkle Schatten ab. Und dann dieses Pulsen in meinem Unterleib …

Langsam ließ ich mich in das warme, nach Rosen duftende Wasser gleiten und schloss meine Augen. Träge versank die Welt um mich herum. Zumindest in meinen Gedanken würde ich es mit Derek treiben. Mich ihm hingeben …

***

Hinter meinen Lidern tanzen bunte Sterne, spritzen in die Höhe und gleiten dann langsam wieder herab. Solange bis nur noch das wabernde Grau eines sehr frühen, nebeligen Morgens bleibt. Beinahe entrückt beobachte ich die Nebelschwaden, bis sie sich zu bewegen beginnen. Wie von einem nicht spürbaren Wind getrieben, verzerren sie sich, wehen hierhin und dahin.

In diesem Moment weiß ich, dass er da ist. Irgendwo in diesem Nebel. Das Pochen in meinem Unterleib intensiviert sich und mein Atem geht schwerer.

*Komm zu mir!,* beschwöre ich ihn. *Komm her! Zeige dich!*

Und dann sehe ich einen Umriss. Mit jedem Atemzug wird er körperhafter. Ich warte so lange, bis ich einen hellen Fleck im oberen Bereich wahrnehme.

»Auf wen wartest du?«, fragt eine rauchig-tiefe Stimme.

Ich erstarre. Nur das Wasser plätschert um mich herum.

»George?«, frage ich zaghaft und wundere mich, was er in meiner Fantasie zu suchen hat.

»Du wartest auf Derek, nicht wahr?«, stellt er mir die Gegenfrage.

Ich kann nur nicken. Wieder bewegt sich das Wasser.

»Er kommt später. Wenn ich mit dir fertig bin.«

Urplötzlich habe ich einen Klumpen Lehm im Hals. Meine Möse beginnt zu pochen und ich kann dem Drang, zwischen meine Schenkel zu greifen, kaum widerstehen.

»Fass dich ruhig an. Ich mag das. Leg dein Bein über den Wannenrand, dann kannst du besser in dich eindringen.«

Ohne nachzudenken, folge ich der Anweisung. Als ich mit den Fingerspitzen meine Klitoris berühre, fürchte ich, sofort zu kommen.

»Aber komm noch nicht!«, raunte George.

90

Wie irre kann man sein? – Aber in diesem Moment spüre ich seine große Hand, die sich beschwichtigend auf meine legt.

»Steig aus der Wanne! Ich hätte gerne, dass du dich in dein Bett legst.«

Und ich tue, was George mir sagt. Es fühlt sich merkwürdig an, aber es scheint tatsächlich, als gehe er hinter mir her.

»Schließ den Rollladen. Alles soll dunkel sein.«

Als sich nur noch vage Umrisse in meinem Schlafzimmer abzeichnen, lege ich mich auf mein Bett. Nackt und leicht fröstelnd.

»Streich über deine Brüste! – Sanft!«

Meine Hände berühren kaum meine empfindlichen Spitzen, denn ich weiß, dass ich mich selbst alleine durch heftiges Kneten meiner Brüste zu einem Orgasmus bringen kann. Und das gilt es jetzt zu verhindern. Augenblicklich richten sie sich hart und mit kleinen Knötchen senkrecht auf. In dem Moment, als hätten sie eine Botschaft an meine Möse geschickt, spüre ich, wie die Säfte zu fließen beginnen.

Plötzlich sind da seine Hände, legen sich innen gegen meine Oberschenkel und drücken sie sanft auseinander. »Lass mich deine Spalte sehen! Bist du geschwollen?« Georges Zeigefinger gleitet an meinen empfindsamen Innenwänden entlang und ich erschaudere heftig.

»Oh, ja … und ob du geschwollen bist! Du brauchst es, nicht wahr?«

»Ja«, keuche ich, bereits jetzt ziemlich nahe dran, mir selbst Entlastung zu verschaffen.

»Und du willst auch, dass Derek es dir besorgt …«

Ich nicke nur, ängstlich vermeidend, meine eigene, krächzende Stimme verlauten zu lassen.

»So wie in der Buchhandlung? Soll er dir im Stehen seinen Schwanz reinschieben?«

Ich weiß es nicht, habe einfach keine Ahnung.

»Wenn ich daran denke, wie er es dir besorgt, werde ich ganz hart. Da … fass mich an!«

Im nächsten Moment halte ich Georges dicke, schwere Erektion in Händen. Er pulst so warm und fest in meinem Handteller, dass ich es kaum aushalten kann.

Schnell greife ich in mein Nachtschränkchen und hole meinen Vibrator hervor.

»Spar dir den für später, meine Süße … Ach, was ich dich noch fragen wollte … im Pub warst du ja richtig geschockt, als du gehört hast, dass Derek mein Sohn ist, nicht wahr?«

»Ja.« Es ist mehr ein Fiepen, als eine klare Antwort.

»Aber jetzt im Moment sehnst du dich danach, es mit uns beiden gleichzeitig zu treiben, wie?«

Die Hitze schießt in mein Gesicht und bringt selbst meine Augäpfel zum Brennen.

Ein leises Lachen kommt aus dem Dunkel. »Du brauchst dich nicht zu schämen. Erlaubt ist, was allen Beteiligten gefällt … Du wärst nicht die Erste, die uns beide gleichzeitig genießt.«

Ein winziger, spitzer Schmerz bohrt sich in meine Seite.

»Davon hat er mir nichts erzählt.«

»Wieso sollte er?«

Ich beginne, meine Klitoris zwischen meinen Fingerspitzen zu rollen. Es ist zwar auf der einen Seite ein brennender Schmerz, auf der anderen Seite aber auch ein lüsterner Stachel, der sich mein Rückgrad hinaufzieht.

»Wollt ihr es wirklich beide mit mir treiben?«

Er braucht nicht zu antworten, denn im gleichen Moment materialisiert sich eine zweite Gestalt. Mein Herz pocht bis hinauf in meine Ohren und betäubt mich mit einem mächtigen Rauschen.

Derek steht am Fußende meines Bettes. Er trägt nichts weiter, als eine hautenge Jeans, die gerade mal seine Scham bedeckt. Wie lang sein Oberkörper ist … Wie verheißungsvoll seine gehärteten Brustwarzen.

»Derek«, erklingt Georges Stimme.

Dieser blickt zu seinem Vater.

»Willst du sie mit mir zusammen nehmen?«

Dereks Blick wandert zu meinem entblößten Körper. »Ja.«

»Bist du bereit für sie?«

Anstatt George zu antworten, öffnet Derek seine Hose, und noch ehe er sie abgestreift hat, bemerke ich sofort seine hoch aufgerichtete Erektion, die hart gegen seinen Unterleib pocht.

»Aha, ich sehe schon«, sagt George, »ihre Spalte macht dich scharf. Gut so. Aber ich weiß noch nicht, ob ich dir ihre Möse oder ihren Hintern überlasse. Sie soll dir erst mal einen blasen, währenddessen denke ich nach.«

Derek kommt um das Bett herum, und ich erhebe mich auf alle viere. So kann ich ihn gut durch meine Lippen in meinen Mund gleiten lassen.

Der leichte Zug meiner Brüste, die unter mir baumeln, macht mich an und ich wünsche mir, jemand würde sie kneten, während ich sanft mit meiner ganzen Zunge an Dereks Schaft herauf- und herunterstreiche.

»Gut, ich tue dir den Gefallen und benutze deine Titten.« George kniet sich hinter mich und im nächsten Moment spüre ich seine feuchte Zunge, die oben an meinen Pobacken ansetzt und dann mit leichtem Druck abwärts wandert, wobei er sie immer wieder befeuchtet, indem er sie umspeichelt.

Jetzt beginne ich zu stöhnen. Dereks pumpenden Schwanz in meinem Mund und Georges Zunge zwischen meinen Pobacken – das bringt mich beinahe um den Verstand.

Ich sehne mich danach, zu meinem Vibrator zu greifen und meine Schamlippen damit zu quälen. Doch Dereks Knurren lässt meine Hand zurückweichen und stattdessen seine Eier ergreifen.

Er wirft den Kopf nach hinten und stößt einen tiefen, gierigen Seufzer aus. Ich betrachte seine zerzausten, dunklen Locken, die sein engelhaftes Gesicht umspielen und die vollen Lippen, die jetzt im Rausch leicht geöffnet sind und sich ganz der Lust hingeben, die ich ihm bereite.

Ich ziehe leicht an der losen Haut, die seine Eier umgibt und lasse sie dann in meine Hand gleiten.

»Hey, mein bestes Stück will auch was abhaben!«, beschwert sich George, lässt von meinem Hintern ab und kommt um uns herumgekrochen.

Als er neben Derek steht, die Schwänze wie zwei Soldaten nebeneinander aufgerichtet, kann ich mich beiden widmen. Ich schließe meinen Mund um Georges Schaft und benutze meine hart angespannten Lippen, um ihn so aufzugeilen, dass er sich mir kurz darauf mit Macht entzieht.

»Ich will jetzt nicht in deinen Mund kommen!« Er funkelt mich beinahe böse an, und ich bitte ihn daraufhin um Entschuldigung.

Grinsend befiehlt er mir, mich hinzulegen und die angewinkelten Schenkel zu spreizen. »Sieh dir nur diese Möse an, Derek! Ist sie nicht traumhaft? So weich, feucht und geschwollen. Von wie vielen Männern sie auch bis jetzt gefickt worden ist, es waren zu wenig! Sieh sie dir an und sag mir, dass du nicht sofort begierig wirst, sie auszulecken!«

»Und ob«, keucht Derek, der sich bereits zwischen meine Knie gekauert hat.

»Dann zeig mir, wie du es ihr mit der Zunge besorgst! Ich will sie kreischen hören!«

Im nächsten Moment fixieren meine Blicke seine dunklen Locken, dich sich zwischen meine Beine senken, spüre an seinen Atemzügen, die intensiver, ja beinahe glühend werden, je näher er meinem weit geöffneten Leib kommt, wie geil Derek wird.

Das Zittern und Beben in meinem Körper wird mit einem Mal so heftig, dass George mich mit seinen Händen niederdrücken muss.

Der Orgasmus ist so nah, wie eine mächtige Welle, deren Vorboten man durch das ruhig fließende Wasser näherkommen fühlt. Sehnsuchtsvoll harre ich auf irgendetwas, das diese Welle aufhalten wird und mich davor retten kann, jetzt schon zu kommen, wo ich die beiden Männer noch nicht mal bis zur Neige gekostet habe.

Diese Fantasie darf noch kein Ende nehmen! Auch wenn mein Unterleib schmerzhaft nach dem Moment schreit, wo ihm Erleichterung verschafft wird.

Mit glühenden Blicken verschlinge ich meine beiden Liebhaber. Den ruhig neben mir stehenden George, der seine Erektion mit dem Blick auf mich genüsslich reibt und den meine Spalte leckenden, knabbernden und kosenden Derek, der mir eine nie gekannte Lust verschafft.

Meine Schenkel zucken und stoßen ins Leere. Es ist nur Dereks Geschick und der Kennerschaft der beiden Männer zu verdanken, dass Derek, mal aus eigenem Erkennen, mal auf einen Wink seines Vaters hin, seine Position ändert und mich so zwingt, meinen Höhepunkt immer wieder hinauszuzögern.

»Ist sie reif?«, fragt George mit größtmöglicher Gelassenheit, wie ein Zahnarzt, der den Fortschritt der Betäubung überprüft.

Derek setzt sich auf seine Unterschenkel und sieht mich forschend an. Allein seine Blicke genügen, um mich am ganzen Körper glühen zu lassen. Was haben sie sich noch für mich ausgedacht, um mich zu quälen und um mich zu reizen?!

»Ich denke schon …« Dereks Stimme klingt beinahe zögerlich. Doch ist es keine Unsicherheit, die daraus spricht, sondern nur die Tatsache, dass er sich eigentlich Gedanken über etwas ganz anderes macht.

»Ich könnte sie also jetzt nehmen …«, versetzt George.

Derek nickt.

George wendet sich mir zu. »Ich will, dass du mir deinen Hintern gibst.«

Er legt sich flach auf den Rücken und ich kann augenblicklich meine Augen nicht mehr von seiner wunderbaren Erektion losreißen, die höchste Genüsse verspricht. Ich weiß, ich werde Creme brauchen und so krame ich mit bebenden Händen in meinem Nachttisch. Als ich die kleine Spenderflasche gefunden habe, verteile ich, leicht vornüber gebeugt, einen ordentlichen Klecks auf meiner Rosette.

»Ja … das sieht sehr gut aus«, gurrt George.

Jetzt gehe ich, ihm den Rücken zugewandt, über seinem Ständer in die Hocke.

»Derek! Dirigiere meinen Freund, damit er sein Ziel nicht verfehlt!« Mein zweiter Liebhaber nimmt Georges Männlichkeit in die Hand, reibt sie dabei fest und platziert die Eichel vor meinem Analeingang, während George meine Hüften hält.

Ich selbst greife jetzt ebenfalls hinter mich, um den Schaft so zu führen, wie es mir gut tut. Doch als ich gerade die weiche, warme Haut berühre, trifft die Seite meiner Hand Dereks Hand. Ich spüre, dass er erbebt, und er kann dieses Beben nur kontrollieren, indem er seine Lippen auf meinen glühenden Nacken presst. Er saugt so fest an meinem Fleisch, dass ich aufschreie und mir sofort absolut sicher bin, dass ich einen blauen Fleck davontragen werde. Dennoch genieße ich diese beinahe brutale Kosung unendlich. Es ist diese Härte, die mich einer Verschmelzung mit Derek näher bringt, als ein gehauchter Kuss oder eine zarte Berührung. Es ist die Sicherheit, die man in einem Traum braucht, um zu wissen, dass man sich in der Wirklichkeit befindet.

Indem ich mich auf Dereks saugenden Schmerz konzentriere, mich ihm ganz und gar hingebe, bemerke ich gerade wie hinter einer Nebelwand, dass George in mich eingedrungen ist und mittlerweile mit ruhigen, gleichmäßigen Bewegungen seiner eigenen Befriedigung Raum verschafft.

Jetzt muss ich von der Hocke auf die Knie wechseln, denn meine Schenkel beginnen zu schmerzen und ich weiß, dass ich mich nicht mehr lange so halten werde. Dadurch gelingt es mir aber auch, Georges Erektion tief in meinen Anus aufzunehmen und gleichzeitig Derek meine Brüste und meine Klit darzubieten, die er ohne Zögern zu liebkosen beginnt, nachdem er es sich unter mir bequem gemacht hat. Jetzt biete ich allein Derek all das dar, was er im Moment zu seiner Befriedigung braucht. Mit weit herausgestreckter Zunge tippt er erst langsam, dann immer schneller meine Klitoris an, die in spitzer Gier unablässig kleine Blitzschläge in meinen Unterleib sendet, während er im gleichen Moment mit den Fingern meine Nippel hart presst.

»Ich will dich schmecken!«, keuche ich Derek entgegen, denn die reibenden Bewegungen in meinem Hintern bringen mich in die Nähe der Besinnungslosigkeit. Was ich nur dadurch verhindern kann, dass ich mich zu seinen Lenden hinabbeuge, Dereks Schaft tief in meinen Schlund einführe und mich darauf konzentriere, ihm die höchsten Wonnen zu verschafften, während er unter mir kauert und wiederum mich unvergleichlich befriedigt.

Wenn ich allerdings nicht bald etwas unternehme, das weiß ich, wird George in meinem Hintern kommen. Das möchte ich verhindern, denn ich sehne mich danach, dass der Samen beider Männer gleichzeitig meinen glühenden Körper kühlen soll.

Doch ich habe nicht mit Derek gerechnet. »Wie wollen wir sie jetzt nehmen?«, lautet seine beinahe unbeteiligte Frage, die mich aber sofort in neue Erregung versetzt.

»Ich will in ihrem Hintern kommen«, keucht George, dessen Bemühungen ich mittlerweile dadurch unterstütze, dass ich abwechselnd meine Rosette und seinen Schaft sanft mit der Fingerkuppe reibe.

»Schon?« Die Enttäuschung in Dereks Stimme erfreut mich, denn ich habe großen Appetit auf mehr.

Ein kurzer Blick in Dereks Gesicht, in diese seltsam erregte Entschlossenheit, und ich weiß, dass er noch Pläne hat. Sein Gesicht ist meinem mit einem Mal so nahe, dass es mich fast erschreckt. Er kniet vor mir, fixiert mich, jagt mir glühende Lavaschauer über den Rücken – allein mit seinen großen olivenfarbenen Augen – und zieht mich so in seinen Bann. Er erzeugt ein Verlangen in mir, das alles andere in den Hintergrund treten lässt, und nur Georges heftige Hübe in meinen Hintern erinnern mich daran, dass dieser gewarnt hatte, er würde gleich kommen. Es ist ein stummes Einverständnis zwischen Derek und mir, das ihm meine Zustimmung erteilt. So presst er seine vollen, sinnlichen Lippen auf meine, brennt ihnen damit ein Mal auf und saugt all mein Sehnen in ihn hinein. Scheinbar willenlos dem ergeben, was beide mit mir tun, knie ich auf meinem Bett und harre dessen, was Derek vorhat. Es bleibt mir nur, ihn zu beobachten, wie er sich langsam um mich herum bewegt und sich dann neben seinem Vater positioniert.

»Ihr Arsch ist göttlich«, ächzt George, versunken in den Genuss, den ihm mein enger und fester Anus bereitet, den Kopf in den Nacken gelegt und die geschlossenen Augen zur Decke gerichtet. Seine Hübe kommen nun in beständig kürzer werdenden Abständen und uns allen ist klar, dass es nicht mehr lange dauert, bis er sich in mir verströmt.

Ich habe keine Ahnung, was Derek vorhat, doch nun legt er sich neben mich auf den Rücken, bewegt sich hin und her, bis er offensichtlich eine bequeme Position gefunden hat und schließt dann die Augen. Er will doch nicht allen Ernstes schlafen? In solch einem Moment! Vollkommen entgeistert starre ich zu ihm hin. Und dann wendet er mir sein Gesicht zu, die Augen sind geschlossen. Ich fixiere seine Lider. Mich durchzuckt es bis ins Mark, als er plötzlich seine Augen aufschlägt und mich anstarrt. Er hat den Bann gebrochen, unter den er mich zuvor gestellt hat. Langsam schiebt er eine Hand, den Handteller nach oben, unter meinem Bauch durch und umfasst zärtlich und mit einer unglaublichen Selbstsicherheit meine Taille, wobei er mich ohne große Kraftanstrengung über sich zieht. Im ersten Moment folgt mir George noch, doch dann, als er beinahe mit Dereks Beinen zusammenstößt, entgleitet seine feuchte Erektion meinem Anus. Ich merke dies kaum, lediglich den fehlenden Druck in meinem Hintern nehme ich wahr. Es gibt nur noch Derek, seine Augen und seinen Ständer.

»Was zum Teufel soll das? *Ich* ficke die Kleine!«, stößt George mit gepresster Stimme hervor, die keinerlei Zweifel an seinem Befinden zulässt.

Fassungslos betrachte ich Derek, der mit dem Hauch eines Lächelns seinen Schwanz in meine Möse schiebt. Er scheint in diesem Moment ganz Herr der Situation zu sein. Mir bleibt nur, meine Schenkel für ihn zu öffnen und mich für seine

Befriedigung bereit zu machen. Mit konzentriertem Gesichtsausdruck pumpt Derek seine Männlichkeit mit der Präzision einer Maschine in mich hinein. Seine Hübe werden beständig schneller und ich weiß nicht, ob er sich wegen George beeilt, oder weil er seinen Höhepunkt herannahen spürt.

Doch von seinem Vater hat er offensichtlich nichts zu fürchten, denn George hat sich, ganz pragmatisch wie immer, hinter mich gekniet, öffnet nun meine Pobacken, und treibt seinen Schwanz wieder tief in meinen Hintern. Dabei greift er nach meinen Brüsten und beginnt sie beinahe brutal zu kneten. Es scheint fast, als wolle er sich so in mein Bewusstsein zurückdrängen, das so offensichtlich von seinem Sohn gefangen gehalten wird.

Meine lustvollen Schreie und mein ungehemmtes Stöhnen lösen sich in meiner Kehle ab, beanspruchen die Stimmbänder aufs Höchste und machen mich heiser. All meine Kraft brauche ich, um mich aufrecht zu halten und den beiden wild fickenden Schwänzen Widerstand zu bieten, damit ich so den vollen Genuss erreiche. Wobei ich mich auch darauf konzentriere, keinen von ihnen herausgleiten zu lassen, da ihre Spielwiese doch ausgesprochen begrenzt ist. Beide stoßen mich heftig und zügellos, und langsam erreiche ich jene Lockerheit, die es mir erlaubt, das Gefühl zu genießen, das beide Schwänze in meinem Körper auslösen. Völlig befreit gebe ich mich dem Orgasmus hin, der umso gewaltiger ist, da er von Derek und George gleichzeitig geschaffen wird. Sie pumpen all ihre Gier, all ihr Verlangen in meinen Körper hinein und kreieren ein orgasmisches Feuerwerk, das mein Innerstes aufzulösen scheint. Ihre Stimmen, ihr Duft und ihre Berührungen umgeben mich wie ein schützender Kokon, den ich nicht mehr verlassen möchte. Schreiend und keuchend will ich mich niederwerfen und kann es nicht, da beide mich wie in einem Schraubstock zwischen sich förmlich gefangen halten. Und es ist gerade dieses Festgehaltenwerden, das meinen Höhepunkt ins Unendliche zu verlängern scheint. Wie aus einem elektrisierenden Schweben tauche ich auf, als Dereks Samen in meinen Unterleib geschossen wird, sich seine Augen fokussieren und dann hinter einer gläsernen Wand abtauchen. Beinahe erschreckt starre ich hinter mich, zu George hin, der meine Rosette noch immer erbarmungslos benutzt, ohne doch die letzte Entlastung zu erreichen. Sein Gesicht ist von Schweiß überzogen, seine Haut gerötet, seine Züge verzerrt vom Kampf, den er ausficht. Derek kommt langsam wieder zu Atem.

Ein letztes Streicheln meiner Klit und er gesellt sich zu seinem Vater, der nun langsamer zustößt, ohne, dass ich mir das erklären kann.

»Was ist? Besorgt sie es dir nicht gut genug?«, fragt Derek mit noch immer etwas flacher Stimme.

»Nein. Ich brauche etwas anderes«, antwortet George mit einer Stimme, deren Gefasstheit kaum zu begreifen ist. So hört er sich bestimmt an, wenn er einen Fall verloren hat.

»Wenn du meinst … und, was willst du mit ihr tun?«, sagt Derek leichthin, noch immer in seinem gerade errungenen Triumph badend.

»Fragen wir doch Emma, was *sie* gerne hätte?«, nimmt George den Ton seines Sohnes auf. Nein, ein Mann wie George McLeod verliert vielleicht mal eine Schlacht – aber nie den Krieg!

Beide Blicke richten sich auf mich.

»Ich möchte …«, ich muss grübeln, denn es ist einfacher, die Passive zu sein. Und dann weiß ich es plötzlich! Klar und deutlich steht es vor meinem inneren Auge: »Ich will Derek sehen ... gefesselt!«

Ohne zu überlegen, greift George nach dem Gürtel meines Morgenmantels.

»Streck deine Hände vor!«, kommandiert er. Es ist etwas in Dereks Blick, das mich irritiert, als er jetzt zu mir herübersieht und – sich ergibt. Langsam senkt er den Kopf. Nackt und entblößt steht er vor uns, allen Augen preisgegeben, der, der sonst so blasiert und überheblich ist. Ergeben legt er seine Handgelenke übereinander und streckt sie seinem Vater entgegen.

Mein Herz hämmert gegen meinen Brustkorb und allein sein Anblick – unterworfen, verletzlich – führt dazu, dass ich mich auf mein Bett werfe, meine Schamlippen spreize und den Vibrator oberhalb meiner Lustperle ansetze. Ich lasse seine kleinen tentakelartigen Enden über diesen empfindlichsten Punkt schwingen und spüre dem Zucken meines Unterleibes nach, der sich ebenfalls auf jene Stelle zu konzentrieren scheint. Ich explodiere in tausend kleinen Feuerwerken, zittere und ergebe mich den hauchfeinen Krämpfen, die meine Beine vor- und zurückstoßen lassen.

Dabei sind meine Blicke immer auf den nackten Derek gerichtet, der jetzt von seinem Vater an den Kleiderhaken neben der Tür gebunden wird. Der Nachhall meines Orgasmus' vermengt sich mit dem Anblick Dereks, seiner geöffneten Achseln, seinem gestreckten Brustkorb und seiner Nippel, die hart erigiert in die Höhe stehen.

Er bietet den schönsten Anblick, den man sich vorstellen kann. Erregend. Lasziv. Seine engelhafte Macht ist nur mühsam und nur für kurze Zeit durch die Ergebenheit gebändigt, mit der er sich in sein erotisches Schicksal fügt.

Jetzt will ich seinen Schwanz in meinen Mund nehmen

und so lange bearbeiten, bis er mein erhitztes Fleisch in sein Sperma taucht. Mein Körper bebt von meinen Zehenspitzen bis zu meinen Haaren und vibriert vor Gier auf seinen makellosen Körper.

Und ich weiß, dass er sich nehmen lassen wird, dass er sich nehmen lassen *will*. Also gehe ich vor seinem Penis in die Hocke und benetze ihn sanft mit meiner Zunge. Jetzt, da er so gleitfähig ist und meine Liebkosungen keinesfalls mehr als unangenehm empfinden kann, setze ich meine geschlossenen Lippen an seiner Eichel an.

»Gib's auf! Ich kann nicht mehr. Ich bekomme keinen mehr hoch!«, sagt er beinahe verärgert.

Doch ich spüre jede einzelne der dick geschwollenen Adern, die sich an seinem Schaft entlangzieht und durch die das Blut pulst. Ich geleite sie auf ihrem Weg mit meiner Zungenspitze, kose sein Fleisch, zupfe und sauge an seiner glatten Haut. Derek kann nur hilflos zusehen, wie ich das Leben in seine Erektion zurückzwinge, und wie das Blut in seinem Schaft aufsteigt und seine Eichel bis vor seinen Bauchnabel erhebt.

Derek wirft, überwältigt von dieser plötzlichen lustvollen Berührung, seinen Kopf in den Nacken und stöhnt laut auf.

»Ja! Besorg es ihm!«, triumphiert George. »Genau so braucht er es!« Seine Stimme überschlägt sich beinahe beim Anblick meines hockenden, nackten Körpers und meines Mundes, der seinen Sohn nun heftig bearbeitet. Ich spüre die sexuelle Attraktion, die wir beide auf ihn ausübten, so plastisch wie ein Geruch oder eine Bewegung am eigenen Körper.

Ich weiß, wie sehr er es genießt, uns beiden zuzusehen, zu beobachten, wie wir auf einem Floß aus Lust und Leidenschaft davontreiben.

»So viel Mühe will belohnt sein …«, keucht George und

kniet sich hinter mich. Während ich mit der einen Hand Dereks Eier massiere, schiebt mir George von hinten seinen Finger in meine nasse Möse.

Was für einen wundervollen Bauch Derek hat! Flach und hart. Man sieht auch hier die Adern unter der dünnen, beinahe weißen Haut, wie sie sich an die Oberfläche drücken und berührt werden wollen. Ich genieße den Anblick seiner kleinen Löckchen, die unterhalb seines Nabels wachsen, und selbst seinen Nabel finde ich sexy. Also mache ich einen kleinen Abstecher und stoße meine Zungenspitze in die Vertiefung.

Scharf zischt die Luft durch Dereks Lippen. »Oh Gott … ich …«

Weiter kommt er nicht, denn im gleichen Atemzug verströmt er sich zwischen meinen Lippen. Es ist so viel, dass mir der Samen aus den Mundwinkeln läuft und Reste auf meine Brüste tropfen. George reibt die cremige Flüssigkeit in die empfindsame Haut meiner Nippel ein.

Noch ein letztes Mal will ich im Angesicht von Dereks erschlaffendem Glied und Georges Lippen, die meine Brüste säubern, kommen.

Also bewege ich mich über Georges Hand, die sich noch immer in meiner Möse befindet. Sofort schaltet er und stößt mehrere Finger ruckartig in mich, wobei sein Daumen hart auf meinen Kitzler trifft. Mit einem lauten Aufstöhnen ergebe mich zuckend und verkrampfend einem Orgasmus, der unerwartet schnell kommt und mich wie ein Tsunami mit sich reißt. Es ist ein Orgasmus von solcher Intensität, dass er mir den Verstand zu vernichten droht. Ich sehe George und Derek, die beiden Männer, nach deren Körpern ich mich verzehre, deren Leidenschaft an mir frisst, mich verschlingt und ich ahne, wie es sein kann, vor Gier irre zu werden.

***

Als ich die Augen öffnete, kauerte ich erschöpft neben meinem Bett. Am Haken neben der Tür hing mein alter Bademantel und neben meinen Füßen surrte der Vibrator, den ich in meinem Überschwang nicht abgeschaltet hatte. Mit wackeligen Beinen kletterte ich auf mein Bett.

Wann hatte ich denn je eine solche Fantasie gehabt? War es wirklich möglich, dass George und Derek in Kombination einen solchen Rausch bei mir auslösten?

Ich hatte diesen imaginierten Sex mit ihnen derart realistisch empfunden, dass ich mir sogar jetzt noch einbildete, ihren Geruch an meiner Bettwäsche wahrzunehmen, und für einen verwirrenden Moment hielt ich den Schweiß, der meinen Oberkörper überzog, für die Reste von Dereks Sperma.

Derek … alleine der Gedanke an ihn hinterließ ein stilles Gefühl der Trauer in mir. Ja, gewiss war er sexy und ebenso gewiss hätte ich ihn nie abgewiesen, aber würde es denn überhaupt die Möglichkeit geben, es nochmals mit ihm zu treiben?

Jedenfalls nicht nach unserer Auseinandersetzung und nicht in Anbetracht der Tatsache, dass wir uns jedes Mal in den Haaren lagen, wenn wir aufeinandertrafen.

Und … da war George! George, der sogar in meiner Fantasie den Ton angegeben hatte. George, der über alles und jeden in seiner Umgebung bestimmte – auf die eine oder andere Art.

Dazu kam noch meine Verwirrung, wie ich beide Männer – Vater und Sohn – in meine Fantasie hatte eindringen lassen können …

Wo war denn meine moralische Erziehung? War es nicht verwerflich, Lust auf beide Männer gleichzeitig zu haben? Wie viele Schritte blieben denn zu gehen, bis zur Steigerung dieser Fantasie? Augenblicklich verbat ich mir weiterzudenken.

Mit immer noch nicht regenerierten Beinen stand ich auf und holte mir ein Glas Wasser am Spülbecken. Wie weich und kühl es durch meine Kehle rann und doch die Sehnsucht nicht zu stillen vermochte, die diese Fantasie in mir hinterlassen hatte.

Gewiss, sexuell hatte ich mich ausgepowert, hatte ein paar sagenhafte Höhepunkte erlebt, doch zurück blieb eine Emma Hunter, die nicht wirklich satt war, und die das unbestimmte Verlangen nach mehr als Sex verspürte. Aber von wem konnte ich das erwarten?

Mit einem Zug leerte ich das Glas und stellte es in die Spüle. Es brauchte eine Handbewegung, um diese Gedanken beiseitezuwischen. George wollte mich für diesen Job, und ja, ich würde ihn erfüllen! Und ich wollte George – wieder und wieder. Mit oder ohne Derek ...

# DER LORD UNTER DEN MÄNNERN

Der Türsteher im langen, blauen Fantasie-Uniformmantel zog eine der zahllosen auf Hochglanz polierten Glastüren auf, die die beeindruckende Fassade des »Savoy« mit seinem chromfarbenen Namensschriftzug vervollständigten.

Mit klopfenden Herzen betrat ich die Lobby. Wo ich mich noch vor kurzem so cool gefühlt hatte, stieg nun eine beängstigende Nervosität in mir auf. Was wäre, wenn mich Georges Herrn nicht mochten? Oder wenn ich vor Panik keinen gescheiten Satz herausbrachte? Letzteres war noch nicht einmal mein Problem, denn dann hätte ich wenigstens tiefgründig gewirkt. Mein Thema war eher, dass ich in einem nervösen Anfall wie ein Vollidiot zu schwatzen begann. Ich hatte dann die unangebrachte Tendenz, alle möglichen Dinge aus meinem Leben zu beichten. Dümmliche Anekdoten, die vielleicht noch beim Nachbarschaftsplausch auf der Straße funktioniert hätten, aber hier im »Savoy« fatal wären. Sollte mein Gegenüber dann peinlich berührt schweigen, deutete ich dies stets als Aufforderung, weiterzuplappern.

So beschloss ich also, mich mit äußerster Kraft zusammenzureißen und kein falsches Wort zu sagen. In meinem Magen kribbelte es und ich fühlte meine Beine nicht mehr. Wann war ich jemals so nervös gewesen? Warum zum Teufel drehte ich nicht einfach um? Das wäre doch das Leichteste.

Die Eingangshalle begrüßte den Besucher mit wunderbarem Marmorboden und gewaltigen Säulen, die bis in den Himmel zu reichen schienen. Umgeben war man von einladenden Sitzgruppen und riesigen Palmen.

Ich hatte den direkten Weg zum Empfang eingeschlagen, doch Danny, der Fahrer, lenkte mich elegant und unauffällig nach rechts. Ihn für diesen Moment noch an meiner Seite zu haben, beruhigte mich.

Wir betraten einen Flur, der uns augenblicklich vom wuseligen Empfangsbereich in die Stille führte. Der dicke Teppich, in dem meine hohen Absätze versanken wie in einem dunkelgrünen Sumpf, verschluckte alle Geräusche, ähnlich frisch gefallenem Schnee.

Die sechste Tür war unsere. Danny klopfte an und öffnete, ohne auf eine Antwort zu warten. Galant trat er zur Seite und ließ mich hinein. Als ich ihn unsicher anblickte, schenkte er mir ein Lächeln, das von einem aufmunternden Nicken begleitet wurde. Das tat gut, denn inzwischen fühlte ich mich wie beim Zahnarzt.

So betrat ich einen großartigen Raum, der mir beinahe den Atem raubte. Creme- und Grautöne überwiegten. Das Mobiliar war, im Gleichklang mit dem Eingangsbereich, wunderbarster Historismus. Die Gemälde an der Wand zeigten üppigste barocke Blumenpracht. Perfekt dazu passte ein riesiges Blumenarrangement auf einer Anrichte an der gegenüberliegenden Seite des Raumes. Einen Moment lang war man versucht, zu überlegen, ob auch dieses nur gemalt wäre. Aber der schwere Duft zeugte von der Realität der Blumen.

Auf der linken Seite kam ein Durchgang, der aber teilweise von einem dunkelroten Vorhang verhängt war. Ich blickte hindurch, denn irgendjemand musste ja schließlich da sein …

George! Er stand, ein Glas mit bernsteinfarbenem Whiskey in der Hand, bei einer sehr attraktiven, langbeinigen Brünetten. Sie unterhielten sich angeregt wie alte Bekannte, die sich nach langer Trennung viel zu erzählen hatten. Die Frau trug ihr dichtes, lockiges Haar kurz geschnitten. Ihr Modelkörper steckte in einem weich fließenden Jersey-Kleid, das ihre statuettenhaften Formen weich umspielte. Es hatte einen so raffinierten Aubergine-Ton, dass sie mehr nackt, denn angezogen wirkte.

George entdeckte mich und die Frau folgte seinem Blick. Sofort schob sich ein herzliches Lächeln über ihr perfekt geschminktes Gesicht.

»Schön, dass du gekommen bist!«, rief George mir entgegen.

Er stellte sein Glas ab, streckte beide Arme vor sich aus und eilte mir entgegen. Wir tauschten Küsschen links, Küsschen rechts aus. Doch beim letzten Küsschen blieb er an meiner Wange und flüsterte: »Du riechst so sexy. Ich werde dich sofort hier auf dem Tisch ficken.«

Ich grinste und gab ihm eine spielerische Ohrfeige. »Du hast dir doch gestern schon deine Befriedigung geholt …« Diese Spitze konnte ich mir nicht verkneifen. Und es war eine gute Replik, denn sie verbreitete den Eindruck, dass ich mich dazugehörig fühlte.

»Spielverderberin! … Jane, darf ich dir Emma vorstellen …«

Wir machten die Honneurs und zeigten, dass wir keine Waffen trugen.

»Hallo«, grüßte mich die Schöne. »George hat mir gerade von dir erzählt. Ich war so neugierig. Du siehst wirklich toll aus!«

Dass sie so unumwunden vom Aussehen sprach, behagte mir nicht, trotzdem erwiderte ich ehrlich: »Das Kompliment kann ich nur zurückgeben.«

Ich blickte sie von oben bis unten an und konnte mich nicht lösen. Sie hatte kleine, feste Brüste, deren Nippel sich exakt unter dem weichen Stoff abzeichneten. Wenn sie sich bewegte, erkannte man nur zu gut, dass sie keinen BH trug. Genauso, wie sie entweder auf den Slip verzichtet oder ein Zauberhöschen gefunden hatte, das man selbst unter diesem Stoff nicht sehen konnte. Der Glanz ihres Kleides zog meine Finger magisch an. Ich wollte sie unbedingt berühren. Wobei mir durch den Kopf schoss, dass es wohl genau das war, was sie mit ihrer Kleiderwahl beabsichtigt hatte.

Egal, wie erotisch sie in dem Kleid wirkte, sie trug es mit einer absoluten Selbstverständlichkeit, als gäbe es für sie nichts Normaleres, als dass sie angestarrt wurde und Hände sich danach sehnten, sie zu berühren.

Trotz ihrer kurzen Haare wirkte sie so feminin wie Marilyn Monroe, auch wenn sie optisch kaum gegensätzlicher hätten sein können.

»Ich hörte, es ist heute dein erstes Mal«, sagte sie. Es klang nach Entjungferung.

George hatte sich verabschiedet. Er wollte noch etwas wegen des Essens klären.

»Kommen außer uns noch mehr Mädchen?«, wollte ich wissen.

Sie schüttelte den Kopf und schenkte mir einen Schluck ein.

Was für unglaublich lange Finger sie hatte, wie eine Pianistin! Und dieses Rot ihres Nagellackes …

Das Glas war aus schwerem Bleikristall. Das erkannte sogar ich. Und drinnen war … Terpentin! Ich roch daran und stierte in mein Glas. Kein Mensch konnte von mir verlangen, dass ich so etwas trank.

»Schottischer Whiskey. Dreißig Jahre alt. Garantiert.«

Genau so roch dieses Zeug auch.

Sie hob ihr Glas. »Cheers!«

Nach kurzem Zögern erwiderte ich den Trinkspruch und nahm einen Schluck. Brennen … Brennen … Brennen … Wohlige Wärme. Ich schmeckte schottischen Torf. Der Geschmack wandelte sich in Duft, der aber nur in meinem Kopf existierte. Der Duft nach Lavendel und Gras und feuchtem Moos. Eine Barriere, die irgendwo tief in mir gelegen hatte, wurde gehoben und gab den Blick frei auf eine wunderbare Landschaft. Ich schaute mich um und fand alles herrlich.

»Außer uns kommen keine Mädchen mehr. George meinte, es sei für dich angenehmer, intimer, wenn du den Ausdruck erlaubst.«

»Und warum bist *du* hier?«, fragte ich.

Sie nahm einen kleinen Schluck. Man sah kaum, dass etwas aus ihrem Glas fehlte. Vielleicht mochte sie das Zeug auch nicht …

»Deinetwegen. George gibt sich große Mühe, alles so angenehm wie nur irgend möglich für dich zu gestalten.«

Das ging mir runter wie Öl.

»Gibst du mir ein paar Tipps?«, bat ich.

Sie lächelte zu meinem Glas hin. »Trink langsam … und wenig! Du musst bis zum Schluss den Überblick behalten. Was die Männer schlucken, kann dir egal sein. Du brauchst einen klaren Kopf. Also: Immer nur nippen!«

Ich hatte verstanden.

»Setze Grenzen. Rechtzeitig! Wenn du sie willst … Ich habe keine Ahnung, wie weit du zu gehen bereit bist. Gefühle sind okay. Liebe – Nein! Aber das ist eine Original-Binsenweisheit. Sei sexy, nicht vulgär. Wenn diese Männer etwas Vulgäres wollen, gehen sie in einen Puff. Hier und heute wollen sie eine gute Unterhaltung und vielleicht am Schluss eine scharfe Nummer. Warte es ab … Lässt du dich vögeln?«

Ich zuckte mit den Schultern.

»Du solltest prinzipiell dazu bereit sein. Wir sind keine Geishas, die nur unterhalten sollen – wenn wir auch nicht von vornherein für Sex bezahlt werden. Und das war's eigentlich schon. Wenn mir noch etwas einfällt, sage ich dir Bescheid.«

Plötzlich machte sie eine beschwingte Drehung auf einem Fuß. »Die Show kann beginnen!«, verkündete sie leise in meine Richtung.

Die Tür im Nebenraum ging auf und man hörte Georges Stimme. Er trat mit einem Mann an seiner Seite ein, der mir den Atem raubte.

»Lord Richard Abershire. Einer der ganz großen Namen im Showbusiness«, wisperte Jane, als habe soeben George Clooney den Raum betreten. »Er produzierte die wichtigsten TV-Shows der letzten Jahre.«

George trat auf uns zu und machte alle bekannt.

Der Lord sah aus, als habe er aztekische Vorfahren. Seine Haut war dunkel mit einem leichten rötlichen Schimmer. Sein Haar war äußerst kräftig und in elegantem Schwung nach hinten geföhnt. Mandelförmige Augen thronten über einer raubvogelartig gebogenen Nase.

Er trug, genau wie George, einen sündhaft teuren Maßanzug.

»Wollen wir?« George deutete auf eine Tür, durch die wir das Speisezimmer betraten. Es war ein wunderschöner Raum, der trotz seiner Größe so möbliert war, dass er gemütlich wirkte.

Die Tischdekoration, die aus einem füllig-gebauschten Tischtuch aus dunkelrotem Paisley-Stoff bestand und einem barocken Blumengesteck, das an Üppigkeit nichts zu wünschen übrig ließ, begeisterten förmlich die Sinne. Es waren allerdings nur solche Blumen verarbeitet, die keinen starken Geruch verströmten. So verhinderte man offensichtlich, dass der Duft den Geschmack des Essens überlagerte. Das fand ich schade, denn ich liebte den intensiven Duft von Freesien und Lilien.

Wir nahmen unsere vier Plätze ein. Also war klar, dass außer uns tatsächlich niemand mehr erwartet wurde.

Gott sei Dank war ich wie erstarrt. So ließ ich alle reden und schwieg selbst. Es war unglaublich, wie interessant die drei erzählen konnten. Sie hatten jede Menge gemeinsamer Bekannter und auch Jane bildete da keine Ausnahme. Sie bewegte sich in den gleichen Kreisen wie George und der Lord. Namen fielen, die mir bekannt vorkamen, doch waren sie Teil von Anekdoten und Neuigkeiten, was mich verwunderte. Kein Mensch traf den Premierminister privat!

»… John sagte dann nur: ›Richard, wie konntest du …?‹« Es folgte großes Gelächter am Tisch.

Aktuelles Thema war die neue Sitzungsperiode des Unterhauses.

»Du solltest dich unbedingt für das Unterhaus aufstellen lassen, George.« Seine Lordschaft schob ein Stück Fleisch durch die Sauce auf seinem Teller und blickte George herausfordernd an.

»Epping 2 wird frei«, fügte Jane an.

»Eben«, sagte Lord Abershire. »Genau das habe ich auch gehört. Es wäre gut, jemanden in diesem Wahlkreis zu haben, den man kennt. Der Sender will dorthin expandieren und da brauchen wir zuverlässige Leute. Der alte Landsdon legt wohl aus Altersgründen nieder. Das ist zumindest, was ich gehört habe … «

Jane lächelte. Sie sah beinahe geheimnisvoll aus. »Das ist, was die Partei sagt …«, raunte sie.

Die Männer schenkten ihr einen interessierten Blick und sie fuhr fort: »Tatsächlich hat seine Frau ihm die Pistole auf die Brust gesetzt. Er soll seine londoner Geliebte aufgeben. *Das* ist der Grund für seinen Rückzug.«

George ließ seine Gabel sinken. »Und woher weißt du das?«

Jane lächelte süffisant, nahm einen Schluck gekühlten Weißwein und sagte dann: »Weil *ich* die Geliebte bin!«

Abershire grinste und nickte. George lachte hell heraus und auch ich erlaubte mir zu kichern.

»Und …«, wollte seine Lordschaft wissen, »… wird er dich aufgeben?«

»Das ist zumindest, was er *seiner Frau* sagt!«

Schmunzelnd blickten sich alle in der Runde an.

»Nein«, sagte Jane, »natürlich wird er mich nicht aufgeben. Er liebt meinen Hintern!«

Wieder folgte breites Grinsen.

»So … deinen Hintern …«, murmelte George.

Ich wusste, was sie meinte. Ihr Hintern war wirklich unglaublich. Ich hatte ihn beobachtet, wie er sich unter dem dünnen Jerseystoff bewegt hatte. Hin und her. Wie etwas, das ein Eigenleben führte.

Lord Abershire zog eine seiner kräftigen Brauen nach oben. »Was ist mit deinem Hintern?«

»Er ist exquisit«, antwortete George an Janes Stelle.

Ich musste hart schlucken. Wieso sagte er so etwas? Ein kleiner glühender Pfeil bohrte sich in meine Brust. Wie genau kannte er ihren Hintern?

Wir hatten das Menü beendet und waren mittlerweile beim Mocca angekommen. Ich war so aufgeregt, dass ich nicht mehr sagen konnte, was ich überhaupt gegessen hatte.

Lord Abershire lehnte sich entspannt zurück und schob seine Daumen hinter sein Revers. »Da ich gut gegessen habe, könnte ich jetzt auch einen guten Fick gebrauchen.«

Es war wie ein Startschuss in meine Überraschung hinein. Jane beugte sich plötzlich zu mir herüber und legte ihre Lippen auf meine. Ich erschrak so sehr, dass ich beinahe vom Stuhl gefallen wäre. Geistesgegenwärtig packte sie meinen Arm und hielt mich so in Position. Noch nie hatte ich eine Frau geküsst. Aber es fühlte sich überraschend gut an. Meine aufgerissenen Augen konnte ich entspannt schließen und anfangen zu genießen.

Nicht nur ihre Lippen waren weich, ihre ganze Mundpartie schmiegte sich ohne die winzigste Stoppel auf meine. Nicht dieses übliche Gekratze wie bei den Männern. Hinzu kam ihr herrlicher Duft, den ich tief einatmete und zugleich ihre zarte Berührung genoss. Keine Sekunde dachte ich mehr darüber nach, was ich da tat, sondern gab mich nur ihren Küssen und Berührungen hin.

»Oh, die Damen gehen schon zu Werke«, staunte Lord Abershire.

George nickte: »Ja, scheinbar brauchen sie uns nicht!«

»Dann lass uns doch zusehen, was sie miteinander anstellen …«

Jane richtete sich auf und zog den Ausschnitt über ihre Brüste hinunter. »Fass mich an!«, wisperte sie in mein Ohr.

Ich war vollkommen fasziniert von den kleinen festen Brüsten, die nun in der Luft standen und mich anzulächeln schienen. Ihre Nippel waren wie kleine Kissen, die geschwollen auf hellen Puddinghügeln thronten. Ich beugte mich vor. Der Duft zog mich magisch an und ich wollte diese Nippel spüren.

Es gab seltsamerweise keine Barriere zu überwinden. Wo ich mich nie im Leben an den Körper einer anderen Frau herangewagt hätte, saß Jane aufrecht wie eine Statue und erwartete geradezu meine Liebkosung.

Genauso wie die Männer – unser williges Publikum.

Vorsichtig öffnete ich meine Lippen und legte die Zungenspitze auf ihre Brustwarze. Jane zog die Luft scharf zwischen

115

den Zähnen ein. In diesem Moment hörte ich George sagen: »Sie können abräumen! Danke«, und merkte, wie ein Arm an mir vorbeigestreckt wurde.

Jane ignorierte den Kellner und ich starb! Wie sah ich jetzt aus? Vorgebeugt, meinen Mund auf der Brustwarze einer anderen Frau … Mein Kopf glühte, mein Herz pochte, mein Blut sauste in den Ohren.

Doch die Kellner taten, als sähen sie hier nichts, was nicht vollkommen normal war. Nicht nur die halbnackte Jane, sondern auch, wie ich jetzt aus den Augenwinkeln erkannte, Lord Abershire, der seinen Penis aus der Hose gezogen hatte, und seinen Helm langsam und genüsslich polierte.

Im Handumdrehen hatten die Kellner den Tisch leer geräumt und waren wieder verschwunden. Ich war mir sicher, dass Georges üppiges Trinkgeld zu plötzlicher Erblindung führte.

Als wir wieder allein waren, intensivierte ich meine Liebkosung und saugte stärker und stärker an Janes Nippel, denn an ihrer Reaktion hatte ich gemerkt, dass sie das so richtig auf Touren brachte. Die Knospen einer Frau sind größer und irgendwie plastischer als die von Männern. Man kann sie leichter einsaugen. Sie sind herrlich im Mund, wenn man mit der Zungenspitze an ihnen lecken kann und sie sich langsam in kleinen Riffelchen zusammenziehen. Ich weiß nicht, ob ich die Nippel einer Frau lieber entspannt auf der Zunge spüre oder erigiert …

»Zieht euch aus!«, brummte es plötzlich hinter uns.

Jane erhob sich sehr majestätisch und schlüpfte elegant aus ihrem Jersey-Traum. Sie war tatsächlich splitternackt und ihr Körper atemberaubend. Zu ihren festen, kleinen Titten passte der flache, harttrainierte Bauch, dessen Leisten von zwei kleinen Rinnen betont wurden, die sich bis zum Schamhügel herabzogen. Ihre Muschi war rasiert. Wie sie so dastand, konnte man sogar den Kitzler erkennen, der weder von den Schamlippen noch von dem Schamhaar verdeckt wurde. Sie hätte perfekt in ein Foto von Helmut Newton gepasst.

Das Atmen fiel mir auf einmal schwer und als ich vorsichtig zu den Männern blickte, erkannte ich, dass ich nicht die einzige war, die Jane haben wollte.

»Na? Wer nimmt mich zuerst?«, fragte sie herausfordernd und ging ein paar Schritte umher. Ziellos. Einzig, um uns mit ihren langen Beinen, ihrem Arsch und ihren Titten aufzugeilen.

Ich wollte – und konnte – nicht mehr länger warten! Schnell schlüpfte ich aus meinen Sachen, auch in der unsinnigen Überzeugung, dass man im Moment alle Beachtung Jane schenkte. Doch gerade, als ich meine Finger in den Slip einhakte, um ihn herunterzuziehen, umfasste eine kräftige Männerhand mein Handgelenk. Lord Abershire!

»Ts-ts-ts …«, machte er und schüttelte den Kopf. Es war wie ein Schlag! Sie wollten sich Janes Anblick nicht von meinem nackten Körper verderben lassen … Tränen schossen in meine Augen und ich war kurz davor, davonzulaufen.

In dem Moment, als ich mich abwenden wollte, packte mich Lord Abershire und presste seine Lippen auf meine. Er tat es dermaßen hart und fordernd, dass ich fürchtete, keine Luft mehr zu bekommen. Er stieß seine Hand in meinen Slip und von dort ohne Umschweife in mein Loch. Mösensaft stürzte aus mir hervor. Ich hechelte. Aufgegeilt bis zur Besinnungslosigkeit. Er zerrte ein BH-Körbchen zur Seite und packte meine Brust.

Ja, so wollte ich genommen werden. Hart und direkt! So wie ich in der Buchhandlung gefickt worden war. Ein Schemen tauchte vor mir auf, verschwand wieder und hinterließ den Schatten von Sehnsucht.

Die Lippen Lord Abershires wanderten von meinem Mund zum Ohr, in das er mir, während sein Finger in meinem Saft badete, hauchte: »Ich will, dass du es dieser Nutte so richtig besorgst.«

Mein Hals war ausgetrocknet und ich griff zitternd nach meinem Weinglas. Jane hatte ein Bein auf eines der Designertischchen gestellt, mit einer Hand spreizte sie ihre Möse und mit der anderen bearbeitete sie ihren Lustknoten.

George lockerte seine Krawatte und legte sie dann ganz ab. Ich wollte ihn ausziehen. Er sollte das nicht allein tun, dachte ich. Verflucht, ich musste einfach seine Nippel ablecken. Doch nun galt nicht, was ich wollte, sondern was der Gast verlangte.

»Was ist los? Muss ich es mir allein besorgen?«, nörgelte Jane mit einer gewissen Atemlosigkeit, denn sie hatte sich selbst ziemlich auf Touren gebracht und ich wusste, dass es bis zu ihrem ersten Orgasmus nicht mehr lange dauern konnte.

Seine Lordschaft trat auf Jane zu und gab ihr einen Klaps auf die Pobacke. »Knie dich auf den Tisch!«

Jane strahlte erfreut und tat, was er wollte. »Verhau mir ruhig den Popo!«, verkündete sie vergnügt.

Dort, wo wir gerade noch all diese Delikatessen verspeist hatten, ragte jetzt die rasierte Möse der knienden Jane in die Luft und erwartete mich. Sofort stellte ich mich hinter sie und betrachtete eingehend ihren feuchten Spalt. Jane hatte eine herrliche, geschwollene Scheide, die sich mir derart appetitlich anbot, dass ich auf das Menu hätte verzichten können.

Ich biss kurz in ihre rechte Arschbacke und fuhr dann mit dem Zeigefinger die volle Länge ihrer Spalte nach. Von ihrer Rosette bis zu ihrem geschwollenen Kitzler. Als ich dort ankam, knickte sie leicht ein. Oh, ja! Sie war reif!

Also näherte sich mein Gesicht ihrer Lustzone. Ihr Duft war

würzig und angenehm. Der Augenblick war gekommen, dass ich mich nicht mehr beherrschen konnte. Unter dem kritischen Blick Lord Abershires begann ich, ihren Spalt auszulecken. Sie bekam eine Gänsehaut, die meine Lippe kitzelte und ich wusste, dass ich ihre Säfte auf meiner Zunge schmecken wollte. Noch nie hatte ich von einer Frau gekostet, deshalb war ich unendlich neugierig.

Jane bewegte ihren Unterleib und stöhnte, denn sie mochte, wie ich meine Zunge durch ihre Falten rieb und dann den geschwollenen Kitzler fast zum Tanzen brachte. Sie stöhnte tief, was sehr sexy war.

Lord Abershire ließ jetzt Stück um Stück von seiner Kleidung fallen. Er hatte einen gut trainierten Körper mit leicht behaartem Brustbereich. Doch er musste aufpassen, sein Hang zu gutem Essen und Trinken würde ihm bald einen kleinen Bauch bescheren. Aber im Moment war er noch ein Mann in vollem Saft. Seinen Penis hatte ich ja schon gesehen. Er war dick und lang und versprach großes Vergnügen, wenn er erst einmal in mir steckte.

Jane war jetzt so weit, dass sie mir ihre Spalte förmlich ins Gesicht stieß. »Leck mich härter, verdammt! Jetzt! Ich brauche es. Ich will kommen. Und jemand muss meine Titten rannehmen! Los! Macht schon!«

George, ebenso nackt wie seine Lordschaft, trat vor Jane an die gegenüberliegende Seite des Tisches und steckte ihr seinen Penis in den Mund. Die Intensität der Stöße, die ich mit meinem Kopf abfangen musste, machte deutlich, dass George sie ziemlich heftig in den Mund vögelte. Dabei hielt er wohl ihre Brüste gepackt und knetete sie. Sicherlich dauerte es nicht mehr lange und der Lord würde mich entern. Doch bislang stand er nur da, polierte seinen Helm und sah uns zu.

Ich tat so, als wolle ich Luft holen, wobei ich die Mischung aus Speichel und Mösensaft von meinem Gesicht wischte und George beobachtete. Mit geschlossenen Augen hatte er den Kopf genießerisch in den Nacken gelegt und benutzte Janes Mund mit ruhigen, gleichmäßigen Stößen.

Er durfte auf keinen Fall in ihren Mund kommen, schoss es mir durch den Kopf. *Ich* wollte seinen Samen trinken!

Doch ich war voreilig gewesen. Jetzt trat nämlich Lord Abershire in Aktion. Plötzlich zog er mich von Janes Spalte weg und schob mich zum Esstisch. Dort drückte er meinen Oberkörper sanft auf die Tischplatte und gab George ein Zeichen. Dieser zog seine Erektion aus Janes Mund und platzierte Jane neben mir.

Jetzt, da sich Janes und mein Körper seitlich berührten, konnten wir uns ungehindert küssen. Unsere Zungen tanzten und unsere Säfte mischten sich. Ich spürte ihren Atem, der meine Lider überzog und auch die Hände der Männer, die meine Rückseite kosten, streichelten, kneteten und ungehindert in mich eindrangen, um mein Innerstes zu erkunden.

Es war eine unglaubliche Art, Sex zu haben. Meine Haut schien sich aufzulösen. Es gab keine Barriere mehr zwischen meinem Körper und der Luft, die mich umgab. Die Berührungen hoben die Grenzen auf. Ich hatte längst aufgehört, zu denken und gab mich dem hin, was sie tun wollten. Ich musste nicht lenken, sondern stellte meinen Körper zur Verfügung und so waren sie gezwungen, mir die äußerste Lust zu verschaffen, die man sich denken konnte. Ihre Selbstachtung forderte dies.

Doch nicht nur meine Haut löste sich auf. Der Raum schien zu verschwinden. Ich schloss die Augen und alles, was existierte, war der Penis, der von hinten in mich hineingebohrt wurde. Als er mir bis zum Anschlag hineingestoßen wurde, schrie ich gellend auf. Doch es war kein Schmerz. Es war Lust! Es war eine Tür, die aufgestoßen wurde und frische Luft für den Erstickenden einließ.

Ich wollte weinen, schreien – alles zusammen …

Jane hatte sich an meiner Zunge festgesaugt und ließ nur dann locker, wenn sie kam oder besser gesagt, wenn ein Orgasmus sie heftig fortzureißen schien.

Keuchend krallte ich mich an dem Tischtuch fest, meine Nägel rissen kleine Löcher in den Stoff und ich drohte wegzurutschen, so hart wurde ich gestoßen. Jane kippte leicht nach vorne, denn ihr Stecher hatte sich aus ihr gelöst und kam nun um den Tisch herum.

George meckerte: »Ich komme nicht an sie ran.«

Nur langsam tauchte ich aus einem dicken Nebel auf und registrierte, dass ich den Lord drin hatte. Er zog sich leicht aus mir zurück und dirigierte mich auf den Tisch, wo ich mich auf den Rücken legte. Es war unbequem und hart, das Tischtuch nützte nichts.

So setzte ich mich halb auf und umklammerte meine Oberschenkel. Jetzt stieß mich Lord Abershire wieder ohne Unterlass. Jane stellte sich neben ihn. Was hatte sie vor?

Plötzlich zog sie seinen Penis aus meiner Muschi und leckte ihn genüsslich ab. Er stöhnte auf. Sobald sie ihn saubergeleckt hatte, steckte sie ihn wieder in meine geschwollene Möse. Ich ertrug es kaum, leer zu sein, denn dann kam die Befürchtung, dass ich nicht mehr zu meinem Recht kommen würde.

Auch George blieb nicht untätig. Er zog Janes Hintern zu sich heran und fickte sie schnell und hart.

Es gefiel mir, den dreien so zusehen zu können, wie sie schwitzend und geil vor sich hin rammelten.

»Richard, ich kann's nicht mehr halten!«, ächzte George.

»Gut. Dann los!«

Wir gingen vor den dicken Schwänzen in die Hocke. Ich tat es einfach Jane nach, die ihre Augen schloss und den Mund weit öffnete. Sie wusste, was geschah, aber ich wollte sehen, was passierte. Die Männer standen über uns und rieben sich so schnell sie konnten. George schrie auf und sein Samen klatschte in hohem Bogen auf uns nieder. Brüste, Lippen, Gesichter … nichts wurde verschont. Auch Richard Abershire war soweit. Mit einem letzten Aufstöhnen verschoss er sein Sperma. Es schmeckte wunderbar. Nussig. Würzig. Überwältigend!

Die Männer gingen mit scheinbar weichen Knien rückwärts, während Jane und ich förmlich über einander herfielen. Jede bestrebt, so viel vom Samen der jeweils anderen abzulecken.

Ich saugte an ihren Brüsten, leckte ihren Hals und meine Hände glitten durch ihren Spalt, in der Hoffnung, auch dort noch den einen oder anderen Tropfen zu entdecken.

\*\*\*

George suchte seine Sachen zusammen. Er trank nebenbei einen Schluck Wein. Seine Lordschaft zog sich langsam an.

»Wo gehst du jetzt hin?«, fragte George.

Lord Abershire zuckte mit den Schultern. »Mal sehen. Vielleicht gehe ich noch ins ›Dark Light‹. Willst du mitkommen?«

George schüttelte den Kopf. »Ich hatte genug Sex für einen Abend. Ich bin nicht mehr der Jüngste.«

»Davon habe ich aber nichts gemerkt …«, versetzte Richard Abershire aufgeräumt.

»Nein. Ein andermal wieder.« Er schlang die Krawatte um seinen Hals.

Jetzt waren auch wir Frauen fertig und stiegen mit buttrigen Gliedern in unsere Kleider.

»Jane? Willst du hier noch ein Zimmer?«, fragte George.

Sie schüttelte den Kopf. »Nein. Ich fahre direkt nach Hause. Danke dir.«

Aus dem Augenwinkel sah ich, wie George ihr dezent einen Umschlag gab, den sie ohne nachzusehen in ihrem Täschchen verschwinden ließ. Er küsste sie kurz auf den Mund, dann kam sie zu mir. »Es war schön mit dir. Ich hoffe, wir sehen uns bald wieder …« Ich hatte noch nichts gesagt, da gab sie mir schon einen saftigen Zungenkuss. Eigentlich wollte ich sie umarmen, doch die Zeit für's Vögeln war um und jetzt hätte ich in der Tat eine Barriere überwinden müssen.

Mit beschwingtem Schritt verließ sie den Raum.

Lord Abershire gab mir ebenfalls einen Kuss, wenn auch seine Zunge nicht in meinen Mund fuhr.

»Du kannst sie beim nächsten Mal wieder mitbringen«, sagte er mit einem Blick auf mich.

Offensichtlich hatte ich meine Feuerprobe gut überstanden und war sehr froh darüber.

»Wir sehen uns morgen?«, fragte Richard Abershire.

»Halb zehn«, bestätigte George nickend.

***

George und ich waren allein und ich zog mich fertig an.

»Kann ich dir ein heißes Bad anbieten?«, fragte er und zündete sich eine Zigarette an. Er rauchte mit tiefen Lungenzügen.

»Klingt gut …«

Wir verließen nebeneinander die Suite und fuhren mit dem Lift nach oben. George hatte eine Chipkarte, mit der er die Tür öffnete. Vor mir tat sich ein Paradies auf! Ein riesengroßes Zimmer mit eleganten rokoko-angehauchten Möbeln, wenn auch nicht ganz so opulent wie in den Räumen, die wir gerade benutzt hatten, strahlte mir entgegen.

In der Mitte des Zimmers stand ein Louis-XV-Sofa mit

passenden Sesseln und einem kleinen Tisch, auf dem Hoch-
glanzmagazine drapiert waren. Sie sahen so perfekt aus, dass
ich bezweifelte, dass sie je wirklich durchgeblättert wurden.

Georges Jackett hing über einer Rückenlehne.

»Das ist das Schlafzimmer«, sagte er und machte das Licht an,
als wäre er ein Makler, der mir eine neue Wohnung vorführt.

»Hier ist mein Arbeitszimmer.«

Schreibtisch, Computer, Fernseher ... Alles, was das Herz
begehrte. Es stand voller Akten und Unterlagen.

Verblüfft sah ich George an.

»Ich bin Dauermieter«, erläuterte er knapp.

Das war unglaublich! Er musste wirklich sehr reich sein!

»Wenn es spät wird, will ich nicht nach Hause fahren. Da
bleibe ich dann lieber hier.«

»Oder, wenn du jemanden unterhalten musst.«

Er grinste mich an und löschte das Licht wieder.

»Und hier ist das Bad. Ich hoffe, du magst es.«

Ich war geblendet. Boden, Wände, Decke – alles in hell-
grauem Marmor. Die Wanne war allein so groß wie mein
ganzes Bad zu Hause. Hier war es etwas wärmer als in den
anderen Räumen.

George beugte sich über die Wanne und betätigte die goldenen Hebel. »Was für einen Badezusatz magst du?« Er öffnete einen Spiegelschrank, der den Blick auf zahllose bunte
Flaschen freigab.

»Rose. Ich mag Rose gern.«

Er las die Aufschriften und entnahm dann das Gesuchte,
das er in die Wanne laufen ließ. Sofort erfüllte ein herrlicher
Duft den Raum. Dazu das heiße plätschernde Wasser ... Es
war wunderbar!

»Willst du zuerst rein oder soll ich?«, fragte mich George.

124

»Geh nur. Ich warte.«

Als er sich abermals auszog, musste ich mich schwer beherrschen, dass ich nicht zugriff. So ließ ich ihn allein und wanderte durch seine Suite. Schnell fand ich fertig gebrühten Kaffee in einer Kaffeemaschine stehend. Das hatte wohl der Zimmerservice erledigt, dachte ich und goss zwei Tassen ein. Eine davon brachte ich George.

»Oh, danke!«

Ich zog einen flauschigen sündhaft teuren Bademantel an und kuschelte mich in einen üppigen Sessel, der an einem der Fenster stand. Allein der Vorhang war schon traumhaft. Er bauschte sich in einem leicht schimmernden Cremeton wie in einem französischen Schloss. Alles war hier üppig. An nichts wurde gespart. George plätscherte im Wasser, tauchte unter und kam prustend wieder hoch.

»Du warst sehr gut vorhin. Meine Entscheidung dich zu fragen, war also absolut richtig.«

Ich stellte meine Füße hoch und er spitzelte unter den aufklaffenden Saum des Mantels. Ich war stolz und zufrieden.

»Hat es dir heute Abend gefallen?«, fragte George.

»Ja. Ich denke schon.«

»Richard fickt wirklich gut. Ich kenne kein Mädchen, das unzufrieden gewesen wäre. Auch wenn er sich länger bitten lässt. Er mochte dich.«

»Danke.« Ich fühlte mich wirklich geschmeichelt, denn mein Selbstbewusstsein war ja nicht gerade überwältigend.

»Nein, keine Bauchpinselei. Sonst sieht er gerne bei einer lesbischen Nummer zu und besorgt es sich selbst. Heute war es das erste Mal, dass er ein Mädchen sofort von sich aus gebumst hat.« Er nahm Seife und rubbelte seine Arme ab. »Das ist ein gutes Zeichen für morgen.«

»Wieso?«

»Richard will bei einem großen Privatsender einsteigen und wir erledigen die Vertragsverhandlungen.«

»Das heißt?«

»Das heißt: ganz großes Geld!«

»Und das hast du *mir* zu verdanken!«, grinste ich frech.

»Pass bloß auf, sonst gehst du noch baden!« Er nahm eine handvoll Wasser und besprizte mich damit. Kichernd ging ich in Deckung und lachte: »Wenn du nicht artig bist, gehe ich rüber und rufe die UNO an!« Unvermittelt stand ich auf und ging demonstrativ an der Wanne vorüber. Auf einer Höhe mit ihm kam mir eine irre Idee! Wie ich war, hopste ich zu George in die warmen Fluten. Vor Lachen bekam George sich kaum noch ein. »Du kleines Luder!« Prustend und lachend zog er mir den tonnenschweren, nassen Bademantel von den Schultern und warf ihn aus der Wanne, wo er mit lautem Klatschen auf den Marmorfliesen landete.

Ich bestieg Georges Schoß und ließ mich auf seinem schlaffen Penis nieder. George lag da und lächelte meine Brüste an, die vor Nässe glänzten, garniert mit kleinen Schaumhäubchen. Seine Blicke genügten, um meine Nippel sich aufrichteten zu lassen.

»Du bist so wahnsinnig sexy«, raunte George. »Irgendwann bekomme ich noch Probleme, wenn ich daran denke, dass dich ein anderer fickt.«

Ich beugte mich über ihn und küsste seine nassen Lippen. Sofort öffnete er seinen Mund und verschlang mich förmlich. Langsam bewegte ich meine Spalte über seinem Glied hin und her. Ich wollte ihn hart haben, damit ich ihn richtig reiten konnte.

»Hey, du unersättliches Luder! Ich habe mich für heute verausgabt. Du versuchst hier keinen Zwanzigjährigen aufzugeilen!«

Sofort griff ich hinter mich und suchte seine Eier, die ich

sanft zu massieren begann. George nagte an meinen Nippeln, was mein Blut in die Schamlippen schießen ließ.

Doch dann, als käme er plötzlich wieder zu Verstand, schob er mich von seinen Lenden. »Willst du unbedingt noch mal ficken?«

Ich nickte. Meine gespreizte Spalte in der warmen Wanne über seinem Schwanz hatte mich ziemlich auf Touren gebracht.

»Dann rufe ich dir jemanden.«

Es war, als hätte jemand einen Kübel Eiswasser über mir ausgeleert. Abrupt setzte ich mich hin.

George wirkte weniger überrascht als vielmehr verwundert.

»Das ist nicht dein Ernst …«, stieß ich hervor.

»Liebes, ich kann nicht mehr. Wenn du es brauchst, rufe ich dir jemanden. Ich kenne ein paar sehr gute Jungs.«

Es war schlimmer als ein Kübel Eiswasser! Das Entsetzen in meinem Gesicht muss bemerkenswert gewesen sein.

»Ich … ich wollte dich nicht verletzen.« Begleitet von aufrauschendem Wasser setzte er sich hin. »Emma, es ist nur Sex, okay? Ich sehe dir beim Ficken zu und du mir. Und ab und zu machen *wir* es *miteinander*.«

Ich stand auf und stieg aus der Wanne. Er hatte über einer wunderbaren Landschaft die Werkstattlampe angemacht. Alles wurde grell, und ich war blind. Es tat weh und ein dumpfer Schmerz folgte, irreführend und nicht einzuordnen.

Verletzt schnappte ich mir ein Handtuch und wickelte es um meine Hüften. Dann tappte ich nassen Fußes hinüber und zog mich an. Gerade als ich fertig war, stand George hinter mir, beugte sich über den Stapel mit seinen Sachen und kramte einen Umschlag heraus. »Das ist für dich.«

Ich wollte ihn nicht wütend anfunkeln und tat es dennoch. Es passierte einfach. Mit viel Kraft widerstand ich der Versuchung, nachzusehen, wie viel ich ihm wert war.

»Wann hast du wieder Zeit?«, fragte George.

»Sobald du mich brauchst«, sagte ich kalt.

\*\*\*

Der Schmerz waberte in meiner Brust als ich den langen Flur hinunterging. Aber warum eigentlich?

Ich öffnete den Umschlag, der warm und feucht in meiner Faust gedrückt wurde. Mit einem Ruck blieb ich stehen und erstarrte. Eintausend Pfund Sterling! Ich war fassungslos! Meine Hand begann zu beben und in meinem Kopf ratterte die Rechenmaschine. Ich konnte meine Mietschulden zurückzahlen und mal richtig einkaufen gehen. Neue Klamotten. Vielleicht essen gehen oder eine neue Handtasche kaufen … Und das erste Mal kein Blender! Tausend Ideen machten sich in meinem Kopf breit und wuselten wie Ameisen, in deren Haufen man versehentlich getreten ist, wild durcheinander. Sie hasteten und stiegen übereinander, krochen untereinander durch, waren überall und kitzelten mich so lange bis ich laut lachen musste.

So viel Geld! Das verdienten manche kaum in einem Monat, und ich bekam es für einen einzigen Abend! Hinzu kam noch der wunderbare Fick!

George hatte Recht. Das war der Sinn des Ganzen. Vögeln! Spaß haben! Keine Liebe, denn die war für andere bestimmt.

Ich wollte mein Geld als Hure verdienen und nicht als Freundin oder Ehefrau. Als Anwaltshure!

Ich sah den Dingen ins Gesicht. Und wenn ich ehrlich Resümee zog, stellte ich fest, dass ich eben nicht das saubere, nette Mädchen von nebenan war, sondern eine ziemlich materialistisch eingestellte junge Frau, die ihre Rechnungen zahlen und Sex haben wollte.

# POOLSPIELE

»Hast du Lust auf eine Poolparty?«, fragte George eines Tages.

»Geschäftlich oder privat?«

»Geschäftlich.«

Seltsamerweise wurde ich ruhiger, als er das sagte. Eine dienstliche Poolparty ... das war ein Novum, und ich freute mich darauf.

Allerdings fehlte mir noch ein flotter Badeanzug dafür, und so machte ich mich auf den Weg zu den angesagtesten Läden. Ich steuerte geradewegs das »Going Down« an, den hipsten Laden, was Badebekleidung betraf. Er hatte sich in einer Seitengasse der Oxford Street angesiedelt und war nicht ganz leicht zu finden. Aber – der Laden ist ein echtes Erlebnis!

Man tritt durch die Tür und ist unter Wasser. Alles ist blau und grün. Von der Decke baumeln Algenstränge und von den Wänden läuft Wasser. Am Boden schlängeln sich echte, kleine Flüsse. Es sieht nicht nur echt aus – es riecht sogar nach Meer in diesem Laden. Unglaublich! Dazu hatte es irgendein Künstler geschafft, einen echten Hall in die Räume zu bekommen.

Etwas exzentrisch kommen mir jedoch die Verkäuferinnen vor, die Meerjungfrauen-Kostüme tragen, Fischschwänze hinter sich herziehen und statt Tops Muschel-BH's tragen. Was wiederum ziemlich sexy aussieht, je mehr Busen ein Mädchen hat. Dazu kommt eine wirklich beeindruckende Fülle an Schwimmutensilien!

Ich wühlte mich den kompletten Vormittag durch Berge von Bikinis und Badeanzügen. Von bieder bis rattenscharf. Am Ende ging ich mit einem schwarzen Badeanzug an die Kasse. Er bestand aus zwei Stoffstreifen die über die Brüste nach unten verliefen, kurz über dem Venushügel zusammenfanden und in den Slip mündeten. Dieser Slip wurde seitlich von drei sehr schmalen Bändern zusammengehalten. Den »Ausschnitt« zierten Verschlüsse mit dicken unregelmäßigen Türkisen, die auf Höhe der Brüste mit einem korallenfarbenen Seestern besetzt waren.

Außerdem entschied ich mich für einen blaugrünen Bikini mit goldenen Sprenkeln. Der Slip ganz schlicht in Tangaform und der BH mit verschiebbaren Körbchen. Zwischen den Körbchen baumelte ein wunderbares Schmuckstück auf künstlichen Korallenästen, Golden Nuggets und kleinen roten Seesternen.

Passend zu beiden Sachen wählte ich jeweils eine durchsichtige Tunika in schwarz und eine in diesem herrlich frischen, blaugrünen Ton.

Dazu kaufte ich mir noch sehr sexy hochhackige Badeschuhe aus durchsichtigem Kunststoff, die praktisch unsichtbar am Fuß waren und trotzdem ein langes Bein machten.

So gewandet konnte die Poolparty starten.

***

Die Location war unglaublich! Sie befand sich mitten in London. Wiederum ein sehr exklusives Stadthaus mit einem entzückenden Garten.

Es war später Nachmittag, Anfang Dezember. Ein Butler führte mich durch die elegante Eingangshalle einen langen Gang entlang, von dem zahlreiche Türen abgingen. Die Wände und alle Möbelstücke waren in Creme und Gold gehalten. Doch was normalerweise sehr elegant wirkt, bekam in diesem Haus durch das massive Auftreten einen etwas aufdringlichen Charakter.

Man hielt hier nicht viel von Understatement. Man hatte Geld und man zeigte es. Vom dicken goldenen Rahmen bis zu den vergoldeten Louis-XV-Sesseln.

Eine Tür wurde vor mir geöffnet und ich befand mich inmitten eines Wintergartens in viktorianischem Stil. Mit einem Schlag war ich umgeben von meterhohen Palmen. An meinen Füßen kauerten bodendeckende Pflanzen mit den herrlichsten Blüten, die man sich denken kann. Sie glühten wie kleine Lämpchen im schwärzlichen Grün.

Exotische Düfte umhüllten mich und es war so warm, dass ich mich am liebsten nackt ausgezogen hätte. Diese feuchte Hitze war es auch, gepaart mit den hallenden Geräuschen einer tropischen Lagune, die mich erotisch auflud.

»Wenn ich Sie hier herüber bitten dürfte.« Der Butler zeigte zu einer Glastür. Dahinter befanden sich eine kleine Bank und mehrere Haken. Eine durchsichtige Umkleidekabine ... Das war mal etwas ganz Neues ...

Ich trat ein und öffnete meine Bluse. Als ich mich umdrehte, stellte ich zu meiner Überraschung fest, dass der Butler immer noch dastand und mich beobachtete. Dabei strahlte die Lüsternheit aus jeder seiner Poren. Ich überwand den ersten Schrecken und beschloss, ihm eine Show zu liefern! So zog ich mich langsam und provokativ vor seinen Augen aus. Kaum war mein Slip gefallen, drehte ich mich so behutsam im Kreis, als würde ich einem Fotografen Modell stehen. Dann griff ich nach dem Bikini und zog ihn an.

Der Schwanz des Butlers sprang mittlerweile fast aus seiner Hose und ich hätte ihm zu gerne zugesehen, wenn er sich gleich einen runterholte. Doch ich hatte hier einen Job zu erledigen, und der versprach, sehr anregend zu werden.

Also versuchte ich meinen Körper noch mehr in Szene zu setzen und schob die BH-Dreiecke etwas nach außen, sodass sie gerade noch knapp die Nippel bedeckten und meine vollen Halbkugeln perfekt zur Geltung brachten. Die blaugrüne Tunika warf ich noch schnell über, verließ die Kabine und folgte dem aufgegeilten Butler.

Nach einem kurzen Fußweg durch den grünen Urwald, durch den sich ein grob gepflasterter Pfad schlängelte, fand ich mich an einem der unglaublichsten Pools wieder, die ich je gesehen hatte.

Ein großer Pool und ein kleinerer, nur getrennt von ein paar buschartigen Pflanzen, breiteten sich zu meinen Füßen aus.

In dem größeren Pool sah ich einen Mann, der sich mit den Ellenbogen an den Rand der Wasserfläche gehängt hatte und mit den Füßen träge das kristallklare Nass bewegte.

Der kleine Pool aber zog meine Aufmerksamkeit auf sich, weil von dort heftiges Platschen und Kichern zu hören waren. Ich blickte um eine Pflanze herum, die mir die Sicht versperrte und war überrascht! Am Rand hielt sich eine nackte Frau fest, die von hinten heftig von einem anderen Mann gebumst wurde. Sie streckte ihre Beine scherenartig hinter sich aus und wurde bei der Sexübung von ihrem Liebhaber an den Hüften festgehalten.

In absolut gleichmäßigen Abständen stieß sie einen kreischenden Ton aus, den der Mann mit lautstarkem »Hu … Hu …Hu …« quittierte, wobei bei jedem »Hu« eine Woge warmen Wassers über den Rand des Pools gespritzt wurde.

»Ah, unser Gast!«, verkündete der Mann aus dem größeren Becken und ich blickte wieder zu ihm hin.

»Guten Abend!« Seine Stimme sprühte nur so von guter Laune und ich schloss daraus, dass er auf mich als Fickpartnerin gewartet hatte. Mit langen, geübten Schwimmzügen kam er auf mich zu. Dann hielt er plötzlich inne und betrachtete mich eingehend.

»Sie sind gut gewählt. Auf George ist Verlass.« Sein Gesicht nahm einen anderen Ausdruck an. »Ach du liebe Zeit, ich vergaß, mich vorzustellen: Ich bin Steven … und im anderen Pool ist meine Frau Nora mit ihrem Liebhaber Giorgio.«

Diese Information ließ ich erst einmal sacken. Währenddessen kam er aus dem Wasser. Seine Beine hoben sich schwer aus den Fluten bis er vor mir stand. Für sein Alter trug er einen ziemlich gewagten Herren-Tanga, doch figürlich gesehen, konnte er ihn sich ohne Weiteres leisten.

»Möchtest du nicht ins Wasser kommen?«, fragte er mich.

Ich lächelte verführerisch. »Gern.« Die beiden geilen Planscher hatten mich bereits ziemlich auf Touren gebracht. Also streifte ich meine Tunika ab und streckte mich noch zusätzlich ein wenig, damit er meine Rundungen begutachten konnte.

Stevens träumerisches Lächeln zeigte mir, dass ihm gefiel, was er sah. Sofort reichte er mir höflich seine Hand, die ich ergriff. Es kribbelte über meinen ganzen Körper hinweg, als ich meine Zehen in das warme Wasser senkte, und ich freute mich schon auf das Gefühl, wenn meine Pussy mit dem feuchten Element umspült würde.

Als ich den letzten Schritt getan hatte, zog er mich sanft in seine Arme und begann mich zu küssen. Willig erwiderte ich seine Attacke. Das Wasser umfloss unsere Körper und ich spürte seine sich bildende Latte, die hart gegen meinen weichen Bauch drückte. Seine Hände, die meinen Rücken gestreichelt hatten, glitten abwärts zu meinen Pobacken und bearbeiteten kräftig meine einladende Hinterseite.

»Ich liebe es, wenn nur eine schmale Schnur durch die

Spalte führt. Wenn man mit ihr die Muschi so richtig saftig machen kann …«, schnurrte er in mein Ohr.

Oh, Mann, der Typ hatte es drauf, einen in Fahrt zu bringen, denn gleichzeitig mit seinen Worten begann er, an der Schnur meines Strings zu ziehen. Dann ließ er wieder locker, aber nur, um gleich wieder zu ziehen.

Jetzt schnaufte ich bereits. Denn der Druck, der von dem Stoffband ausging, rieb so intensiv über meine Klitoris und meine Spalte, dass ich augenblicklich feucht wurde.

»Magst du das, meine geile Schöne?«, hauchte er.

Ich war so scharf, dass ich nur nickte konnte, innerlich verzehrte ich mich nach seinem Schwanz, der in diesem Tanga steckte … Mit einem beherzten Griff hatte ich ihn in der Hand.

Doch Steven zog sich zurück. »Nein! Nicht so schnell. Schwimm erst ein wenig für mich!«

Ich ließ mich also durchs Wasser gleiten und begann, mit ruhigen gleichmäßigen Zügen Brust zu schwimmen. Die Wärme streichelte mich wie mit Elfenhänden, griff zwischen meine Schenkel und koste meine Nippel, die sich erst ausbreiteten und dann erhoben. Von den weichen Wogen wurde mein BH leicht über die erigierten Brustwarzen bewegt und brachte mich so, zusammen mit dem Wissen, beobachtet zu werden, kurz vor einen Höhepunkt. Ich spreizte meine Beine so weit ich irgend konnte, denn ich wollte, dass er von meinem Anblick genauso heiß wurde, wie ich es bereits war.

Die Versuchung innezuhalten, um mir selbst Erleichterung in dieser erotisch-aufgeladenen Situation zu verschaffen, war verdammt groß. Vor allem, da das geile Gekreische und Gestöhne aus dem Nachbarpool kein Ende zu nehmen schien, welches von der hohen Decke widerhallte.

»Oh …«, stöhnte Steven, mitten im Pool stehend, »… wie

gut du das machst. Aber ich will mehr …« Mit einer Handbewegung lenkte er mich zu sich.

»Siehst du da vorne diese Pflanzen?« Er deutete auf eine Art kleines Feld neben dem Pool, das aus sehr seltsamen Gräsern bestand. Es waren wohl hunderte von Stäben, die aus dem Schilf ragten und an ihrem oberen Ende dicke, weiche Umhüllungen hatten. Diese Verdickungen ähnelten in gewisser Weise einem Schwanz, wenn sie auch wie mit Samt überzogen schienen.

»Ich will, dass du jetzt da hinausgehst und dich selbst befriedigst, meine Schöne.«

»Was immer du willst«, hauchte ich und verließ das warme Wasser. Die Luft außerhalb war so angenehm, dass ich nicht einmal fröstelte.

Zuerst setzte ich mich dorthin, wo der Pool flach war, spreizte meine Beine und ließ Steven die kleinen Wellen beobachten, die gegen meine Spalte plätscherten. Ja, ich wollte ihn noch heißer haben, als er eh schon war.

Steven begann, sich auf und ab zu bewegen und so die Wellen zu intensivieren. Bald schon reichten mir diese sanften Wellenstöße nicht mehr. Meine Klitoris sehnte sich nach etwas Kräftigerem. Also zog ich den String zur Seite und rieb die Klit vorsichtig mit meinem Finger. Nicht zu fest, denn sonst hätte ich sofort die Kontrolle verloren.

Stevens Augen wurden glasig und mir war schlagartig klar, dass er ebenfalls zu kämpfen hatte.

Aber so wollte ich nicht kommen. Ich wollte meinem geilen Liebhaber noch einen aufreizenderen Anblick bieten, also erhob ich mich wieder und trat an das Schilf-Feld heran. Die Spitze des Stabes einer dieser Pflanzen war schnell entfernt, sodass nur noch die appetitliche Verdickung der Pflanze übrig war, über der ich jetzt in die Hocke ging.

Mit wenigen Schritten war Steven bei mir, um sich daran von Nahem aufzugeilen, wie ich mich ganz langsam mit meiner heißen Muschi über der Pflanze niederließ.

Leise begann er zu keuchen.

Ich spürte, wie der raue Kolben Millimeter für Millimeter in mich eintauchte. Die Reibung war viel genialer, als bei einem menschlichen Schwanz, denn diese Pflanze stimulierte jede Faser meines feuchten Rohres. So schloss ich die Augen, um auf keinen Fall von dieser Erotisierung abgelenkt zu werden. Sachte bewegte ich meinen Unterleib auf und ab.

»Und? Wie fühlt es sich an?«, wollte Steven wissen.

Ich konnte nur ein langgezogenes Stöhnen von mir geben.

»Fickt sie dich so richtig?«

Ich nickte. Seine Worte drangen wie durch einen dichten Nebel an mein Ohr.

»Schneller, schneller …«, spornte er mich an, »ich will jetzt, dass du es dir besorgst!«

In dieser hockenden Position konnte ich nicht mehr bleiben. Unmöglich! Aber die Pflanze zu verlieren, war ebenfalls undenkbar. Also riss ich sie einfach ab, legte ich mich wieder an den kleinen Strand, stellte die Beine auf und nahm die Knie so weit ich irgend konnte auseinander.

Schwer atmend kniete Steven sich vor meine Schenkel.

Mit einer Hand spreizte ich die Schamlippen, während ich mit der anderen den Kolben über meine Spalte streichen ließ. Trotz der Unterbrechung war es nicht mehr auszuhalten. Ich musste es beenden, indem ich die Pflanze tief in mich einführte. Die erste Welle des Orgasmus' rollte heran – jenes Zusammenziehen, das meinen Körper packt und dann heftig bis an die Grenzen meines Bewusstseins schleudert.

Wie wild stieß ich die Pflanze nun in mich hinein, und

schrie dabei ohne jede Hemmung. Mein Körper zuckte und krampfte, bis auch das letzte Beben endete.

Nach und nach trat meine Umgebung wieder in mein Bewusstsein. Ich sah Steven, der mit glasigen Augen und nassem, dunklem Haar praktisch zwischen meinen Knien lag.

Völlig entkräftet zog ich den Kolben aus meiner Möse, ein letztes Erschauern und ich hielt meinen ungewöhnlichen Liebesstab in den Händen. In diesem Moment gellte der Schrei seiner Frau Nora durch die Palmen.

»Sie ist gekommen«, kommentierte er den Schrei seiner Frau. »Komm, lass uns zu ihr gehen.«

Gerade als wir um die gewaltige Tropenpflanze herumgingen, lösten sich die beiden nackten Körper voneinander. Noras Titten schwammen auf dem Wasser. Ihre Nippel waren so groß wie mein Handteller und so dunkelrot, dass sie bei diesen Lichtverhältnissen braun aussahen. Aber mit ihrer Größe passten sie zu ihren Mörder-Brüsten.

Der Typ, der es ihr im Wasser besorgt hatte, sah aus wie ein italienischer Oberkellner. Braungebrannt, trainiert mit allem, was so an Leckereien zu einem richtigen Kerl gehört. Sein kurzgeschnittenes Haar glänzte, ob vom Wasser oder Gel, konnte ich nicht sagen.

»Bist du mit ihm zufrieden?«, fragte ich.

Nora nickte und strahlte ihren jugendlichen Liebhaber Giorgio an.

»Darf ich ihn auch mal ausprobieren?«, wollte ich keck wissen.

Nora nickte erneut, immer noch strahlend.

Ich hatte sie beinahe im Verdacht, etwas genommen zu haben, was nicht wirklich legal war. Oder fickte der Kellner nur so gut, dass man in einen Rausch geriet?

Das wollte ich wissen …

Wir begannen mit zärtlicher Umarmung und Küssen. Seine Arme schienen aus Stahlbeton zu sein, und er war wirklich trainiert. So musste ich meine Einschätzung ändern, denn er hatte mehr Ähnlichkeit mit einem Bodybuilder als mit einem Kellner. Seine muskulösen Arme hoben mich hoch und setzten mich mit einem nassen Klatschen auf dem Poolrand ab.

An dieser hinteren Stelle war das Wasser so hoch, dass er fast bis zur Brust im warmen Nass stand und auch der Beckenrand war entsprechend hochgezogen, sodass nun meine kleine, gierige Pflaume vor seinem lüsternen Mund ruhte.

Er grinste mich an.

Ich spreizte die Beine noch ein Stück und lächelte ebenfalls.

»Leck ihre Muschi aus!«, forderte Steven, und Nora nickte eifrig.

Mit einer Handbewegung riss Giorgio meine BH-Dreiecke auseinander und ließ meine Titten herausspringen. Im nächsten Moment sauste seine Zunge in meine tiefsten Tiefen. Ich jauchzte, denn er fand sofort meine empfindsamste Stelle und jagte mich zu meinem zweiten Orgasmus an diesen Abend.

Genießerisch blickte durch die glänzenden Blätter in den sich verdunkelnden Abendhimmel. Ich hörte das Zwitschern der tropischen Vögel, die hier offensichtlich ein Heim gefunden hatten und genoss die Ekstase, die mir seine Zunge bereitet hatte. Doch sie ließ noch nicht von mir ab. Mit großer Geschicklichkeit verstand sie mich zu reizen und zu kühlen und hielt mich so in dauerhafter Geilheit.

Jetzt wusste ich, dass Nora keine Drogen genommen hatte.

Giorgios glänzendes Haar bewegte sich zwischen meinen Schenkeln und ich genoss den gedanklichen Abgleich zwischen seinen Bewegungen und den Stellen, die seine Zunge gerade liebkoste.

Nora aber wurde ungeduldig. Sie stand neben meinem eifrigen Liebhaber und verlor langsam ihr Lächeln. »Ich will jetzt deinen Hintern«, maulte sie, woraufhin er das Lecken einstellte.

Enttäuscht blickte ich mich um.

Steven und Giorgio halfen mir ins Wasser. Zu viert bewegten wir uns durch die Fluten bis in den seichteren Bereich, wo das Wasser nur noch unsere Knie umspielte.

Bisher war ich davon überzeugt gewesen, dass mein Gewicht kein geringes sei, doch jetzt sah ich mich eines Besseren belehrt, als der sexy Kellner seine Hände um meine Taille legte, mich mit einem Ruck anhob und auf seinen Harten förmlich aufspießte.

Ich erschrak so sehr, dass ich ein kleines Quietschen ausstieß.

Steven lachte leise und beobachtete dann mit beinahe wissenschaftlichem Interesse, wie der Hammer des Kellners in mich ein- und ausfuhr. Dabei hob Giorgio mich an und senkte mich ab, als sei ich so leicht wie eine Feder. Allerdings fühlte ich mich bei dieser Stellung nicht wohl, denn so war ich gänzlich von der Kraft dieses Mannes abhängig. Hätte er einen Orgasmus gehabt oder mich aus irgendeinem anderen Grund losgelassen, ich wäre ziemlich böse gefallen … Außerdem enthob mich diese Stellung der Möglichkeit, den Ablauf nach meinem Geschmack zu bestimmen.

Wie auch immer … Er fickte dennoch mehr als nur zufriedenstellend, und als er dann in mich abspritzte, erlebte ich einen erneuten heftigen Höhepunkt.

***

Schwere, süßliche Düfte hüllten meinen Körper ein und ich atmete eine nie gekannte Exotik.

Ich war träge, lustvoll träge, und ich hatte mich in den warmen Sand des künstlichen Strandes gekuschelt. So lag ich da, den Kopf auf den Arm gebettet und sah den drei anderen beim Vögeln zu.

Nachdem Nora ihrem Wunsch entsprochen hatte, den Kellner anal zu befriedigen, verlangte nun der wieder zu Kräften gekommene Steven sein Recht. »Ich schlage vor, wir teilen uns Nora. Was hältst du davon, Giorgio?«

Gemächlich schob ich meinen linken Zeigefinger in meine Spalte und rieb mich selbst, während ich Steven zusah. Er legte sich zu Boden. Nora ging über seinen Lenden in die Hocke und führte sich dann mit einer Hand seinen Riemen ein.

In dem Wissen, dass mein Streicheln nicht für einen Orgasmus ausreichte, fuhr ich über meine Klitoris. Es ging mir nur darum, den Anblick genießerisch zu unterstreichen, den die drei mir boten. Jetzt erblickte ich Noras vollen Hintern, der über Stevens Lenden rauf- und runterwanderte. Ach, welcher Anblick! Diese festen, stämmigen Schenkel unter den drallen, gebräunten Arschbacken.

Ich hatte vielen Frauen beim Ficken zugesehen, aber keine der Frauen fand ich so erotisch, wie füllige. Vielleicht weil ich selbst nicht gerade wie Kate Moss aussah. Wenn ich mir vorstellte, eine Frau für eine lesbische Nummer zu wählen, dann am liebsten eine, bei der ich etwas zum Anpacken bekäme.

Nora machte mich echt scharf! Und dazu kamen Stevens unermüdliche Hübe, die ihre Wolle durchstießen und sie im gleichen Augenblick zum Jauchzen brachten ...

Nora strahlte ihren Mann mit solcher Leidenschaft an, dass ich mir nicht vorstellen konnte, wie Giorgio diese Lust noch hätte steigern können ... Doch er schaffte es. Denn jetzt ging er hinter Noras Rücken in Stellung, und sie hielt für einen Moment inne, damit er seine Dauerlatte in ihren Hintern einführen konnte.

Als er Noras Ringmuskel durchstieß, schrie sie auf und schnappte sofort geräuschvoll nach Luft. Welcher Anblick! Ich rieb meinen Kitzler und genoss die Feuchtigkeit, die meinen Finger überspülte.

Steven keuchte atemlos: »Ich kann dich fühlen! Ich spüre dich! Ja … ja… ja…!«

Er wurde offensichtlich so von seiner Geilheit aufgerieben, dass er kaum noch einen vernünftigen Rhythmus halten konnte, der es auch Giorgio erlaubte, Noras Anus mit dem zu versorgen, was er brauchte.

Wieder und wieder stieß Steven Giorgios Schwanz aus der Luströhre seiner Frau, und Giorgio war gezwungen, neu anzufangen. Es dauerte nicht lange, bis er sehr ärgerlich wurde. An seinem verzerrten Gesicht sah ich, dass er sich gerade so beherrschen konnte, um nicht loszupoltern.

Jetzt war ich gefragt. Bereitwillig erhob ich mich von meinem mehr als gemütlichen Beobachtungsposten und begab zu den beiden Kämpfern, die sich um Noras Löcher balgten. Mit einem Griff hielt ich nicht nur Stevens wild rammelnden Schwanz in der Linken, sondern auch Giorgios Hammer in der Rechten. Jetzt konnte ich beide ordentlich koordinieren, was Nora mit heftigem Kreischen dankbar quittierte.

Denn ich hatte ihr noch ein besonderes Highlight zugedacht: Mit meinem ausgestreckten Zeigefinger stupste ich immer wieder ihren hart erigierten Kitzler an, der mittlerweile die Größe einer Kirsche angenommen hatte. Die größte Klitoris, die ich je gesehen hatte!

Nora musste relativ stillhalten, damit sie die beiden Männer in sich melken konnte, doch das störte sie nicht, denn sie kam wahrlich auf ihre Kosten. Doch plötzlich erstarrte sie.

Mit einem Rucken bedeutete sie mir, auf keinen Fall aufzuhören, weil sie offensichtlich kurz vor einem gewaltigen Höhepunkt stand. Deshalb rieb ich sie nun so heftig, dass sie mit einem gellenden Schrei und bebenden Formen explodierte. Nora zitterte und schrie, krampfte und machte Anstalten zu kollabieren, bis der Orgasmus sie endlich nach schier endloser Zeit aus seinen unerbittlichen Fängen entließ.

Keuchend hielt sie nun für die Lust der beiden Männer still und bewegte sich keinen Millimeter aus ihrer Position heraus.

Langsam beugte ich mich über Stevens Gesicht. Meine Titten baumelten nun über seinem röchelnden Mund. Er fand die Kraft, den Kopf zu heben und abwechselnd nach den Kirschen der Lust zu schnappen. Dabei stieß er einen meiner Nippel mit der Zunge an und ließ eine Brust sacht hin- und herschwingen.

Dann saugte er eine beinahe komplette Brust mit dem weit geöffneten Mund ein und bearbeitet sie wie in einem Vakuum. Jetzt wollte ich nicht mehr abwarten. Mein Hintern sehnte sich nach einer deftigen Füllung, und die bekam er auch von Giorgio, der sich mittlerweile von der restlos erschöpften Nora gelöst hatte. Fassungslos betrachtete ich den nassen, erigierten Ständer, den er stolz vor sich hertrug. Konnte ein Mann wirklich solch eine Dauererektion haben?

Steven ließ meine Brust für einen Moment aus seinem Mund gleiten, als ich, bedingt durch Giorgios Schwanz, der in meinen Hintern geschoben wurde, nach vorne kippte.

Das nahm Steven wohl als Anlass, auch Noras letztes Loch freizugeben, sich unter ihr herauszuarbeiten und sodann seinen Riemen in meinen Mund zu schieben.

Ich atmete tief durch, denn nun konnte ich ihren leckeren Mösensaft nicht nur schmecken, sondern auch riechen. Es überwältigte mich so sehr, dass ich beinahe nichts von dem heranrollenden Orgasmus bemerkt hätte, der mit Macht in meine Spalte tobte. Ich wollte schreien, doch ich hätte im gleichen Moment Steven in den Ständer gebissen, wenn ich mich nicht gerade noch rechtzeitig zusammengerissen hätte. Und dann spürte ich die Hitze, die sich in meinem Po ausbreitete. Giorgio hatte sich also endlich verströmt.

Ein schneller Griff und ich hatte von seinem Samen eine ordentliche Portion an meinen Fingern. Ich hob meinen Arm hoch und hielt Steven meine nasse Hand entgegen. Grunzend begann er, sie wie ein Tier abzulecken.

»Aaaah … was für ein Genuss, mein lieber, geiler Giorgio!« Steven grinste, als er hinzufügte: »Komm her und lass mich deinen Stab reinigen!«

Giorgio hielt Steven seine Männlichkeit über den Mund.

Ich erwiderte Noras Lächeln, als wir den beiden dabei zusahen, wie Steven Giorgios noch erigierte Latte leckte.

Dann dauerte es nur noch einen Wimpernschlag bis Steven nicht mehr an sich halten konnte und sein Sperma in Giorgios Mund entlud.

Es war die geilste Poolparty, die ich jemals erlebt hatte …

# MACHT

Es war ein Privathaus in Highgate, zu dem Danny mich fuhr. Von George war mir ein russischer Geschäftsmann avisiert worden. »Ein ziemlich bizarrer Typ, aber nicht gefährlich«, hatte er mir erklärt. »Alter Oxford-Mann.«

Es beruhigte mich nicht, wie ich gestehen musste. So beschloss ich, mich auf meinen Instinkt zu verlassen und darauf, dass George mich nie in eine heikle Situation bringen würde. Zumindest nicht wissentlich.

Der Wagen schlängelte sich eine gewundene Straße den Hügel hinauf, auf dessen höchster Erhebung unser Ziel lag.

Wir passierten moderne Stadthäuser und georgianischen Villen, in denen sich die eine oder andere Anwaltskanzlei niedergelassen hatte. Hier gab es wesentlich mehr Grün, als ich erwartet hatte, was nicht zuletzt am berühmten Friedhof lag, den wir auf dem Weg zu meinem Gast passierten.

George hatte zwar zugesagt, dass er ebenfalls dort sein würde, wie falsch ich ihn allerdings verstanden hatte, wurde mir erst in den kommenden Stunden bewusst …

\*\*\*

Dass die Dinge nicht waren, wie immer, erkannte ich an den drei Limousinen, die vor dem Eingang parkten und in denen dunkelgekleidete Männer saßen. Danny hielt diesmal ausnahmsweise in zweiter Reihe, ließ es sich aber dennoch nicht nehmen, mir die Tür aufzuhalten.

Er zwinkerte und wünschte mir viel Glück, was ein kleines Ritual zwischen uns geworden war, das ich sehr schätzte.

\*\*\*

Ich trug einen engen, schwarzen Minirock und eine lederne Korsage, in die ich so sehr eingezwängt war, dass meine Brüste beinahe schmerzten. Luft bekam ich in dem Ding sowieso nicht. Aber das Gefühl machte mich scharf. Rattenscharf!

Meine Beine waren von halterlosen, schwarzen Strümpfen überzogen, die in schwarzen Spitzenborden endeten.

Noch am Nachmittag hatte ich meine Scham so ordentlich rasiert, bis nur noch ein schmaler Haarstreifen stehen geblieben war. Ganz nackt mochte ich es bei mir selbst nicht. Ich hatte mich vor dem Spiegel gedreht und für eindeutig vulgär befunden. Vor allem den hüfthohen Schlitz im Rock fand ich völlig daneben. Aber, und das hatte ich mittlerweile auch gelernt, Männer mochten das! Zumindest bei Frauen wie mir.

Zu diesem Outfit hatte ich mich allerdings nicht für die Overknees entschieden, sondern für ein paar wirklich hohe Peeptoes. Vulgär: ja! Nuttig: nein! Heute zumindest. George hatte mir, wie immer, bezüglich des Geschmacks unseres Gastes zuvor einige Hinweise gegeben. So wusste ich ungefähr, was er mochte, und, noch wichtiger, was er verabscheute.

Anders als in den Sneakers, setzte ich jetzt meine Füße mit äußerster Vorsicht auf, denn man konnte nie wissen, wo eine der steinernen Platten des Gehweges ein Loch aufwies, in dem ich dann zwangsläufig hängen bleiben würde. Es war so unglaublich peinlich, wenn man in solchen Schuhen umknickt, wie blöde mit den Armen wedelt und sich vielleicht schlussendlich sogar noch auf seinen Hintern setzt …

Ich hatte Glück, denn der Weg war vom Schnee geräumt. Highheels und Schnee – die »Toxic Twins« der Mode!

Als ich die unterste Stufe vor dem eleganten Haus betreten hatte, wurde bereits geöffnet. Ein Mann, breit wie ein Kleiderschrank, stand vor mir. Der Kerl war so massig, dass nicht einmal ein Bulldozer an ihm vorbeigekommen wäre. Ich zwang mich, den Mund zu schließen, denn er trug allen Ernstes eine Sonnenbrille! Dazu ein weißes Hemd und einen schwarzen Anzug mit schmaler Krawatte. Dieser Kerl war die Karikatur eines Bodyguards. Innerlich schüttelte ich den Kopf, während ich äußerlich beherrscht nickte und mich vorstellte.

»Sie werden erwartet.« Sein Akzent verwies ihn eindeutig in den osteuropäischen Raum. Okay, heutzutage machten diese Kerle sicher den nachhaltigsten Eindruck. Immerhin eilte ihnen ein gewisser Ruf voraus … Wobei ich einige dieser Herrn auch schwer im Verdacht hatte, dass sie sich den Akzent lediglich deswegen antrainiert hatten und in Wirklichkeit waschechte Engländer in der zwanzigsten Generation waren.

Er trat zurück und ließ mich ein. Die Empfangshalle war stockdunkel. Das mochte ich gar nicht. Exzentrisch ist okay. Aber ich hatte mittlerweile einen Riecher für Situationen, die gefährlich werden konnten. Dunkelheit wusste ich selten zu schätzen.

Ich hoffte, George wäre bereits hier – hoffte es sogar sehr! Auch wenn mir klar war, dass ich ihn wahrscheinlich nicht zwischen die Beine bekommen würde. Er trieb es bei solchen Gelegenheiten nur dann mit mir, wenn er den oder die Klienten gut kannte und wusste, dass es für sie in Ordnung war. Das wäre ja so, als äße man die Pralinen selbst, die man als Geschenk mitgebracht hatte …

George kam natürlich trotzdem nie zu kurz. Er nahm sich dann einfach ein anderes Mädchen oder manchmal auch einen Kerl, was ich dann wiederum sehr sexy fand.

***

Der »Bodyguard« sprach leise zur Seite.

*Uuuuh … Agent D. hat ein Mikrophon am Kragen!,* lästerte ich im Stillen.

Vor uns erhob sich eine breite Treppe, die mit einem kostbaren Teppich belegt war und oben an der Treppe tauchte wie aus dem Nichts eine Gestalt auf. Ich musste die Augen sehr weit öffnen, um sie zu erkennen. Es handelte sich um eine Frau. Hinter ihr sah ich ein herrliches, riesiges Fenster, auf dem sich Blumenranken in reinstem Jugendstil wanden.

Der schmale Körper der Frau steckte in einem dunklen bodenlangen Schlauchkleid, das in einer fließenden Schleppe auslief. Diese Schleppe ergoss sich jetzt quecksilbrig über die obersten Stufen. Es war ein mehr als nur beeindruckender Anblick. Die junge Frau hatte eine schmale Taille, die noch schmaler wirkte, weil sie eine sehr beachtliche Oberweite besaß. Zeitgleich fragte ich mich, ob solche Möpse bei so einer schmalen Figur echt sein konnten. Da sprach natürlich nur der weibliche Neid. Wurde ich etwa stutenbissig?

»Miss Hunter?«, sprach sie mich an.

»Ja.«

»Kommen Sie bitte.«

Ich stieg elegant die Treppe hinauf. Als ich die Frau fast erreicht hatte, drehte sie sich um und ging weiter bis wir im ersten Stock ankamen. Gedimmte Wandlampen beleuchteten den Flur, an dem verblichene Drucke hingen. Ein sonderbarer Geruch nach Kohle, der sich wohl in den vielen Jahren in die Mauern gefressen hatte, stieg mir in die Nase.

Die Frau schwebte vor mir her und schien den Boden nicht zu berühren. Allein ihre Schleppe, die mich auf Abstand hielt, erzeugte ein Geräusch. Ihr Hintern wogte vor mir hin und her und ich beobachtete die Rundung ihrer Titten, die seitlich zwischen Armen und Brustkorb zu sehen waren.

Sie blieb so plötzlich stehen, dass ich ihr auf die Schleppe trat und sie beinahe noch umrannte. Schnell machte ich einen Schritt zurück.

Sie legte ihre Hand vorsichtig auf den Knauf einer großen Tür, als würde er glühen, und öffnete dann. Ihre Finger waren so lang, dass es den Anschein hatte, als habe sie ein Fingerglied zu viel.

Ich nahm Haltung an, wie ein Soldat, der das Zimmer seines Generals betritt. Und dann kam die nächste Überraschung: Ich war mitten in Graf Draculas Reich gelandet!

Dieser Raum gehörte keineswegs in ein Londoner Wohnhaus der Jahrhundertwende, sondern in eine transsilvanische Burg! Es gab einen langen, massiven Holztisch, der mit monumentalen, hölzernen Sesseln umstellt war, auf dessen Stuhlrücken ausladende, geschnitzte Wappen zu sehen waren.

Das gleiche Wappen prangte über einer Art Thron, den man etwas erhöht an der Rückwand des Raumes aufgestellt hatte. Hinter dem Wappen waren Speere, Morgensterne und andere Waffen kunstvoll drapiert. Die linke Wand war offensichtlich für Bestrafungen vorgesehen. Hier hingen von der nackten Steinwand Eisenringe und Ketten. Das konnte alles nicht wahr sein …

Innerlich schüttelte ich den Kopf. Zwar hatte ich schon einige Exzentriker erlebt, aber dieser Kerl schien allen die Krone aufzusetzen. Dazu war der Raum düster und die Luft stickig. Es reizte, zu rufen, jemand solle ein Fenster öffnen. Dumm nur, dass es hier gar keine Fenster gab! Jetzt roch ich noch eine andere Nuance. Ein süßlicher Duft mischte sich mit dem Muff. Räucherstäbchen? Joints?

Da ich nicht wusste, wo ich hingehen sollte, blieb ich einfach stehen. Genau vor dem Kopf des Eisbären, der abgezogen zwischen Thron und Tisch am Boden lag. Eisbären in Transsilvanien?!

»Ich habe ihn selbst geschossen. Deshalb liegt er hier.« Wem auch immer dieser Stimme gehörte, er konnte Gedanken lesen. Sofort blickte ich mich um und entdeckte: niemanden!

Doch plötzlich ... Ein dunkler Schemen, der sich aus der Mauer zu lösen schien, wie etwas, das schmilzt und dabei Gestalt annimmt. Und dann hatte er sich materialisiert. Es konnte nur eine optische Täuschung sein! Er trug eine enge schwarze Lederhose, ein schwarzes Hemd und hatte glatte, schwarze Haare, die sich, aus der Stirn gekämmt, über seinen Rücken bis zum Gürtel ergossen. Solche Leute sah man normalerweise nur bei Gothic-Festivals. Aber wurden die wiederum von drei Autos voller Männer beschützt?

Mittlerweile hatte ich mir abgewöhnt, Fragen zu Georges Klienten zu stellen und wollte nur noch die Informationen, die ich benötigte, um meinen Job optimal zu machen.

Gekrönt wurde die Erscheinung mir gegenüber von einem bleichen Gesicht mit strahlend-grünen Augen. Dieses Gesicht aber war von einer Perfektion, wie man sie in den Katalogen sehr teurer Herrenausstatter findet. Dort hatte ich die Macher eigentlich immer im Verdacht, mit dem Computer nachgeholfen zu haben – bis zu dem Tag, an dem ich diesem perfekten Antlitz gegenüber stand ...

»Ich hoffe, ich habe Sie nicht erschreckt ...«, sagte der Mann.

»Wahrscheinlich trinken Sie niemals Wein ...« Ich konnte es mir nicht verkneifen!

Sein Händedruck war alles andere als überirdisch. Er hatte kräftige, warme Finger, die sich sehr gut anfühlten. Ebenso das Lächeln aus makellosen, geraden Zahnreihen, das er mir schenkte. »Nehmen Sie Platz. Wir wollen ein wenig plaudern.« Er nickte leicht mit dem Kopf und die Frau mit dem Schlauchkleid half mir stumm aus dem Mantel.

Gespannt setzte ich mich an den mittelalterlichen Tisch.

»Ich hoffe, Sie wurden gewarnt. Ich bin ein Exzentriker!« Mit elegant fließenden Handbewegungen goss er mir ein Glas Sherry ein. »Oder bevorzugen Sie ein warmes Getränk? Kaffee? Tee?« Ohne meine Antwort abzuwarten, wandte er sich der Frau zu: »Tee. Kaffee. Schnell!«

Die Frau nickte und verschwand. Sie war also eine Art Dienerin. Keine Freundin oder ähnliches.

Es war weiß Gott eine seltsame Gesellschaft, in die ich mich hier begeben hatte. »Mr McLeod ist schon hier?«, fragte ich harmlos.

Der Langhaarige hatte der Dienerin gedankenverloren nachgeschaut und erschien jetzt etwas überrascht, dass ich mit ihm sprach. »Wie? Oh, ja! Er genießt gerade meine … Gastfreundschaft.«

Ich blickte ihn mit großen, blauen Augen an.

»Sehen Sie – er macht *mir* ein Geschenk und ich mache *ihm* eines.«

»Ich bin sein Geschenk. Und wer ist Ihres?«

Er lächelte süffisant. »Exquisite Replik. Ich beglückwünsche mich.«

Ich zweifelte an einem sprachlichen Irrtum. »Zu einem solchen Geschenk?«

Seine Blicke begaben sich auf Wanderschaft über meinen Körper. Seine Kiefer mahlten langsam und ich verstand, dass er mochte, was er sah.

Da ich nicht wusste, wo ich hinschauen sollte, trank ich

meinen Sherry. So hatte ich die Möglichkeit, ihn über den Rand des Glases zu betrachten. Der makellose Typ mit seinem perfekten Körper versprach erotisch so einiges ...

Unvermittelt streckte er seinen Arm aus und mein Blick fiel auf einen sehr langen, beinahe durchsichtigen Fingernagel, der auf meinen Busen zeigte. »Flachbrüstige Frauen sind mir ein Gräuel. Aber du bist wirklich gut ausgestattet.«

Es war also die richtige Entscheidung gewesen, meine Titten derartig einzuquetschen.

Seine Hände ruhten jetzt überkreuzt vor seiner schwarzen Brust. So konnte ich seine Nägel betrachten. Sie waren nadelspitz zugefeilt und es war nicht zu erkennen, ob sie echt waren, oder nicht. »Was macht Mr McLeod gerade?«, fragte ich.

Er löste das Kreuz und nahm sich einen Drink. »Das willst du nicht wissen.«

»Dann hätte ich nicht gefragt.«

Ein Blitzen schoss durch seine grünen Augen. Ernsthaft: Gab es solche grünen Augen? Oder trug der Typ farbige Kontaktlinsen?

»Er lässt es sich gerade gutgehen.«

Ich nickte. Kühl und ruhig. Auch wenn seine Stimme mir klar machte, dass er keine weiteren Fragen zum Thema beantworten würde, gerieten die Dinge bei mir innerlich etwas in Wallung, aber ich beherrschte die Fassade.

Sein Adamsapfel war noch stärker ausgeprägt als der von George. Es war wohl sein Glück, dass das Hemd oben offen stand.

Ohne ein einziges Geräusch zu machen, war die Dienerin wieder eingetreten, stellte ein Tablett ab und goss mir Kaffee ein.

»Schwarz, bitte.«

Seine Lippen zogen sich in einem Lächeln von den weißen Zahnreihen zurück. »Doch nicht meinetwegen?«

Ich antwortete nicht.

Mein Gastgeber beugte sich nach vorne, wobei ihm eine Strähne in die Augen rutschte. Mit einem einzigen Handgriff schob er sie nach hinten über die Schulter.

Ich lehnte mich zurück und hatte ihn. Seine Augen saugten sich an meinen Brüsten fest, die unbändig gegen ihr ledernes Gefängnis drängten. Meine Zunge wanderte langsam über meine Oberlippe und benetzte sie. Eindeutig, ich hatte Lust auf Graf Dracula!

Die Dienerin war um den Tisch herumgegangen und kniete sich nun mit einem leisen Rauschen neben ihren Herrn. Sein perfektes Gesicht, das zu schön für einen Mann war, fesselte mich. Die tiefgrünen Augen und der ausdrucksstarke Mund wandten sich keinen Moment von mir ab. Das kräftige Kinn mit der kleinen Kerbe und das lange Haar, auf dessen Enden er praktisch saß, bewegten sich nicht. Mit seinen starren Schlangenaugen, die nicht vom Blinzeln geschützt wurden, war er wie in Trance.

Die Frau machte sich an seinen Stiefeln zu schaffen. Im Gegensatz zu ihm, der wohl nichts anderes erwartete, musste ich zu ihr hinsehen. Behutsam zog sie ihm den Stiefel aus. Seine Füße waren nackt. Coole Männer tragen wohl keine Socken …

Sie kniete sich hin und öffnete den Mund. Ich war ein kleines bisschen aus der Fassung gebracht, als sie seinen großen Zeh in ihrem Mund verschwinden ließ und daran saugte. Dann öffnete sie ihre vollen, roten Lippen und leckte mit der Zungenspitze tief in die Lücke zwischen den Zehen. So verfuhr sie mit allen Zehen. Als sie fertig war, nahm sie alle gleichzeitig in ihren Mund.

*Das hätte ich so nicht gemacht,* schoss es mir durch den Kopf, während ich meine Verlegenheit durch einen Schluck Kaffee zu verdecken suchte. Taten sie das öfter oder war diese kleine Vorführung extra für meine Wenigkeit? Vielleicht wollte ich wirklich nicht wissen, was George gerade tat …

Mein exzentrischer Gastgeber erhob sich so schnell, dass sein Fuß der Dienerin entglitt. Sie fiel leicht nach vorne, fasste sich aber sogleich wieder und kam ebenfalls auf ihre Füße.

»Zieh ihn mir wieder an!«, sagte er ganz ruhig.

Sie leckte seinen Fußrücken nass und schob ihn dann behutsam in den Schaft zurück.

Er streckte mir seine offene Hand entgegen. »Wollen wir?« Es war die Haltung eines Profi-Tänzers, der die Partnerin auffordert.

Wie ging man mit frisch abgeleckten Füßen?

Ich stand auf und nahm seine Hand. Hintergründig blickte er zu mir herab und lächelte. Er war mindestens zwei Köpfe größer als ich. Vorsichtig erwiderte ich sein Lächeln. Es wurde breiter, als ich sah, dass seine Augen wieder an meinen Brüsten hingen.

Als er aber die schwere hölzerne Tür öffnete, gefror mein Lächeln. Es war das gleiche Gefühl, wie wenn eine Hand aus dem Dunkel schießt und einen an der Kehle packt. Ich schrie beinahe auf.

Vor uns war Schwärze. Ich sah absolut nichts! Vollkommene Dunkelheit! Doch mein Begleiter ließ sich nicht abhalten, durch die Schwärze zu laufen. Er lenkte seine Schritte so sicher, als sei er eine Katze. Jetzt zog er mich beinahe durch den langen Gang, in dem wir uns wohl befanden. Erfüllt von Furcht, tastete ich mit meiner freien Hand neben mir die Wand entlang. Mein Herz raste, als seine Schritte sich immer mehr beschleunigten. Jetzt konnte er mit mir tun, was er wollte …

Die Nervosität schlug direkt auf meine Blase. Ich musste dringend auf's Klo. Wie sagt man in solch einer Situation:

»Tut mir leid, die Show zu stören, aber ich muss mal für kleine Mädchen ...«

Er zog mich mit sich, und ich gab das Tasten auf.

»Wo gehen wir hin?«, fragte ich mit leichtem Zittern in meiner Stimme.

»Das wirst du gleich sehen, meine Schönste.«

Im Unterton schwang eine Mischung aus Drohung und gieriger Erwartung, beinahe Vorfreude.

Plötzlich blieb er ebenso abrupt stehen, wie er losgelaufen war. Ich spürte an seinem Oberkörper, dass er den freien Arm nach vorne ausstreckte und drückte. Schon öffnete sich eine Tür. Ich versuchte, ruhig durch die Nase zu atmen, mich kontrolliert zu bewegen und nicht zu zittern.

Vor einiger Zeit war ich mit einem Gast in einem Club gewesen zu einer Art SM-Show. Was dort geboten worden war, hatte mich irgendwie nicht angemacht.

Hier aber, in diesem mittelalterlichen Gewölbe, da war es nicht nur Gänsehaut, sondern meine gesamte Körperoberfläche schien sich zusammenzuziehen und zu kräuseln, auch meine Haare stellten sich auf. Am liebsten hätte ich die Augen geschlossen.

Mitten im Raum befand sich ein riesenhafter, schwarzer Eisenkäfig, in dem eine junge Frau stand. Ihr Gefängnis war so eng, dass sie sich trotz offensichtlicher Erschöpfung, nicht setzen konnte. Ihre vollen Brüste wurden zwischen den Eisenstäben durchgedrückt und ihre Nippel standen hart und aufrecht, wie kleine Wachsoldaten. So abstoßend der Anblick auch war, so sehr erregte er mich. Dazu kam meine Verwunderung über das Leuchten in ihrem Gesicht, als sie meinen Gastgeber erblickte. »Benutz mich, Meister! Ich flehe dich an!«, gellte ihre erregte Stimme durch den hohen Raum, der jedes Geräusch mit einem scheinbar endlosen Hall versah.

Doch mein Gastgeber, der mit dem flehentlichen Schrei gemeint war, kümmerte sich mit keinem Atemzug um die so bitterlich Winselnde.

Gelangweilt blickte er sich um. Ein kleiner, verwöhnter Adelsspross, der schon alles kannte, was ihm liebende Hände tonnenweise in seine Kinderstube geworfen hatten. Er trug das blasierteste Gesicht zur Schau, das ich je gesehen hatte.

»Nehmen Sie mir die Gemme ab. Sie bedrückt mich«, klang es in meinem Kopf, und wäre der Anblick nicht so gruselig gewesen, hätte ich lachen müssen.

Diesem Raum fehlte all das künstlich Erzeugte, was man sonst von dieser Szene erwartete. Es hatte eine Authentizität, die mich fassungslos machte. Gerade so, als habe ich mich in eine Zeitmaschine gesetzt und wäre direkt im Mittelalter gelandet. Mein Gegenüber beugte sein lackschwarzes Haupt zu mir herab und flüsterte: »Du brauchst dich nicht fürchten. Es geschieht dir nichts.«

Es war ein Geheimnis der Unverwundbarkeit, das er mit keinem anderen teilen wollte. Ein Vorzug, den niemand außer mir in diesem Raum genießen durfte.

Mein düsterer Gastgeber ließ meine Hand los und trat an die Frau in dem Käfig heran. Mein Magen zog sich zusammen, als er seine Finger auf die erigierten Brustwarzen legte. Die Gequälte stöhnte auf und hob den schweißnassen Kopf. Auf ihrem Gesicht lag ein derart seltsames, gieriges Leuchten, wie man es bei Fieberkranken manchmal erlebt. Wäre der Käfig nicht gewesen, sie hätte sich mit absoluter Sicherheit auf ihn gestürzt und versucht, ihn zu vergewaltigen. »Meister! Besorgt es mir! Lasst mich endlich kommen!«

Erst wollte mich abwenden und gehen, doch all das hier hielt mich mit eisernem Griff fest und pflockte meine Füße in den strohbestreuten Boden. Wie schwer mir das Atmen doch beim Anblick der schwarzen Haare fiel, die sich wie ein lebendiges Wesen auf dem Rücken meines Gastgebers bewegten.

»Komm zu mir!«, sagte er und streckte mir die Hand entgegen. Ich ergriff sie.

»Liebst du Schmerzen?« Er hatte sich in einen Sessel sinken lassen und ein Bein lässig über die Armlehne gehängt. Es wurde Zeit, den Dingen einen nüchternen Riegel vorzuschieben ...

»Soll das ein Witz sein? Nein, bestimmt nicht!« Ich hatte keine Lust, ihm eine Steilvorlage zu liefern, damit er mich quälen konnte. Jetzt musste ich vorsichtig sein.

»Tut mir leid«, sagte ich. »Vielleicht hat McLeod dich nicht richtig informiert, denn ich bin nicht von dieser ... Fraktion. Aber ich kann dir eine Telefonnummer besorgen, bei der ...«

Er machte eine wischende Handbewegung, zwei steile Falten bildeten sich über seiner Nasenwurzel, die Brauen zogen sich zusammen. Ich verstummte.

»Ich will niemanden anrufen!«, polterte er. Das war deutlich. Er sprach mit unverhohlenem Zorn in der Stimme. Ungeduldig. »Ich habe dich schockiert, wie?«

Selten hatte ich jemanden erlebt, der sich so schnell wieder in den Griff bekam. Da war sie zurück, die nette Fassade.

»So schnell schockiert man mich nicht!«, sagte ich.

Mit gesenktem Kopf nickte er nachdenklich, dann glitt das lackschwarze Haar nach oben und ein breites Lächeln empfing mich. Er wusste, dass ich log. »Dafür habe ich aber jetzt noch ganz schöne Flecken am Arm.«

»Ich war überrascht. Das ist alles«, sagte ich gleichgültig.

»Aha. Überraschen kann man dich also noch!«

Um nichts zu erwidern, biss ich die Zähne aufeinander. Verdammt, was sollte ich denn sagen? Dass mein Magen noch immer die Größe eines Tennisballs hatte? »Ja, ab und an.«

Er goss Rotwein in ein Glas aus feinstem geschnittenem Kristall. Was auch sonst!

»Seltsam, wenn man entdeckt, dass Menschen so etwas mögen, wie?«, grinste er.

Ich beschloss, weiterhin meinen Mund zu halten. »Ich kenne niemanden, der so etwas mag!« Ich kann meinen Mund eben doch nicht halten! Zynischer Humor war die wackelige Schutzmauer, die mich davor trennte, die Beherrschung zu verlieren.

Ein Mundwinkel wanderte hoch. Er leerte das Glas. »Wir haben alle unsere verborgene Wünsche und Sehnsüchte«, murmelte Graf Dracula in sein Glas.

So, nun hatte ich genug und wollte wieder zurück in den dreckigen Londoner Schnee, um dort durch die Glätte zu stöckeln und zu fürchten, auf den Hintern zu fallen, damit halb England etwas zu kichern hatte.

Ich machte sexmäßig wirklich viel mit, aber ich nahm kein Geld dafür, mich üblen Schmerzen auszuliefern, nur damit Graf Dracula sich darauf einen runterholen konnte!

Entschlossen schnappte ich meinen Mantel und die Handtasche, ging zur Tür, durch die wir gekommen waren und trat durch sie hindurch. Mit gestrecktem Schritt und angehaltenem Atem marschierte ich zum Ausgang durch die Schwärze und achtete auf nichts und niemanden. Schneller als erwartet kam ich tief Luft holend wieder in der sauberen, geschrubbten Dienstbotenwelt des neunzehnten Jahrhunderts an. Ich war erleichtert, es bis hierhin geschafft zu haben, den Fängen des Pseudo-Vampirs entkommen zu sein.

Doch ich hatte nicht mit der Schnelligkeit meines Gastgebers gerechnet, denn gerade als ich das wunderbare Glasfenster über der Treppe erreichte, holte er mich ein und verstellte mir den Weg.

»Warum läufst du weg?«, zischte er.

Graf Dracula kam also höchst persönlich, um mich zu holen!

»Weil ich genug habe. Es reicht mir!«, stieß ich hervor und meine Atmung beschleunigte sich wieder.

»George hat mir mehr von dir versprochen, als eine Staubwolke.«

»Vielleicht war es eine andere Frau, von der ihr geredet habt.«

»Touché!«

Ich lächelte kurz unecht und ließ meine Gesichtszüge wieder normal werden. Dann versuchte ich, an ihm vorbeizukommen, doch er ließ er sich nicht zur Seite drängen, sondern stand einfach nur da – massive Körperlichkeit! Anscheinend wollte er mich zwingen, seinen perfekt trainierten Körper zu berühren, um meine Abneigung gegen ihn zu überwinden.

Hätte ich in diesem Moment die Hand gegen seine Brust gelegt, um ihn wegzuschieben, hätte ich mich augenblicklich in seine kräftigen Arme geworfen. Schmerzen hin oder her! Mein Gott, was soll ich heucheln? Er sah umwerfend aus! Erotisch gesehen war er mit absoluter Sicherheit kein Langeweiler. Und er wollte mich – ganz offensichtlich!

Seine Stimme bebte, als er sagte: »Ich habe mir viel von diesem Abend versprochen, und McLeod bekommt bereits, was er wollte! Ich bin nicht gewohnt, zurückzustehen!«

Jetzt bekam ich eine Ahnung von dem, was man erleben konnte, wenn man ihn auf die Palme brachte.

»Komm wieder mit! Bitte!« Seine Stimme war weich und einschmeichelnd, wo er genauso gut drohend und bösartig hätte klingen können. Faszinierend!

Die Gänsehaut kehrte zurück, als seine Hand über meine Schulter glitt. »Komm, und ich versichere: Dir wird nichts passieren!«

Willkommen im Club der Dummen und Unbelehrbaren, denn ich ließ mich breitschlagen! Eine hübsches Gesicht, eine einschmeichelnde Stimme – und schon warf ich meine Prinzipien mit Schwung über Bord.

*\*\*\**

Wir gingen den gleichen Weg zurück, den ich gekommen war.

Auf äußerst vertraute Art und Weise legte er den Arm um meine Schultern und führte mich. »Hast du je einem anderen Schmerzen beim Verkehr zugefügt?«

Ich dachte nach. »Nein, nicht willentlich. Am Anfang vielleicht, weil ich mich beim Blasen dämlich angestellt habe ...«

Er schenkte mir ein sehr breites Grinsen. »Na, ehrlich bist du jedenfalls.«

Danke!

»Das meinte ich aber nicht. Warte mal ...« Wir befanden uns in einem neuen Raum, den ich noch nicht kannte. Als plötzlich die Dienerin hinter mir stand, erschrak ich fast zu Tode.

»Was wünscht ihr?«, fragte sie mit leiser Stimme und gesenktem Kopf.

Er nickte in meine Richtung. »Sie wird mir helfen.«

»Gut, Alexander.«

Wütendes Funkeln traf sie, und sie zuckte zusammen wie unter einem körperlichen Schmerz. Ganz offensichtlich gestattete er eine solch laxe Wortwahl nicht. Mein Hals wurde mir eng, als er plötzlich anfing, einen Knopf nach dem anderen von seinem Hemd zu öffnen. Das tat er langsam, ganz langsam, ohne auch nur für einen Moment seinen Blick von mir abzuwenden, der aufreizend und abschätzend war.

Es kribbelte in meinem Magen und das Kribbeln setzte sich in meinem Unterleib fort, bis hin in meine geheimsten Regionen.

Wie viele Frauen gab es wohl in meinem Gewerbe, die derart distanzlos waren und ein solches Rumoren verspürten, wenn sie kurz davor waren, genommen zu werden?

Professionalität? Nicht in solch einem Moment!

Ich folgte seinen langen weißen Fingern, die sich zielstrebig voranarbeiteten und eine glatte, weiße Brust freilegten. Eine Brust, die jedem männlichen Fotomodell Ehre gemacht hätte, wenn sie nicht mit Narben übersät gewesen wäre.

Dieser Körper, der jetzt vor mir entblößt wurde, war der Körper eines Mannes, der den Kraftraum des Fitnessstudios nicht nur vom Fenster seiner Lieblingskneipe aus kannte.

Mein Mund wurde trocken und ich versuchte krampfhaft, Speichel zu sammeln. Alexander zog sein offenes Hemd aus der Hose und streifte es ab. So blieb er stehen, bot sich meinen Blicken dar und bewegte sich nicht.

Ich aber konnte den Anblick kaum ertragen. Bei Gott, ich wollte ihn haben! Alles ausprobieren, was er drauf hatte. Egal wie, egal was! Meine Gier brachte mich beinahe um den Verstand. Tja, nicht nur Männer sind schwanzgesteuert. Und dieser göttliche Körper kombiniert mit diesem unglaublichen Selbstbewusstsein …

Das war es im Endeffekt auch, was George so sexy machte: Sein Selbstbewusstsein.

Das Wissen, dass dort, wo man saß, der Kopf der Tafel war.

Mein Gastgeber provozierte mich mit der Tatsache, dass er die Schmerzen und Verletzungen überstanden hatte. Und nicht nur das – vielmehr strahlte er aus, dass er es genossen hatte, sie zugefügt bekommen zu haben!

Abermals nickte er der Dienerin zu, die jetzt auf Knien an ihn heranrutschte. Vor seinen Stiefeln angekommen, erhob sie sich. Wie ein Magier, der sich für die große Nummer fesseln lässt, hielt er ihr seine Hände hin. Die Dienerin hob sie an und band ihn an eine von der Decke hängende Kette.

Ich verstand, dass hier niemand hängen würde, der dies nicht wollte. Jetzt sah er noch erregender aus. Hilflos. Ausgeliefert. Sexy! Er erinnerte mich plötzlich an Derek in meinem Traum. Doch hier herrschte noch mehr Magie, noch etwas Größeres, alleine schon durch die nahenden Schmerzen, die eine Tür zu einer Welt aufstießen, die nicht berechenbar war.

Er sah mich an, stieß kontrolliert seinen Atem aus und holte wieder Luft. Es war, als versetze er sich selbst in Trance.

Die Dienerin nahm mir den Mantel ab und hielt mir dann ein Tablett hin. Darauf lagen ordentlich angeordnet mehrere Klemmen. »Sie müssen …«

Sie sollte schweigen, denn ich wusste, was man mit diesen Dingern tat. Sicher hatte ich schon Kunden gehabt, die dieses Spielzeug wollten und brauchten, doch es war nie so heftig gewesen wie hier. Jetzt wusste ich, dass man in diesen Mauern weiter ging, als ich es gewohnt war und weiter, als ich bereit war, zu folgen.

Nippelklemmen waren okay. Popos versohlen auch. Auspeitschen und Dinge, die richtige Schmerzen bereiteten, waren nicht in meinem Sinne – gar nicht!

Alexander wollte diese Klemmen und er würde sie von mir bekommen, auch wenn es mich Überwindung kostete. Doch da war ich nun mal Profi. Er würde es genießen und anschließend würde er mir geben, was ich von ihm wollte.

Es war doch eigentlich nur eine Frage der eigenen Vorlieben, ob man etwas aufreizend oder abstoßend fand! Allgemeine Moral zählte in meinem Metier wenig. Gab ich den anderen Männern nicht auch, was sie wollten? Wie oft hatte man mich gefesselt, bevor man mich nahm? Es machte mir Spaß. Arschficks? Für viele Leute sicherlich ekelerregend, ja unerträglich, aber für mich – ein Traum! Ich war hier, um ihm zu geben, was er verlangte. Ich war heute *seine* Hure!

Ich stellte mich vor ihn, die erste Klemme in der Hand haltend.

Er blickte auf mich herab. Ganz ruhig. Emotionslos. Abwartend ...

Ich legte meine Lippen auf seine Brustwarze und stieß sie mit der Spitze meiner Zunge an. Dann rieb ich seinen Nippel fester und schneller. Seine Bauchmuskeln zogen sich zusammen. Ich beobachtete seinen Nabel, der sich nach innen bewegte, als wolle er in einer Höhle verschwinden. Als sein Nippel dunkelrot durchblutet war und als harter, kleiner Knopf in die Höhe stand, drückte ich die Klemme auseinander und probierte sie an meinem Finger aus. Es tat weh. Es tat *verdammt* weh! Und das an einer Brustwarze!

Alexander war so erregt, dass ich problemlos die Klemme ansetzen und zuschnappen lassen konnte. Scharf saugte er die Luft in seine Lungen. Etwas Festes traf mich am Bauch. Ich blickte an mir herab und sah seinen aus der Hose aufragenden Penis, der an mein Korsett gestoßen war.

Auch die zweite Klemme öffnete ich und setzte sie an seinem anderen Nippel an. Es war heftig. Nicht für ihn. Für mich! Denn als die Klemmen zuschnappten, konnte ich mir körperlich den Schmerz vorstellen, den sie verursachten und einem das Mark bis hoch ins Hirn schießen ließen.

Alexander stand da und sah eher gefasst aus. Er folgte dem Schmerz auf der unsichtbaren Spur, die dieser in seinem Körper hinterließ.

Gut, das hatte ich geschafft. Aber was sollte ich jetzt tun? Er stand da und konzentrierte sich mit geschlossenen Augen auf den Schmerz. Wieder schien er meine Gedanken zu lesen:

»Nimm die Peitsche!«

Sein Atem kam jetzt etwas gepresst und ich hatte keine Ahnung, ob das vom Schmerz herrührte oder von der Lust, die er machtvoll in Schach hielt.

Die kniende Dienerin hielt mit gesenktem Kopf die Peitsche hoch über sich. Ging das jetzt schon zu weit? Eines war jedenfalls sicher: Ich empfand keine Lust dabei. Es geilte mich nicht auf, ihn zu verletzen.

Allerdings, wie er so dahing: hilflos und verletzlich, dieser perfekt aussehende Kerl! Das hatte was! Und vor allem mit dieser ungeheuren Macht, deren sichtbarer Ausdruck die am Boden kauernde Dienerin war …

Ich holte aus und schlug mit voller Wucht zu. Wenn er es so wollte!

Alexander stöhnte auf. Seine Muskeln wölbten sich nach außen, versuchten, von Schocks gequält, dem Schmerz Widerstand zu leisten. Er krallte sich in die Kette, an der er hing.

Ich lockerte den Arm.

Ruhig ausholen, Muskeln anspannen und – zuschlagen!

Alexander warf den Kopf nach hinten. Das Ende der Peitsche riss ihm büschelweise das Haar aus. Sein Mund war weit aufgerissen und er ächzte aus tiefster Seele.

Ich ertrug es nicht. Ende des Profigeschäfts! Jeder hat Grenzen und ich erreichte gerade meine. Das Blut, welches seinen Rücken jetzt überzog, markierte das Ende.

Mit aller Kraft schleuderte ich das Scheißding von einer Peitsche in die Ecke. »Du kannst mich mal, du Arsch!«, schrie ich ihn an. »Schluss! Aus! Lass dich doch von deiner dämlichen Schlampe hier durchprügeln!«

Alles in mir überstürzte sich. Ich wollte das nicht tun und ich schämte mich dafür, auch nur einen einzigen Hieb geführt zu haben. Ich wich einen Schritt zurück. Durch den Schleier meiner Haare, die sich über mein Gesicht gelegt hatten, sah ich Alexander, der von der Dienerin befreit wurde. Sie mühte sich mit den Handschellen ab und konnte sie doch nicht öffnen. Mit einem lauten Fluch stieß ich sie beiseite und drehte den renitenten Schlüssel. Mit einem Klick öffneten sich die Handschellen.

Und dann bekam ich ihn ab! So, wie ich vor Alexander stand, hatte ich keine Chance. Er rutschte genau auf mich drauf und ich taumelte. Sofort knickte ich in den Knien ein und wurde von ihm nach hinten gedrückt. Unsanft landete mein Rücken auf dem Steinboden. Alexander stöhnte. Er roch nach Blut und Schweiß. So etwas hatte ich noch nie erlebt! Es irritierte mich und machte mich an. Dafür hasste ich mich. Aber seine Schwere, seine massive muskulöse Körperlichkeit, die mir so erschreckend nahe war, machte mich verrückt! Niemals zuvor hatte sich mir ein Mensch dermaßen ausgeliefert und seine Gesundheit und Wohlergehen in meine Hände gelegt …

Ich verstand auf einmal »Macht«. Wie ein gleißender, glimmender, kleiner Funke war sie von ihm auf mich übergesprungen und drohte mich in einer Art zu entzünden, die ich zutiefst entwürdigend fand.

Und doch war sie da!

Alles ergab mit einem Mal einen Sinn. Ich war keine Schönheit, zumindest wie ich fand, und ich hatte nie begriffen, warum sich Georges Klienten förmlich danach zu drängen schienen, mit mir zu schlafen. Aber jetzt wusste ich es. In diesem Moment, da Alexander so schwer und blutend auf mir lag, wurde es mir klar! Eine Landschaft von der sich die morgendlichen Dunstschleier zurückziehen …

Ich war sexy, weil George mich sexy fand. Er hatte mir das

Selbstbewusstsein dazu gegeben und andere Männer, die mich in seiner Gesellschaften kennenlernten, nahmen dies wahr.

Und was mich anging – da war Alexander …

Ich sog seinen Geruch in meinen Verstand hinein, in meine Erinnerung und stärkte mich selbst damit.

Vorsichtig schob ich seinen schweren Körper etwas tiefer in meinen Schoß. Ich wollte die Schenkel für ihn spreizen. Ich war nass und mein Unterleib pumpte innerlich, dass ich fürchtete, es würde mich zerreißen, wenn ich nicht bald Druck ablassen konnte …

Alexanders Haare rauschten wie ein Vorhang über sein Gesicht, als sein Kopf zur Seite rutschte. Die Haare wischten über den Boden. Ich setzte mich auf und sah ihn neben mir liegen. In meiner Hand zuckte es ihn streicheln zu wollen, doch ich hielt mich zurück. Er war kein Mann, dem man Zärtlichkeiten schenkte.

Ganz ruhig lag er halb auf meinem Schoß, halb auf dem kalten Steinboden und bot mir den Anblick seines wunden Rückens dar. In diesem Moment der Ruhe packte er mich so plötzlich und unerwartet, dass ich vor Schreck aufschrie.

Ein Trick! Er hatte mich reingelegt! In der ihm eigenen raubtierhaften Art drehte er sich zu mir um und setzte sich gleichzeitig auf. Seine Lippen trafen meine und er küsste mich mit einer so unglaublichen Intensität, dass es mir den Atem verschlug.

Seine Haare rutschten über mein Gesicht und alles verschwand hinter einem rabenschwarzen Schleier. Es fühlte sich an, als habe ein mächtiger Vogel seine Schwingen über mir ausgebreitet …

Er drückte mich wieder nach unten und legte sich auf mich. Im Zwielicht erkannte ich die mächtigen Muskeln, die seinen

Brustkorb wölbten und seinen hastigen Atem, der seinen Bauch hob und senkte.

Alexander spreizte meine Beine und schob seine Härte in meine Möse. Er pulste in mir. Ich wollte mich umsehen, doch da war nur der schwarze Vorhang seiner Haare. Sein Atem wurde meiner, weil er sich Zugang zu meinem Körper verschaffte. Sein Gesicht, dessen Umrisse immer mehr schwanden, schienen nicht mehr greifbar …

Er schob seine Erektion mit der Gleichmäßigkeit einer Maschine rein und raus. Verflucht, ich hätte in diesem Moment sonst etwas darum gegeben, seinen Arsch zu sehen und seine Muskeln, die diese unglaublich präzise Arbeit verrichteten!

Ich wollte ihn noch tiefer in mir drinhaben. Also hob ich meine Beine an und zog sie bis an meine Schultern. Dort hielt ich sie mit umklammerten Oberschenkeln fest. Alexander presste seine Kraft im immer währenden Rhythmus in mich hinein, indem er mich mit seinem harten Schwanz füllte.

Ich wusste, ich hatte einen Orgasmus – irgendwo in der Tiefe meines Unterleibes, doch meine Empfindung spielte auf einer ganz anderen Ebene statt. Ich war ein Teil dieses Mannes geworden. Ein Teil seiner Aura. Ein Teil seiner Wahrnehmung …

Jede Faser meines Körpers sehnte sich nach der letzten Vereinigung mit ihm. Es gab Grenzen, doch in diesem Moment wollte ich sie niederreißen.

Sein Gesicht näherte sich meinem. So dicht, dass meine Haut seine wurde. Ich wollte meine Augen nicht schließen. Die weiche Masse seines Haares legte sich auf meinen Mund, meine Nase, meine Wangen. Und dann raste der scharfe Schmerz durch meinen Körper! Wie ein glühender Blitz teilte er meine Existenz in ein Vorher und ein Nachher. Dann wurde ich müde. Mein Körper hob sich und löste sich gleichsam auf. Etwas zog an mir, doch ich wusste nicht, was es war und wohin es wollte.

»Ich liebe dich«, hallte es in dem, was von meinem Verstand noch übrig war. Dann wurde alles Nacht …

# VERFÜHRUNG

Keine drei Wochen später erhielt ich eine auf dickem Bütten-papier gedruckte Einladung zur Weihnachtsfeier der Kanzlei. Ich hätte kaum aufgeregter sein können, wenn ich zur Königin von England eingeladen worden wäre.

Und doch war es nicht allein die Tatsache, dass George mich als ganz normalen Bestandteil seiner Kanzlei zu einer offiziellen Feier einlud, sondern vielmehr eine innere Zerrissenheit, die mich heimsuchte. Ich war nach wie vor verrückt nach ihm. Nach seinem Körper, seinem Witz und – seiner Position.

*** 

Plötzlich und unerwartet traf mich die älteste weibliche Pro-blemstellung der Welt: »Was soll ich nur anziehen?«

Es durfte kein Kleid sein, das zu offenherzig war, denn es sollte ja niemand erkennen, welcher Natur meine Stellung in der Kanzlei war. Es blieb mir nichts anderes übrig, als Einkau-fen zu gehen. Bei »Harrods« wurde ich fündig und entschied mich für ein kupferfarbenes Kleid. Noch nie hatte ich eine solche Sorgfalt auf meine Kleidung verwendet wie an diesem Abend. Was heißt »an diesem Abend«? Ich hatte schon eine Woche vor der Feier angefangen, verschiedene Varianten für mein Outfit auszuprobieren.

Meine Neuerwerbung war ein schmal geschnittenes Kleid, das meine inzwischen verlorenen Kilos vorteilhaft betonte. Als ich mich nackt vor dem Spiegel drehte, stellte ich zufrieden fest, dass es mir nichts an meinen Kurven genommen hatte. Meine Brüste waren noch genauso üppig wie zuvor, die Taille schmal und die Hüften ausladend. Jedes Pfund saß genau an dem Platz, an dem die Männer und ich es mochten.

Das Kleid war schulterfrei, und ich wählte einen schlichten Choker aus Perlen mit einem Jugendstil-Medaillon als Halsschmuck, dazu Perlenohrringe. Außerdem trug ich schwarze, halterlose Strümpfe und einen schwarzen Spitzenslip, der fast genauso wenig Stoff besaß wie ein String. Hinzu kam ein leichtes Korsett, damit ich keinen BH brauchte und trotzdem sexy aussah. Hochhackige, kupferfarbene Schuhe, die mich mehr gekostet hatten, als das Kleid, vollendeten mein Outfit.

Nur zu gerne begab ich mich in die geschickten Hände eines Friseurs. Das Makeup allerdings machte ich lieber allein, denn ich hatte schon zu viele Frauen erlebt, die als Quarkstrudel zur Kosmetikerin gegangen und als Schokokuss wieder herausgekommen waren.

Was ich brauchte, steckte ich in eine winzige Handtasche, die eigentlich ein besserer perlenbestickter Geldbeutel war. Für Schlüssel, ein paar Pfund, Handy, Lippenstift, ein Papiertaschentuch und Gummis reichte es allerdings.

So fuhr ich mit dem Taxi hinaus aufs Land. Es brauchte eine gute Stunde, bis es die Innenstadt hinter sich gelassen und sich durch den hohen Schnee in die englische Natur vorgearbeitet hatte.

Der Schnee fiel immer dichter und die Scheibenwischer hatten viel zu tun. Sie drückten mühsam die weißen Kissen zur Seite und formten eine Ziehharmonika aus ihnen, bis diese am warmen Glas schmolz.

Ich fürchtete, wir würden im Schnee steckenbleiben, bevor

ich auch nur einen Lichtstrahl vom Haus gesehen hatte. Als ich schon nicht mehr an ein Ende glaubte, sah ich das mächtige, eiserne Tor im Lichtkegel des Scheinwerfers. Das Taxi fuhr bis zu einem Kästchen auf einer Stange. Dort drückte der Fahrer einen roten Knopf. Eiskalte Luft strömte in den Wagen und ich erinnerte mich fröstelnd daran, dass Winter kalt war.

»Miss Hunter für Mr McLeod«, rief der Fahrer in den Kasten. Mein Gott, wie das klang ... Ich war von mir selbst schwer beeindruckt! Es knackte. Dann war Stille. Nichts rührte sich. *Okay,* dachte ich, *das war's! Die machen nicht auf, weil ich von der Liste gestrichen bin. George lässt mich draußen im Schnee stehen. Peinlich, peinlich ...*

Gerade machte ich mich an die Arbeit, eine gute Ausrede zu erfinden, als Bewegung in das riesige Tor kam. Mit leisem Krächzen wurde es geöffnet.

»Hinein mit uns«, verkündete der Fahrer gutgelaunt, als steige er gerade in eine Achterbahn. Ich war maßlos erleichtert!

Ein gerader Weg führte nun die Anhöhe hinab auf eine Villa zu. Dieser Weg war von hunderten von Fackeln gesäumt und das Haus selbst strahlte in einem Glanz, als handle es sich um ein Märchenschloss, das die Prinzessin erwartete. Am Horizont erhoben sich gewaltige Bäume, die ihr Laub längst verloren hatten und doch mächtig wirkten. Der Schnee funkelte wie Milliarden von Diamanten und färbte den Himmel in einem bläulichen Ton.

Wäre jetzt ein Schlitten, von sechs Pferden gezogen, aufgetaucht, so hätte ich mich keinen Moment lang gewundert. Am liebsten wäre ich hier oben stehengeblieben und hätte nichts getan, außer hinunterzublicken.

»Na, das ist aber eine Pracht!«, staunte der Fahrer, als er Gas gab und den Wagen hinunter in Richtung Ziel lenkte.

Ich bezahlte das Taxi, stieg aus und betrat die weit offen stehende Eingangstür. Stimmengewirr und Musik begrüßten mich, während ich die Einladung in den Händen hielt, falls mich jemand danach fragen sollte. Doch niemand wollte die Einladung sehen und niemand hielt mich auf, als ich die Eingangshalle betrat. Augenblicklich fühlte ich mich verlassen.

Von all den festlich gekleideten Menschen, die sich hier aneinander, mit Gläsern und Tellern bewaffnet, vorbeidrängten, kannte ich keinen einzigen. Ich blickte mich um. Weihnachtsdekoration suchte man vergebens. Dafür gab es voluminöse Blumengestecke, die einen beinahe mediterranen Duft in der englischen Winterlandschaft verbreiteten. Hätte es die modern gekleideten Gäste nicht gegeben, man hätte sich in Jane Austens Zeiten wähnen können.

Der helle Sandstein war von weichem Licht überflutet und die lebensgroßen Familienporträts wurden von einzelnen Spots angestrahlt. In diese Halle gehörten Leute in langer Jagdkleidung und vornehmen Manieren.

Mit einem Mal wurde ich wieder nervös. Sehr nervös sogar! Was wäre, wenn hier einer meiner Gäste auftauchte? Oder Georges Frau? Wenn ich auch neugierig auf sie war, so fehlte mir im Moment der Sinn für ein solches Zusammentreffen. Meine Handflächen waren feucht-kühl und das Täschchen drohte, mir zu entgleiten, wenn ich nicht aufpasste.

Ich wanderte aus der Halle in einen rot gestrichenen Raum. Wo auch immer ein freies Plätzchen gewesen war – jetzt saß jemand dort. Die Luft sirrte von den Stimmen und es wurde immer wärmer, je weiter ich kam.

Die Räume, durch die ich ging, zogen sich allesamt an der weitläufigen, rückwärtigen Parkfront des Hauses entlang. Im größten, zentralen Raum war das Büffet aufgebaut. Ich suchte mir einen Teller und nahm etwas Lachs und Weißbrot. Eigentlich hatte ich keinen Appetit und pickte mit der Gabel etwas lustlos in den hellroten Fisch. Aber ich brauchte einfach etwas, das meine Anwesendheit rechtfertigte und vor allem, mit dem ich mich beschäftigen konnte.

Als ich auf eine mannshohe Standuhr blickte, stellte ich überrascht fest, dass ich bereits eine gute Stunde hier war und bedauerte gleichzeitig, dass die Zeit so langsam verging.

Was hielt mich eigentlich davon ab, mein Handy zu benutzen, mir ein Taxi zu rufen und einfach nach Hause zu fahren? Zudem steigerte sich meine Nervosität von einem Atemzug zum nächsten. Ich wollte George gar nicht mehr sehen. Was könnte ich ihm denn sagen? Was könnte ich tun? Das hier war keines unserer normalen Treffen und ich fühlte mich unendlich verunsichert.

Gerade kramte ich in meinem Täschchen, als eine Bewegung durch die Leute ging. Plötzlich, wie auf ein geheimes Zeichen hin, erhoben sich nach und nach alle Gäste und bewegten sich in Richtung Halle.

Da ich nichts Besseres zu tun hatte, außer mir ein Taxi zu rufen, schloss ich mich den anderen einfach an. In der Halle reckte ich mich auf die Zehenspitzen und erkannte George, der oben auf der Galerie stand. Er trug einen Tweedanzug, ganz Landedelmann, mit einer Nelke im Knopfloch und blickte auf sein »Publikum« herab. Bildete ich es mir ein, oder glitt sein Blick suchend über die unter ihm Ausharrenden? Er hob eine Hand, und augenblicklich trat Stille ein.

»Liebe Mitarbeiterinnen und Mitarbeiter, liebe Freunde! Ich möchte Sie alle recht herzlich in meinem Haus begrüßen. Sie alle schätzen mich als umgänglichen und entspannten Menschen …« Er sah lächelnd herab und erntete das Gelächter, das

173

er herausgefordert hatte. »… deswegen dachte ich, dass ich in dieser Tradition den heutigen Abend gestalten sollte. Von daher schwadroniere ich nicht lange, sondern bedanke mich nur für die hervorragende Mitarbeit aller im hinter uns liegenden Jahr und wünsche uns allen das Beste für die kommenden Monate. Und da ich kein Scrooge bin, möchte ich Sie nochmals an das Büffet bitten. In diesem Sinne: Frohe Weihnachten und einen guten Rutsch ins Neue Jahr!« Die letzten Worte rief er in die Halle und alle antworteten ihm unisono.

Er nickte dankend für den aufbrausenden Applaus und bewegte sich auf die Treppenstufen zu. Das war mein Stichwort. Es war Zeit zu gehen. Wieso war ich eigentlich hergekommen? Neugier auf sein wirkliches Zuhause? Wenn solch eine Villa überhaupt ein Heim sein konnte! Oder auf seine Frau?

Jetzt brauchte ich nur noch eine ruhige Ecke, um zu telefonieren. Deshalb verließ ich die Halle und trat in den kalten Winter hinaus. Schneeflocken hatten mittlerweile wieder begonnen, vom Himmel zu tanzen. Ein paar von ihnen blieben an meiner Haut kleben und hinterließen eine eisige Stelle.

An einem geschützten Platz, neben einer dorischen Säule, wählte ich die Taxidienst-Nummer, doch ich bekam kein Netz. Fluchend versuchte ich es abermals.

»Das klappt hier nicht. Aber du kannst gerne den Apparat in meinem Arbeitszimmer nehmen.«

Ich erstarrte und Georges tiefe, sonore Stimme jagte mir eine Gänsehaut über den Rücken. Ohne ein Wort zu sagen, ließ ich mein Handy in meinem Täschchen verschwinden.

»Okay.« Konnte eine Stimme noch emotionsloser klingen?

Er streckte den Arm aus und legte seine Hand beinahe auf meinen Rücken. »Hier entlang …«

Stumm folgte ich ihm durch die Schar der Gäste. Eigentlich

hätte ich anders handeln sollen. Waren wir das letzte Mal nicht im Streit auseinander gegangen? Hatte er mir nicht verletzenderweise einen Toy-Boy angeboten? Eigentlich hätte ich mich von ihm fernhalten sollen! Aber was tat ich? Das war nicht klug – gar nicht klug … Niemals hätte ich ihm in sein Büro folgen sollen – und dennoch tat ich es!

\*\*\*

Die Stimmen wurden leiser, die Musik schien nur noch wie eine Spinnenwebe hinter uns herzuschwingen, bis sie gänzlich verklang.

»Du willst wirklich schon gehen?«, fragte George und öffnete eine Tür. Wir standen in einem historischen Raum, der mit der modernsten Bürotechnik bestückt war.

»Ja, ich habe noch Termine in London«, sagte ich so beiläufig wie nur irgend möglich.

»Arbeitest du denn nicht mehr für mich?«, fragte er genauso beiläufig.

»Wer sagt, dass es ein geschäftlicher Termin ist?«

Wir bewegten uns über ein kommunikatives Mienenfeld und achteten beide genauestens auf jeden unserer Schritte.

»Verstehe. Dann geht es mich natürlich nichts an.« Er deutete auf den Apparat.

»Muss ich etwas vorweg wählen?«

»Nein.« Eigentlich hätte er jetzt hinausgehen können, doch er stand noch immer da und wartete. »Du kommst klar?«

»Ja, danke. Ich kann telefonieren«, sagte ich sarkastisch.

»Bleibst du, wenn ich dir einen Drink spendiere?« Sein Gesicht war nicht zu deuten. Wir waren uns beide der Tatsache bewusst, dass wir den Rubikon überschreiten mussten und keiner wagte, den ersten Schritt zu tun.

»Warum nicht …«, antwortete ich zögerlich.

Nach einer Weile sagte George: »Ich war lange weg.« Wie passte das? War das eine Entschuldigung, weil er sich nach der letzten Nummer nicht mehr gemeldet hatte?

»Dann solltest *du* vielleicht lernen, wie man telefoniert.«

»Zynismus steht dir nicht.«

»Aber dir!«

»Wenn du willst, fahre ich dich nach Hause. Auf ein Taxi wartest du heute Nacht lange.«

»Danke.«

»Danke ja oder Danke nein?«

Was auch immer er in jener Nacht in Alexanders Haus getan hatte, es stand wie eine gewaltige Mauer zwischen uns und ich war mir immer noch nicht sicher, ob ich sie einreißen wollte. Denn wenn man es genau betrachtet, so bekommt man nach dem Einreißen oft Dinge zu sehen, die einem wenig gefallen.

»Ich hatte ganz vergessen, dass du so witzig sein kannst.« Er zog eine Schachtel Zigaretten aus seinem Jackett. Ich trat auf ihn zu und hielt fordernd eine Hand hin. Er gab mir eine und zündete sie an.

»Auch einen Whiskey?«, fragte er und goss in zwei Gläser ein, nachdem ich genickt hatte. Eines reichte er mir. »Gin Gin.«

»Gin Gin.«

Wir leerten unsere Gläser. Augenblicklich löste sich ein Teil meiner Anspannung. Sein Rasierwasser umgab mich wie eine Hülle und seine Haut war so dicht vor mir, dass ich jede Pore erkennen konnte. Sein Atem war mein Atem. Er musste nur einen Zentimeter nach vorne kommen und seine Lippen würden meine berühren. Wusste er denn nicht, dass ich mich nur für ihn so zurechtgemacht hatte?

Ich konnte meine Augen nicht schließen, wie man es tut, wenn man weiß, dass man gleich geküsst wird, denn ich musste wissen, ob er seine Augen ebenfalls schloss und seinen Kopf leicht schräg legte, wie er es immer tat, wenn er mich heftig umarmte. Doch er stand nur da.

»Ich bin hier und ich bin bereit«, sagte ich leise und betonte dabei so, dass es nicht nuttig klingen sollte.

Wenn er sich jetzt umdrehte, ohne mich zu berühren, wäre es aus. »Ich will das nicht, Emma.«

Warum ging er dann nicht weg? Warum blieb er stehen und sah mich an?

Ich nahm seine Hand und legte sie so auf mein Dekollete, dass er mit dem Handteller den Stoff berührte und mit den Fingerspitzen meine Haut. Wenn er mich nicht wollte, brauchte er bloß seine Hand wegzuziehen und zu gehen. Doch er ließ sie, wo sie war.

»Geh, George!«, flüsterte ich und sah ihn provokativ an. »Geh, wenn du kannst …« Und in diesem Moment wusste ich, dass er mich wollte, dass es etwas zwischen uns gab, das weit über alles hinausging, was man »geschäftlich« nennen konnte. Er war mein Mann und ich gehörte zu ihm. Ich war Teil seines Lebens-Inventars.

»Fass mich an!«, hauchte ich.

Das Wissen um seinen inneren Kampf, verlieh mir Flügel. Provokativ presste ich seine Hand gegen meine Brüste und schob sie dann langsam abwärts. Ich war mir sicher, dass er mich begehrte, dass er gar nicht anders konnte, als mich zu wollen und dass ich am Ende den längeren Atem haben würde. Vorsichtig, als könne ich etwas zerbrechen, öffnete ich meine Schenkel, zog ihn ein Stückchen näher an mich und führte seine Hand wie die eines Blinden um meine Hüfte herum bis zu meinem Hintern.

»Du kannst ihn haben, wenn du willst«, bot ich ihm an und

177

presste seine Fingerkuppen in mein weiches Fleisch. Endlich schloss er die Augen.

Auf dem Schreibtisch lag eine Tube Handcreme. Die sollte es tun. Vor Aufregung vibrierte ich am ganzen Körper, öffnete nervös seine Hose und ließ sie herabrutschen. Er sah mich nur an und bewegte sich keinen Millimeter. Okay, dann war das hier *meine* Show! Mit einer eleganten Drehung wandte ich mich dem Tisch zu und drückte den Bauch gegen die Kante. Langsam schob ich meinen Rock hoch. Mit einem Handgriff war mein Slip verschwunden und ich legte mich halb auf den Schreibtisch, sodass mein Hintern in die Luft ragte. Dann öffnete ich die Tube, gab eine gute Portion auf meine Finger, tastete nach meiner Rosette und bestrich sie ausgiebig.

»Was ist? Willst du nicht?«, flüsterte ich.

Da er sich noch immer nicht rührte, griff ich zur Selbsthilfe, wandte mich um und zog seinen Penis aus der Hose. Genüsslich leckte ich ihn in seiner vollen Länge auf und ab, kreiste mit meiner Zungenspitze um seinen Helm und koste dann den kleinen Schlitz auf der Kuppel.

Sein Atem ging schwer. Sehr schwer! Augenblicklich wurde sein Schwanz hart. So sollte es sein!

Ich hielt die Luft an, öffnete meinen Mund so weit ich nur konnte und schob sein Glied bis zum Anschlag hinein. George saugte die Luft durch seine Zähne. Als er vorsichtig in meinen Mund zu stoßen begann, wusste ich, dass ich gewonnen hatte.

Jetzt ließ ich ihn aus meinen Lippen herausgleiten und drehte mich um. »Steck ihn mir rein!«, forderte ich ihn auf und hielt ihm gleichzeitig die Tube hin.

George erwachte. Augenblicklich umhüllte er seinen dick geschwollenen Penis mit der Creme und setzte dann vorsichtig an meiner Rosette an.

Ich zwang mich, ruhig zu atmen. Gleichmäßig ein und aus. George überwand meinen Schließmuskel. Damit war das Übelste überstanden. Ich hatte ein unglaubliches Druckgefühl im Hintern, doch gleichzeitig merkte ich auch, dass mein Rectum weitaus sensibler zu sein schien, als meine Möse. Es war ein unglaubliches Erlebnis. George bohrte nicht hart und wild in mir herum, sondern bemühte sich, mich diese Sensibilität auskosten zu lassen. Er rieb seinen Helm ganz sacht an meiner Röhre und ich genoss, wie sich der Arsch-Orgasmus in meine Vulva fortpflanzte und dort lauter kleine, bunte Explosionen wie bei einem Feuerwerk hervorrief. Auch George schien die Enge geil zu machen, die jetzt seinen Penis von allen Seiten umspannte, denn er fragte recht schnell: »Kann ich in deinem Hintern kommen?«

Ein normales Sprechen war mir vor Gier nicht mehr möglich, daher nickte ich nur.

Augenblicklich dachte ich an meinen Traum mit ihm und Derek. Doch in der Realität schien ihn mein Hintern wesentlich schärfer zu machen, denn er wurde jetzt schneller und seine Stöße intensiver. Ich japste nach Luft und klammerte mich am Tisch fest, um seine Stöße abzufedern. Da ich ihn beim Sex oft erlebt hatte, wusste ich, dass er sich diesmal wirklich beherrschte, um mich nicht mit zu starken Stößen zu verletzen. George stöhnte noch ein paar Mal heftig, dann lud er in meinen Po ab, wobei er richtiggehend winselte. Das zu hören, war für mich eine Premiere!

Vorsichtig zog er sich aus meinem Hintern zurück und mit seinem Helm verließ auch ein Schwall Samen meine Rosette. Ich drehte mich um und blieb an den Tisch gelehnt stehen. Auch wenn ich spürte, dass ich von seinem Sperma auf das wertvolle Holz schmierte.

»Leck meine Brüste!«, befahl ich ihm und er tat stöhnend, was ich verlangte. »… Und jetzt mach meinen Hintern sauber!«

Mein Po reckte sich ihm entgegen. George stockte, doch als ich ihn herausfordernd über die Schulter ansah, tat er mit ernsthaftem Gesichtsausdruck was ich verlangte. Als sich seine Zunge tief in meinen Hintern bohrte und mich auskosten ließ, was ich zuvor bereits so ungeheuer intensiv verspürt hatte, kam ich ein weiteres Mal. Wie eine Verrückte schrie ich, als seine nasse Zunge über meinen Po glitt. Es war das intensivste Gefühl, das ich seit langer Zeit erlebt hatte. Ich verausgabte mich total, stieß meine Pobacken gegen seine Zunge und feuerte ihn an, noch tiefer einzudringen. Seine Zunge schnellte in mich hinein und wieder heraus. Ich presste meine Backen zusammen und schrie mir die Seele aus dem Leib. Dann schlug ich meine Nägel in mein eigenes Fleisch und riss meine beiden Pohälften auseinander, um ihm den Eintritt zu erleichtern, ihn so weit in mich aufzunehmen, wie ich nur irgend konnte.

Himmel, ich hätte sonst was darum gegeben, wenn ich in diesem Moment hätte sehen können, wie er sein Gesicht in meinem Hintern vergraben hatte!

Als wir endlich am Ziel angelangt waren, sah mein Bauch aus, als hätte ich einen Unfall gehabt. Am Ende hatte sogar George noch einmal abgeladen, aber diesmal in meinen Mund. Alles wurde von mir geschluckt, ich leckte sogar meine Hände ab, die ein paar Tropfen abbekommen hatten.

Rittlings schwang ich mich auf seinen entblößten Schoß und blickte ihn herausfordernd an. »Und?«

George zündete uns beiden eine Zigarette an. Er schwieg einen Moment und sah mir in die Augen. Ich wollte seinem Blick ausweichen, konnte es aber nicht.

»Emma, wir beide haben eine schwierige Strecke eingeschlagen. Sie ist gefährlich. Sehr sogar! Ich habe keine Ahnung, wie lange das gutgeht und meine Warnung bleibt bestehen: Egal, was eben zwischen uns war, am Schluss wirst du die Verletzte sein. Ich werde dir wehtun – und das will ich nicht! Schon einmal habe ich diesen Schmerz in deinen Augen gesehen.«

Mit schräg gelegtem Kopf blickte ich ihn an. »Also gut. Wir vögeln und mögen uns. Und damit genug.«

Sein Kopf bewegte sich hin und her. »Nicht genug für dich. Ich bin ein alter Mann, mein Schatz, und sehe die Dinge mit meiner Lebenserfahrung.«

Mit der Hand zog er mein Kinn hoch und fixierte meine Augen. »Ich mag deinen Körper, deine Art Sex zu machen, wie du redest, wie du lachst, wie du dich bewegst … Aber ich liebe dich nicht! Und das wirst du nicht ändern können!«

Sanft streichelte er über meine Arme, während seine Lippen meine nackten Schultern entlangglitten. Dann ließ er mich plötzlich los, schob mich, sich erhebend, von seinem Schoß, leerte sein Glas und drückte seine Zigarette in den Aschenbecher. Ein rascher Blick auf die Uhr … »Wir sollten nach unten gehen. Der interessante Teil der Feier verlagert sich jetzt in den Keller. Es wird dir gefallen …«

Ich hatte keine Ahnung, was sich da unten abspielen könnte, aber ich hatte nicht vor, mir etwas entgehen zu lassen, nachdem ich sein Zwinkern aufgefangen hatte.

*Ablenken ist manchmal eine feine Sache!,* dachte ich und wir verließen sein Arbeitszimmer. Die Stimmen wurden lauter und die Musik begann zu dröhnen.

»Ich werde mich ein bisschen unter die Leute mischen und plaudern. Zum Keller geht es dort drüben die Treppe hinunter, durch die Pantry. Das findest du.« Sein Blick streifte mich und damit verschwand er in der Menge, die sich hier drängelte.

Nach dem heftigen Ritt wäre eine kleine Stärkung nicht schlecht und so beschloss ich, mir etwas vom Büffet zu holen. Es sah noch genauso unangetastet aus, wie zu Beginn des Abends. Ich legte Obstsalat auf den Teller und suchte mir dann einen ruhigen Platz zum Essen.

Unter einer echten Palme, die ihre langen Blätter senkte, wie ein grünes Zeltdach, hatte ich Glück und fand einen freien Sessel. Genüsslich stellte ich mir vor, in wie vielen dieser hochherrschaftlichen Zimmer jetzt gerade gevögelt wurde. Doch ich hatte den Hauptpreis abbekommen! Aber war er das wirklich – mein »Hauptpreis«? Er hatte doch bisher keine Gelegenheit ausgelassen, mich vehement vor sich selbst zu warnen. Ich fragte mich, wohin dieser Weg führen sollte? Zu einer Position als offizielle Geliebte? George war verheiratet und über kurz oder lang würde ich ihn vielleicht langweilen. Oder er mich …

Irgendwo tief in mir verschwand die Fröhlichkeit und Sicherheit, die ich noch vor Minuten empfunden hatte. Was, wenn ich ihn einfach nur verführt oder nur zu diesem Fick gebracht hatte, ohne seine wahren Absichten auch nur ansatzweise zu ändern?

Vielleicht war George auch gar nicht der richtige Mann für mich und vielleicht wartete irgendwo einer, der mich wirklich liebte, und zwar so, wie ich war …

In einem Anfall von Realitätssinn beschloss ich, das Grübeln aufzugeben und mich auf den Weg in den Keller zu machen. Tja, ich hatte einfach immer noch Appetit!

# GRUPPENSEX

Hinter einer schwarzen Tür hörte ich dumpfes Murmeln. Mein Magen zog sich zusammen. Es war das Gefühl des kleinen Mädchens, das etwas Verbotenes tut. Meine Nackenhaare stellten sich auf und für einen verführerischen Moment dachte ich darüber nach, wieder hochzugehen, um dann doch ein Taxi zu rufen.

Aber die Tür zog mich wie ein gewaltiger Magnet an und ich musste unbedingt wissen, was sich dahinter verbarg. Also ergriff ich den runden Knauf und drehte ihn. Langsam öffnete ich die Tür und blickte in einen großen Raum. Hier gab es Sofas, Sessel, Tische, Hocker, sogar Turnringe, die von der steinernen Decke hingen und seltsam geformte Sitze. Die Wände waren lediglich verputzt und an manchen Stellen sah man die darunter liegenden Backsteine. Alles hier schuf eine seltsame Atmosphäre zwischen Puff, Turnhalle und Möbellager.

Überall tummelten sich Gestalten, ganz nackt oder in erotischer Wäsche. Ich nahm die heiße Szenerie in mich auf und war etwas verschämt, denn noch nie hatte ich an einer Orgie teilgenommen.

Es war ein bizarrer Anblick, zahllosen ineinander verschlungenen Körpern, die es in jeder nur denkbaren Stellung miteinander trieben, zuzusehen. Frau oder Mann? Das spielte hier keine große Rolle, denn wer keinen Schwanz besaß, behalf sich mit einem Ersatz aus Kunststoff, und wem sich keine Vulva bot, der schnappte sich einen Hintern …

Eine Frau kletterte in einen hängenden Sitz. Da begriff ich erst seine Funktion: Die Frau hing, anscheinend recht bequem, in der Luft, wobei sich ihre Muschi plus Hintern zwei interessierten Herren darboten. Zunächst mussten die Männer den Sitz halten, doch als beide ihre dicken Erektionen in die Körperöffnungen der jauchzenden Frau geschoben hatten, bewegte sich diese, dank des Sitzes, angenehm schwingend hin und her.

Es war wie ein frivoles Pingpong-Spiel, bei dem die Frau der Ball war, der zwischen den Männern hin und herwanderte.

Jetzt entdeckte ich auch Georges silberne Haarwellen. Er stand, mit dem Rücken zu mir, tief über einen Tisch gebeugt und war von anderen Nackten umringt.

Leider konnte ich nicht sehen, was er tat. Sein Rücken straffte sich und die Muskeln arbeiteten heftig. Zum ersten Mal bemerkte ich, wie knackig sein Arsch noch war. Er hatte nicht den typisch dünnen, hängenden Ältere-Männer-Hintern, sondern ein sehr hübsches Hinterteil.

Er wandte sich zur Seite und sagte etwas, das ich nicht verstand. Offensichtlich hatte er mich noch nicht bemerkt, denn jetzt löste sich ein junger Mann aus der Gruppe und trat auf ihn zu. Der junge Mann, groß, blond und schlank, deutete auf einen Tisch, der nicht benutzt wurde.

Mir wurde heiß.

George beugte sich über den Tisch und stützte sich mit beiden Händen an der Kante ab.

Wollte ich das mit ansehen?

Der junge Mann griff nach einer der Tuben, die überall herumlagen und bestrich mit deren Inhalt erst Georges Rosette und dann seinen eigenen Penis.

Unfähig, meine Blicke abzuwenden, starrte ich die beiden an. Meine Augen hatten sich förmlich an ihnen festgesaugt, blinzelten auch nicht. War ich abgestoßen? Angeekelt? Aufgegeilt?

Wie versteinert stand ich da, beobachtete, starrte und war unfähig zu sprechen. Meine Brüste begannen zu ziehen und meine Nippel drückten hart gegen die Spitze meines BHs.

»Du musst dein Kleid ausziehen …«, hauchte plötzlich eine weibliche Stimme hinter mir, die wie jene klang, die man im Nachtprogramm des Fernsehens hört. »Ruf – mich – an!«

Abrupt drehte ich mich zu ihr um und schon wurde der Reißverschluss meines Kleides heruntergezogen. Eine feuchte Zungenspitze wanderte das Rückgrad herab und brachte meine Möse zum Pulsieren. Hände glitten unter meinen Achseln durch und umfassten meine Brüste. Die wunderbar manikürten langen Finger fuhren über mein Korsett und zogen es herab. Für all jene, die mich in diesem Moment anblickten, wurden meine nackten Brüste präsentiert. Es brachte mich augenblicklich auf Touren, so zur Schau gestellt zu werden.

»Mach weiter!«, flüsterte ich und die Frau tat, was ich verlangte. Sie schob das Kleid über meinen Po und ließ es zu Boden rauschen. Dann griff sie an meiner Hüfte vorbei in meinen Slip und umschloss meinen Hügel, der nach unten zu zerfließen drohte.

»Bist du geil, meine Blume?«, wisperte sie ganz dicht an meinem Ohr.

Ich nickte, stumm vor Erregung.

Mit einer winzigen Bewegung schob sie ihre Fingerspitze in die Falte neben meinem Kitzler. Ein Schauer brauste durch meinen Körper. Als ich meine Beine spreizen wollte, ließ sie es nicht zu.

Mehrere Männer blickten zu uns und beobachteten, wie

ich von meiner Geliebten genommen wurde, indem sie sacht begann, meinen Lustknoten zu manipulieren. »Bist du heute schon gefickt worden?«, hauchte ihre Stimme, die nicht mehr außerhalb war, sondern in mich einzudringen schien.

Ich nickte abermals.

»Wie hat er dich genommen? Oder war es eine Frau?«

»Es war …«, mein Hals war trocken vor Lust, »… ein Mann. Er hat mich in den Hintern gevögelt.«

»Uuuuh … das ist gut! Ich liebe Arschficks.« Ihre Hand wanderte von meiner Vulva zurück und nur Augenblicke später bohrte sich ihr Finger in meine Rosette. Das Gefühl war so heftig, dass ich glaubte, jeden Moment zu kommen. George hatte eine Tür geöffnet und jetzt sprach mein Hintern auf jede Berührung an.

»Nein, nein … ich werde es dir nicht in den Hintern besorgen. Sie wollen, dass ich deine Spalte wichse.«

Sie? Es war also abgesprochen! Das erregte mich so sehr, dass meine Schenkel augenblicklich nass wurden. Sie hatten mich ausgewählt …

»Wer hat denn deinen kleinen Arsch verwöhnt?«

Ich war noch so beglückt, auserwählt worden zu sein, dass ich keine Sekunde zögerte und »George« sagte.

»Aaaah«, machte sie. »George ist nicht nur ein begnadeter Anwalt … er fickt auch wie ein Gott!«

Mit einem Ruck hatte sie ihren Finger in meinem Inneren versenkt. Ich zuckte ob der plötzlichen Intensität, doch sofort fing ich mich wieder und sah die Männer an, die bei unserem Anblick ihre Erektionen in die Hände genommen hatten. Zwei von ihnen hatten Frauen vor sich knien, die ihnen die Schäfte leckten.

Doch wir waren diejenigen, die sie aufgeilten! Ich begann,

den Rücken an meiner Liebhaberin auf- und abzureiben. So spürte ich ihre harten Brüste an meinem Rücken und ihren wolligen Flaum an meinem Hintern. Sie beschleunigte jetzt ihre Bewegungen und meine Vulva schrie nach Entlastung. Ich musste ihrem Reiben folgen, mich in ihrem Rhythmus bewegen.

»Mach's mir! Ich kann nicht mehr warten«, keuchte ich.

»Nicht so schnell, meine eilige Geliebte!« Ihre Zunge schnellte in mein Ohr und in diesem Moment kam ich heftig in ihrer Hand. Ich krampfte und fürchtete zu fallen, doch sie hielt mich und wichste mich dabei erbarmungslos weiter. Es brannte in meiner Spalte und fühlte sich an, als müsse ich pinkeln, doch nichts geschah, außer dass ich ein weiteres Mal kam.

In den Händen dieser Frau war ich wie eine Puppe, die man beliebig oft orgasmieren lassen konnte. Keuchend hing ich in ihren Armen, doch sie war kräftig.

Ich sah blinden Auges zu den Männern hin, die sich immer heftiger die Schäfte wichsten.

»Kommt her! Bespritzt uns!«, kommandierte meine Geliebte und ich war ihr unendlich dankbar, denn Samen war jetzt der Stoff, der mich einzig noch abkühlen konnte. Es war ein beinahe komischer Anblick, als die Männer, ihre dicken Glieder wie Waffen vor sich haltend, auf uns zukamen.

Meine Geliebte drückte mich auf die Knie und folgte mir dann. So kauerten wir vor den Schwänzen, die sich nun jeden Moment über uns entladen würden. Und tatsächlich! Unter lautem Ächzen flogen die ersten Tropfen. Wir reckten ihnen unsere gierigen Münder entgegen und fingen ihr Sperma mit den Zungen auf. Doch nicht nur die Zungen wurden überzogen, das Sperma landete auf unseren Gesichtern, unserem Haar und unseren Möpsen, die wir ihnen entgegenhielten.

Als die Männer sich ganz entleert hatten, dankten sie uns höflich wie für einen gelungenen Walzer und blickten sich nach neuen Attraktionen um.

Meine neue Freundin half mir auf die Füße und schob mir als Dankeschön ihre Zunge in den Mund. Allerdings küsste sie nicht halb so gut wie Jane, die mich allein mit ihrer Zunge in meiner Mundhöhle fast kommen lassen konnte.

Dann verschwand sie zwischen den verschlungenen Körpern.

\*\*\*

Erst jetzt kam ich dazu, wieder nach George Ausschau zu halten. Der Tisch, an dem er es vor Kurzem noch getrieben hatte, war leer. Suchend blickte ich mich um, konnte ihn aber vor lauter nackten Leibern nicht finden. So wanderte ich umher und wunderte mich, wie wenig es mir ausmachte, dass mich jeder so sehen konnte. Gleichzeitig amüsierte mich aber dieser Gedanke, wenn ich daran dachte, dass mich soeben mehrere Männer mit ihrem Samen bespritzt hatten.

Die Luft war erfüllt vom Geruch nach Schweiß und Körperflüssigkeiten und dem Stöhnen und Seufzen der Fickenden. Es umgab mich wie eine wunderbare geile Decke. Ewig hätte ich herumgehen können, um den anderen zuzusehen.

»Emma!«

Ich drehte mich um.

»Ich habe da hinten eine Freundin«, George kam auf mich zu, indem er über ein am Boden liegendes Pärchen stieg. »Die würde dich gerne kennenlernen.« Er zog mich mit sich. Eine dralle Blondine lag auf einem der Tische, die Beine weit gespreizt und wichste gemächlich ihren Kitzler. Offensichtlich lag sie noch nicht lange so, denn sie war noch sehr langsam.

»Das ist Dorothy … Dorothy – Emma«, stellte George uns vor.

Träge wandte sie mir ihr stark geschminktes Gesicht zu und nickte.

»Dorothy braucht eine Votze zum Lecken. Würdest du dich über ihr Gesicht hocken?«

Warum nicht? Geleckt wurde ich heute noch nicht. Ich kletterte also etwas ungelenk auf den Tisch und ging über den kirschroten Lippen in Position.

»Hmm … Was für eine super leckere Muschi«, piepste sie. Ihre Stimme erschreckte mich, aber Dorothy hatte andere Stärken, denn sie konnte einen mit ihrer Zunge um den Verstand bringen. Selten hatte ich so eine bewegliche Zunge erlebt. Ich drückte meinen Hintern hoch und runter, während sie allen Ernstes beinahe so tief in meine Möse eindringen konnte, wie ein echter Penis. Dabei war sie aber flexibler, denn sie konnte ihre Zunge auch noch rollen und mir so in einer Art und Weise Reize beibringen, die ich nie für möglich gehalten hätte. Während ich noch dabei war, zu kapieren, was sie da mit mir anstellte, trat auch schon George in mein Gesichtsfeld. Er stellte sich auf die andere Seite des Tisches, spreizte die Spalte, die sich ihm so rosig und feucht präsentierte und betrachtete sie wie ein Gynäkologe.

Was hatte er vor?

Die Tube, die er nun zutage beförderte, konnte wohl kaum dazu dienen, Dorothys Möse zu schmieren, denn sie war ganz offensichtlich schon lange nass. Nein, George überzog zuerst seine Finger mit dem Gleitmittel und dann seine ganze Hand.

Bedacht legte er seine Fingerspitzen aneinander und setzte sie an Dorothys Möse an.

Ich spürte ihre Zunge nicht mehr und auch ich hatte aufgehört, mich zu bewegen. Fasziniert starrte ich Georges Hand an, die sich nun Millimeter um Millimeter zwischen ihre Fleischlappen arbeitete.

Dorothy schrie auf. Ich konnte sie verstehen. Doch George kannte keine Gnade. Er beugte sich vor, als wolle er ein Kalb entbinden und einen Moment später rutschte seine komplette Hand in ihre Möse. Ab da schrie Dorothy nur noch.

»Du tust ihr weh!«, stieß ich empört hervor.

Doch es war kein Schreien vor Schmerz, sondern vor Geilheit, denn zwischendrin rief sie: »Ja … ja … ja … Mach sie auf! Mach sie auf! Haaah …«

Georges Gesicht färbte sich rot vor Anstrengung. Immer heftiger stieß er seine Hand in ihren Unterleib. Er keuchte.

»Gleich … gleich … gleich …«, kreischte sie und auch ich wurde immer geiler!

Warum leckte mich das dumme Weib jetzt nicht? Bei diesem unfassbaren Anblick musste ich einfach kommen.

George stützte sich mit dem freien Arm auf die Tischplatte, um alle Kraft in seine wichsende Hand legen zu können. Und dann war der erlösende Schrei da. Dorothy kam. Ihr Unterleib tobte, Speichel lief aus ihrem Mundwinkel und ihre Titten hüpften hin und her. Es sah aus, als quäle sie jemand mit einem gewaltigen Stromstoß.

Erschöpft richtete George sich auf. An dem feuchten Rand sah ich, dass er sogar noch einen Teil seines Unterarms in ihrer Scheide gehabt hatte.

»Man kriegt sie wirklich nur schwer satt«, grinste er. Seine Augen hatten einen seltsamen Glanz, den ich so von ihm nicht kannte. Er reichte mir die Hand und half mir vom Tisch. Meine Beine waren ganz lahm vor Anstrengung.

»Und, gefällt es dir?«, wollte er wissen.

»Ja, es gefällt mir.«

George legte seinen Arm um meine Schultern. »Ich hoffe, du hattest schon ein paar gute Ficks?«, lächelte er.

»Ich kann nicht klagen.«

Suchend sah er sich um. »Ah, schau mal! Ein Sandwich.«

Auf einem Bett lag ein Mann, der seinen Schwanz in die Möse einer Frau gesteckt hatte, die auf seinem Bauch lag. Vor den beiden stand ein Mann, der diese Frau währenddessen in den Hintern fickte. Die drei kämpften heftig um einen gemeinsamen Rhythmus, weil immer einer aus dem Loch der Frau rutschte und seinen Penis wieder mühsam hineinschieben musste.

Wir passierten einen Mann, der mit Handschellen gefesselt an der Wand hing und in den Hintern gepfählt wurde.

Ich brauchte entschieden eine Auszeit! »Kann ich hier etwas zu trinken bekommen?«, fragte ich George.

Er deutete auf steinerne Bögen, die im Schatten lagen und nur matt ausgeleuchtet waren. »Komm mit!«

Bänke und einen Tresen konnte ich nur erahnen.

»Kann ich dich allein lassen?« Sein Gesicht glühte vor Tatendrang. »Ich muss noch vögeln. Verflucht, ich bin heute so was von geil!«

# AUSZEIT

Ich ließ mir ein großes Glas Cola light an der Theke geben und setzte mich in eine ruhige Ecke. Das Mädchen, das hier bediente, trug ein sehr enges Top mit Spaghettiträgern. Ihre Brüste waren üppig, aber scheinbar so hart, dass sie wie aus Zement gegossen wirkten. Ihr dichtes Haar wand sich in großen Wellen über ihre schmalen, aber wohl gebräunten Schultern. Sie war in etwa der Typ, der immer gezeigt wurde, wenn es um die Strände in Rio ging. Einen Moment dachte ich darüber nach sie zu verführen, denn sie gefiel mir gut.

Sowohl Tresen als auch Tische und Bänke befanden sich in einer Art angeschlossenem Gewölbe. Es gab keinen Schmuck und keine Dekoration. Ich blickte mich um. Alles war neu für mich, alles war spannend.

Überrascht zuckte ich zusammen, als neben mir aus der Dunkelheit ein unterdrücktes, geheimnisvolles »Cheers« kam. Ich kannte die Stimme, und nun schob sich ein bleiches Gesicht aus dem Schatten in die schummrige Helligkeit.

Derek!

Mir wurde warm. Sehr warm …

Verblüfft stellte ich fest, dass er angezogen war. Er trug eine sehr enge, schwarze Lederjeans, die im Zwielicht leicht schimmerte und ein weißes Hemd, dazu eine schmale, dunkle

193

Krawatte und ein Jackett. So verschmolz er beinahe perfekt mit der Düsternis.

»Du hast einen sehr guten Platz. Du bist doch wohl kein Spanner, oder?«, forderte ich ihn heraus.

Er grinste und nippte an einem Cocktail, der unpassenderweise mit einem glitzernden Fähnchen geschmückt war, dessen Strähnen wie eine Fontäne auseinander fielen.

»George vögelt wieder wie der Teufel«, sagte Derek genervt. Ich konnte es nicht leugnen.

Geringschätzig blickte Derek durch die steinerne Maueröffnung zu den nackten Leuten.

»Finden hier öfter Orgien statt?«, fragte ich leise.

Derek schüttelte den Kopf und verschränkte die Arme als er sagte: »Nicht sehr oft, ab und an schon. George liebt dieses Rudelbumsen. Er sagt, er bekommt eine Dauerlatte von solch einem seltenen Genuss.«

Derek leerte seinen Cocktail und schob ihn von sich. Es war seltsam, zu wissen, dass er hier saß und mir dabei zusah, wie ich mit anderen Sex hatte. Und es hatte nichts mit dem anregenden Gefühl zu tun, das ich sonst empfand, wenn ein Voyeur mich beobachtete.

»Ich werde nie kapieren, warum sie einem diesen bescheuerten Müll in die Drinks stellen …«, knurrte Derek mit einem Blick auf das leere Glas, in dem nur noch das Glitzerfähnchen stand.

Ich musste schmunzeln, wurde gleich darauf aber wieder ernst und fragte: »Warum machst du nicht mit?«

Er hob den Finger und die appetitliche Kellnerin kam. Ihre schmalen, katzenartigen Augen musterten Derek schon eine Weile aus der Distanz. Das war mir nicht entgangen. Jetzt sah ich auch, dass sie sehr knappe Hotpants trug, unter deren Rand ihre Pobacken herausblitzten. Ihre herrlich gebräunten Beine, die in – für eine Kellnerin ganz unprofessionellen – Plateau-Sandalen daherkamen, gingen in erregend feste Pobacken über, die sie dem männlichen Gast an diesem Tisch mittels einer eleganten kleinen Bewegung zur eingehenden Betrachtung anbot.

Bei der Geschwindigkeit, mit der sie am Tisch aufgetaucht war, schloss ich daraus, dass sie nur darauf gewartet hatte, von Derek gerufen zu werden.

Jetzt beugte sie sich tief herab, um dem attraktiven Mann mir gegenüber auch noch einen Blick in ihr leicht gepuschtes Dekolleté zu gönnen.

Hardbody! Diesen Begriff hatte ich mal in einem Roman gelesen, und bei ihr traf er zu!

Mein Brustkorb wurde nachhaltig zusammengedrückt, als ich seinen Blicken folgte.

»Willst du noch'n Cocktail … oder was anderes?« Ihre Stimme hatte einen Klang, der nur für Derek bestimmt war. Genauso, wie der Nachsatz nur für ihn bestimmt war.

»Einen Vodka.« Mit ausdrucksloser Miene sah er förmlich durch das Mädchen hindurch. Brav so! Ich atmete innerlich auf und wunderte mich gleichzeitig darüber. Es war offensichtlich, dass seine Gedanken mit etwas anderem beschäftigt waren.

»Zwei Vodka«, ergänzte ich aufgeräumt.

Sie nickte knapp und ging zum Tresen, nicht, ohne Derek noch einen kurzen Blick aus den Augenwinkeln geschenkt zu haben.

Ich fühlte mich geschmeichelt, dass Derek bei mir saß und dabei ihre Aufmerksamkeit auf sich zog. Es war wie damals in der Schule, wenn der süßeste Junge der Klasse mit einem sprach … Allerdings prickelte auch eine gewisse Eifersucht, wenn ich daran dachte, dass er ihr offensichtliches Angebot möglicherweise annehmen könnte. Vielleicht würde sie, wenn ich mich wieder zurückzog, an den Tisch kommen, um mit ihm zu reden und ihm dann einen kleinen Zettel mit ihrer Telefonnummer zuzustecken …

Derek blickte an mir herunter. In dem Moment wurde mir erst bewusst, dass ich, im Gegensatz zu ihm, völlig nackt war und wurde rot. Und zwar heftig rot!

»Ich wünschte, George wäre nicht so«, stieß ich hervor, um abzulenken.

Die Kellnerin kam und brachte die zwei Vodka. Sie schenkte Derek ein bezauberndes Lächeln, das er kurz mit dem Hochziehen eines Mundwinkels erwiderte. Es versetze mir einen Stich, deshalb versuchte ich erneut, meine Aussage in die Runde zu werfen: »Ich wünschte, George wäre anders, als …«

»Das wäre mal was Neues!«, unterbrach Derek mich geqält. »Aber es nützt nichts. Er wird sein Leben weiterleben wie eh und je. Das hat weder Mutter noch ich, oder eine seiner vielen Gespielinnen ändern können.«

»Warum redest du so kalt?«

Ich zog die Beine an die Brust und stellte die Füße auf den Sitz. Die Kellnerin wartete an der Bar auf die nächsten Bestellungen und beobachtete uns dabei.

»Weil … weil du dich an ihn verschwendest!«

Ruckartig war ich wieder bei dem, was er sagte.

Er hatte die müde Stimme eines Schülers, der die gleichen Dinge wieder und wieder aufsagt. Ich trank von meinem Vodka und war froh, dass die Wirkung schnell einsetzte.

»Ich gehe wieder rein«, sagte ich, denn ich wollte nicht mit ihm weiterreden. Jemand, der mir sagte, ich würde mich an George verschwenden … Es kribbelte in meinem Magen. Sauer blickte ich Derek an und sah die dunklen Schatten unter seinen Augen. Doch die Wärme, die sie ausstrahlten, als er meinen Blicken begegnete, reichte für einen verdammt kalten Wintertag.

»Und du?«, fragte ich etwas gefühlvoller.

Derek hob die Schultern und ließ sie wieder fallen. »Ich bleibe hier und besauf mich.« Ein breites Grinsen folgte diesem Satz.

Ich konnte nicht anders, als ihn anzulächeln. Mit einem Mal hatte ich den Wunsch, ihn in den Arm zu nehmen, um ihn nicht ungeschützt dieser scharfen Kellnerin zu überlassen.

*** 

Mittlerweile füllte sich das »Lokal«. An den Tischen hatten sich Nackte versammelt, die sich unterhielten und miteinander tranken. Es war zum Schmunzeln, wie sie so dasaßen, als hätten sie noch gar nicht bemerkt, dass sie nichts anhatten.

Entschlossen stand ich auf, beugte mich über den Tisch und küsste Derek sanft auf die Wange.

Ich erschrak maßlos, als er eine abrupte Bewegung mit dem Kopf zur Seite machte und seine Lippen meine berührten.

Die Erinnerung an jenen Tag in der Buchhandlung erhob sich vor meinem inneren Auge und ich bekam augenblicklich weiche Knie. Derek legte plötzlich seinen Arm wie fordernd um meinen Nacken und hielt seine Augen geschlossen. Glühende Lava rollte mein Rückgrad hinauf und herunter, ließ meine Knie weich werden und mich taumeln. Die Weichheit seiner Lippen war unbeschreiblich und die Sehnsucht, die dahinter zu drängen schien, überwältigend. Mein Körper drängte sich, entgegen meinem Willen, an seinen. Sehnte sich danach, jede einzelne Faser dieses Mannes zu erkunden, die ich doch nur aus meinen Träumen kannte. Er wollte mich doch auch! Was hielt mich denn ab? George? George! Dereks Hand glitt an meinem Rücken herab und drückte meinen Po. Seine Zunge wanderte in meinen Mund und die Intensität seiner Berührung machte mich schwindelig.

Ich musste dringend weg. Keine weiteren Komplikationen! Mit George alleine hatte ich schon genug Schwierigkeiten, da brauchte ich nicht auch noch Derek, der mir das Herz schwer machte.

Es pulste zwischen meinen Schenkeln und mein Körper wurde mit überwältigender Macht von ihm angezogen. Wie hätte ich das leugnen können.

Ein plötzliches, tiefes Räuspern riss mich aus meinem Zweikampf, und Derek und ich lösten uns überrascht voneinander. George war hinter mir aufgetaucht und sah mich mit bohrendem Blick an.

»Ich störe doch nicht etwa?«, stieß er langsam hervor.

»Nein. Was gibt's?«, antwortete ich tonlos.

Derek ließ sich in seinen Sitz zurückfallen und zündete sich mit genervtem Gesichtsausdruck eine Zigarette an. Über die zur Höhle geformte Hand hinweg, die die Glut beschirmte, schenkte er der Kellnerin ein Lächeln, das mein Herz mit einem Faustschlag zertrümmerte.

»Nichts. Ich hatte nur Lust, dich jetzt zu vögeln.« Damit legte er seine Hand gegen meinen Hinterkopf und küsste mich. Seine Lippen pressten sich so hart auf meine, dass ich keine Luft mehr bekam und mein zartes Fleisch auf meinen Zahnreihen schmerzte. Dann löste er sich von mir und verschwand überraschenderweise zwischen den Fickenden, ohne mich eines weiteren Blickes zu würdigen. *Du gottverdammter Platzhirsch!,* dachte ich.

\*\*\*

Nein, ich wollte nicht noch einmal zu Derek hinsehen. Wollte gar nicht wissen, was die Kellnerin gerade tat. Ach, zum Teufel, es interessierte mich ja auch gar nicht! Hatte ich mir nicht vorgenommen, nur noch Spaß zu haben? Und hier war entschieden der richtige Ort dafür. Sollte er doch die Theken-Prinzessin flachlegen. Was ging es mich an? Und da entdeckte ich auch George wieder:

Er hatte sich ein Mädchen vorgenommen, das von einem anderen wie eine Art Päckchen vor dessen Bauch gehalten wurde. Er hatte seine Arme unter ihre gehakt und dann mit jeder Hand eine Kniekehle umfasst. So hing sie da mit weit geöffneter Spalte, gerade richtig für Georges Erektion, die tatsächlich dauersteif zu sein schien.

Ich trat so dicht an die drei heran, dass ich ihre Anatomie gut sehen konnte. Der Kuss, den ich soeben von Derek bekommen hatte, steckte in meinen Gliedern und ich musste mich dringend ablenken. Nur nicht an Derek denken! Und nicht an das, was er in mir auslöste!

Mit konzentriertem Blick betrachtete ich den Körper der Frau. Ihre inneren Schamlippen waren schrumpelig. Und vor allem lang. Sie hingen ein ganzes Stück aus ihren äußeren Schamlippen hervor. So etwas hatte ich noch nie gesehen. Das gefältelte Fleisch legte sich um Georges Schaft und schien ihn wie ein großer Saugnapf festhalten zu wollen. George stützte seine Hände in die Hüften und stieß sie gerade so fest, dass der Mann, der sie hielt, nicht zu viel Kraft aufwenden musste.

Gleich neben mir lag ein weiterer Mann auf einer Matte am Boden. Zwei Typen hielten ein Mädchen mit gespreizten Beinen wie eine Balletttänzerin in die Luft und ließen dann ihre Möse auf seinen Penis nieder.

*Bequem ist etwas anders,* dachte ich und begab mich an Georges Seite. Er wandte mir den Kopf zu, als ich ihm meinen Arm um die Taille legte, und seine Zunge glitt in meinen Mund. Es war ungeheuer sexy, ihn so zu küssen, während er das Mädchen fickte.

Was ich aber unbedingt wollte, war, diese seltsame Muschi zu lecken! So löste ich mich von George und beugte mich über die weit gespreizte Möse. Mit meiner Zungenspitze strich ich um den Saugnapf herum und stieß dann in die Lücke zwischen ihr und Georges Schaft. Er stöhnte auf. Ich wusste doch, was ihm gefiel!

Und ich wusste noch etwas anderes … also trat ich hinter ihn, legte meine Hände auf seine Arschbacken und zog sie auseinander. Noch nie hatte ich einem anderen die Rosette geleckt. Doch jetzt verspürte ich große Lust dazu. George würde es lieben!

Und tatsächlich: Er schrie auf und streckte mir seinen Hintern entgegen, wodurch er allerdings aus der Spalte heraus-rutschte. Es dauerte eine Weile, bis er sich soweit im Griff hatte, dass er die Kleine vögeln konnte, ohne dabei meine Zunge zu verlieren. Ich unterstützte ihn, indem ich seine Hüften um-klammert hielt, und dabei meine Zunge tief in seinem Anus versenkte. Auf diese Weise dauerte es nicht mehr lange und die Kleine kam. Sie zuckte und keuchte und schrie wie am Spieß.

George schüttelte den Kopf, zog seine Erektion aus der Vulva und gewährte mir den Genuss seines Samens.

Ganz Gentleman half er mir auf die Füße. Doch gerade, als ich dankend einen Schritt zurück machen wollte, zog er mich in seine Arme und hielt mich fest. Das hatte er noch nie getan. Er suchte meinen Mund und küsste mich. Aber als ich in diesem Moment meine Augen unvorsichtigerweise öffnete, bemerkte ich, dass Georges Blicke Derek gesucht und gefunden hatten. Ja – die beiden fixierten sich richtiggehend.

Es war ein Duell der Augenpaare, das mir die Gänsehaut über den Rücken jagte.

»Ich brauch es noch einmal!«, flüsterte er und zog mich mit sich. Dereks Bild schoss mir durch den Kopf und mir wurde schlagartig klar, dass ich auf eine, vorsichtig gesagt, schwierige Situation zuschlidderte …

Mit entschlossenen Bewegungen drängte George mich in Richtung der kahlen Wand und presste mich mit dem Rücken gegen die rauen Steine. »Komm schon …« Er zog mein Bein hoch und versuchte, in mich einzudringen.

Doch ich hatte keine Lust mehr und stemmte meine Handflächen gegen seine Brust. »Ich will nicht, dass du mich vögelst, nur weil du Derek eins verpassen willst«, fauchte ich. Mit wenig Aufwand gelang es mir, mich ihm zu entwinden und ging.

»Was ist denn los? Emma!« Es überraschte mich nicht im Geringsten, dass er keine weiteren Anstalten machte, mich aufzuhalten. Meine Sachen fand ich auf einem ausrangierten Biedermeiersofa. Eilig zog ich mich an.

Als ich den runden Knauf der Tür in der Hand hielt, drehte ich mich um. George benutzte gerade eine der Frauen von hinten. Derek und die Kellnerin fielen mir wieder ein. Ich musste weg!

# ERHOFFTER SINNESWANDEL

Am Montag hatte sich ein Makler gemeldet, am Nachmittag legte er mir Fotos und Exposés vor und am Dienstag besichtigten wir die ersten Wohnungen und Häuser.

Eine Woche später zog ich in der Nähe von Kensington Gardens in mein wunderhübsches Apartment in einem der edwardianischen Häuser. Nach fünf Minuten Fußmarsch war ich mitten im Park. Dort konnte ich mir eine Jahreskarte kaufen, die Anlagen genießen, in die Serpentine-Gallery gehen und sowie den Reitern zusehen als auch den Kindern, die über den Rasen tollten. Sollte mir nach mehr Kultur zumute sein, waren es nur wenige Minuten bis zum Kensington Palace, der mit einer wunderschönen Sammlung höfischer Kleidung lockte.

Mein Name stand bei der ersten Besichtigung sozusagen schon auf dem Klingelschild!

Allerdings konnte ich mir nur die Miete für ein Apartment im Erdgeschoss leisten, während über mir das Büro eines Unternehmensberaters lag. Andererseits war das ein gewaltiger Schritt von der Bruchbude im Außenbezirk bis in dieses elegante Viertel. All das hatte ich meinem Job zu verdanken …

\*\*\*

Donnerstagabend saß ich vor meinem neu erworbenen Plasma-Fernseher und schaute eine Dokumentation über das englische Königshaus. Ich trank Wein und aß Nusschokolade.

Mit einem Lächeln auf den Lippen erhob ich dem Ersten Sekretär ihrer Majestät gegenüber mein Glas, als er ins Bild kam, und sagte laut: »Wir kennen uns! Stoß mit mir an! Prost!«

Es klingelte. Überrascht stellte ich mein Weinglas weg und lief zur Tür. George stand vor mir. »Alles Gute zum Einzug, mein Schatz«, sagte er und hauchte einen Kuss auf meine Wange.

Seit der Weihnachtsfeier hatte ich ihn nicht mehr gesehen und muss gestehen, dass meine Sehnsucht nach diesem letzten Erlebnis gedämpft war. Dabei war nicht die Orgie das Problem, sondern sein Verhältnis zu Derek. Und nicht zuletzt die Tatsache, dass er mich ziemlich unumwunden auf meinen Platz verwiesen hatte. Andererseits brauchte ich das Geld, das ich Dank seiner Vermittlung verdiente.

Er warf einen kurzen Blick auf den Fernseher. »Ach, die Queen …« Eine Zeit lang sah er auf den Bildschirm, ehe er verkündete: »So, jetzt möchte ich eine Führung.«

Ich tat so, als setzte ich eine Mütze auf und streckte die Brust raus. Immerhin bezahlte er diese »Hütte« ja gewissermaßen …

»Wenn ich vorgehen dürfte …«

Sämtliche Zimmer lagen auf meinem Rundgang, die ich ausführlich vorzeigte. Irgendwann schob George seine Hand unter mein Sweatshirt und schnurrte lüstern: »Eigentlich wollte ich eher das Schlafzimmer sehen.«

So führte ich ihn also zum Ziel seiner Wünsche. Gegenüber dem riesigen Bett war eine Zimmerbar eingerichtet, auf die er ein Auge geworfen hatte, denn er raunte: »Jetzt brauche ich einen Drink.«

Kurz neigte er den Kopf, dann trank er den Whiskey in einem Zug. Ohne das Glas abzustellen, schenkte er sich nach.

Ich atmete tief durch. Er trank Whiskey wie andere Wasser!

Nachdem er seinen Durst gestillt hatte, zog er mit den Worten »Ich habe ein Geschenk für dich« einen Umschlag aus der Tasche und legte ihn so vorsichtig, als sei er aus Glas, auf meine steingraue Tagesdecke.

Entschlossen öffnete ich das Kuvert und dachte, mich träfe der Schlag! »Bist du wahnsinnig geworden?« Ich schnappte nach Luft.

Es war eine Schenkungsurkunde für die Wohnung.

»George! Die ist ein Vermögen wert! Ich zahle jeden Monat über eintausend Pfund Miete! Du … du kannst sie mir nicht schenken!«

Er streckte sich lang auf meinem Bett aus und schlug die Arme unter seinen Hinterkopf, wobei er die Schuhe anbehielt. »Du hast recht. Genau *das* hat mein Steuerberater auch gesagt. Soll auch eine gewisse Vorsorge für dich sein.«

»Vorsorge?« Misstrauen packte mich.

»Sei ein braves Mädchen und nimm die Wohnung.« Er steckte sich eine Zigarette an und tätschelte dabei meine Wange. »Ich bringe übermorgen übrigens einen Klienten mit. Der ist wegen einer Gaspipeline hier. Du kannst dich ein bisschen um ihn kümmern.«

»Allein?«

George legte seine Stirn kraus und strich mit der Hand über die Decke. »Ich weiß noch nicht. Ich frage ihn, wenn er gelandet ist. Bist du da?«

»Ja, natürlich. Und du, bist du dabei?«

Er stand auf und ging ans Fenster. »Schöner Ausblick.«

Ich kam nicht mit ihm klar. Etwas war unter seiner kühlen Upperclass-Fassade und ich kam nicht drauf.

»Ist es okay, wenn ich schnell unter die Dusche springe?«, fragte ich und verschwand, ohne seine Antwort abzuwarten, im Bad. Es gab mir Zeit, über ihn nachzudenken und mich auf unsere Nummer zu freuen.

Ich zog eine puderrosa Spitzenkorsage an und einen passenden Hipster, die beide mit einem schwarzen Samtband eingefasst waren. Dazu Strapse und schwarze Strümpfe. Bei »Agent Provocateur« hatte ich ein Vermögen für das Set gelassen, aber es war jeden Penny wert!

***

George hatte sich noch nicht vom Fenster wegbewegt. Seine Füße versanken im weißen Flokatifell und der Rauch seiner Zigarette stieg in einer gleichmäßigen Wolke hoch. Still stellte ich mich hinter ihn und legte meine Arme um seinen Hals.

»Du siehst aus wie ein Mann, der ein bisschen Entspannung gebrauchen kann ...«

Sacht zog ich die beiden Enden der Krawatte auseinander und öffnete dann das Hemd. Er bewegte sich nicht, blickte nur starr geradeaus. Tief sog ich den Duft seiner Haut ein. Zu lange schon hatte ich George nicht mehr gehabt. Jede Faser meines Körpers sehnte sich nach ihm, obwohl ich genügend andere Männer gevögelt hatte, doch Sex mit George war anders. Liebe? Was auch immer »Liebe« bedeutet!

Wenn ich alle Bedenken ihm gegenüber abstreifte, dann war da etwas, das ich für ihn empfand und was an Liebe schon sehr nah rankam.

Er sah unglaublich scharf aus, wie er da vor den aufstrahlenden Lichtern Londons ruhte – lässig und doch angespannt, den Whiskey in den Händen haltend. So wie er dastand, war er der Herr der Stadt.

Langsam schob ich meine Hand von hinten in das geöffnete Hemd und glitt über seine nackte Brust. Als ich seinen Nippel ertastet hatte, drückte ich ihn sanft zusammen. Er atmete tief durch. Die Lust begann seine Gedanken zu durchdringen und das zu überlagern, was ihn so beschäftigte.

Ich ließ meine Zungenspitze zu seinem Ohrläppchen wandern und nagte dann an ihm. Noch immer rührte er sich nicht und vermittelte den Eindruck eines Seefahrers, der auf das Meer blickt, von wo er die Piraten erwartete.

Meine Hand änderte ihre Richtung und bewegte sich abwärts, immer tiefer, bis meine Nägel gegen seine Gürtelschnalle stießen. Jetzt war ich gleich am Ziel. Noch ein paar Zentimeter und meine Haut berührte seine. So presste ich mit meiner Rechten seinen Nippel und bearbeitete mit der Linken seine Männlichkeit.

»Emma …« In seiner Stimme kämpften Ablehnung und Hingabe. Noch hatte ich ihm nicht den Laufpass gegeben und intensivierte meine Massage.

»George, ich will dich jetzt!«, raunte ich leise.

Ohne großes Federlesen öffnete ich blind seine Hose und schob sie herab. Jetzt brauchte er nur noch aus dem Stoffhaufen zu steigen und mich zu nehmen.

Sein Hemd folgte seiner Hose. Ich trat einen Schritt zurück und blickte seine nackte Rückseite genau an: Seinen breiten Rücken, den knackigen Arsch, die beiden Vertiefungen über seiner Pofalte. Für immer wollte ich dieses Bild in mir tragen: George nackt vor der Silhouette der abendlichen Stadt.

Aber nun wollte und konnte ich nicht mehr warten und ging ein paar Schritte um ihn herum. Vor seiner Erektion ging ich in die Hocke und hielt meine Hände um die Titten so geschlossen, dass meine vollen Brüste den Schwanz zärtlich aufnahmen. Mit sanftem Druck begann ich zu reiben.

Er reagierte nicht. Seine Sturheit irritierte mich, doch ich war nicht willens, klein beizugeben. Also senkte ich meinen

Kopf auf seine Penis-Höhe, legte ihn zwischen meine Brüste und presste sie zusammen. Dieses sexy Sandwich hielt ich mit beiden Händen und bestrich seine Erektion mit meiner feuchten Zunge.

Endlich machte er mit. Es war eine winzige Bewegung, beinahe ein nur geahntes Vor- und Zurückgehen mit dem Unterleib, doch meine Zunge nahm es wahr und es erfüllte mich mit Zufriedenheit.

Am liebsten wollte ich ganz nackt sein, ihn reiten, doch er war noch nicht bereit. Lediglich gab er mir seine Männlichkeit. Meine Brüste hatten ihn aus ihrer Umarmung entlassen und dafür meinen Mund zum Zuge kommen lassen. Ich ertastete die Naht an der Unterseite seines Schwanzes, sanft, mit viel Speichel. Als ich zu seiner Eichel zurückgekehrt war, öffnete ich meine Lippen und ließ ihn bis zu meinem Rachen gleiten. Seine Bewegungen wurden intensiver. Noch immer saß ich in der Hocke und pumpte ihn nun mit aller Kraft, derer meine Lippen fähig waren.

Ich riss die Augen auf, um nach oben sehen zu können. George hatte seinerseits die Augen geschlossen und den Kopf zurückgelegt. Er stützte sich mit beiden Händen an der großen Fensterfläche ab, während ich ihn saugend und reibend bearbeitete. Ich kam fast bei dem Gedanken, dass gegenüber in dem Büro jemand stand, der uns beim Blow-Job zusah. Es erregte mich maßlos, mir vorzustellen, wie dort an einem der Fenster so ein Bürohengst stand, seinen Augen erst nicht traute und sich dann selbst anfasste. Zuerst würde er seine Hand über den Hosenstoff gleiten lassen, dann sich vergewissern, dass niemand ihn ertappte, daraufhin die Hose öffnen und herabgleiten lassen. Seine Augen wären fest auf meinen Mund geheftet, der diese herrliche Erektion in meinem Schlund dem

Höhepunkt zuführen würde. Dann nähme er seinen Ständer in die Hand und begänne sich langsam und intensiv zu wichsen. Immer schneller werdend, bis er schlussendlich innehielte und seine cremigen Tropfen auf die Scheibe spritzen ließe.

Ich presste die Lippen zu einem festen Ring zusammen während meine Zunge um Georges Helm glitt. Jetzt stieß er in meinen Mund. Es war nicht nötig, dass er redete, ich kannte ihn gut genug – zumindest was das Bumsen anging – um zu wissen, dass er in meinen Mund kommen wollte. Also machte ich mich auf eine große Ladung Sperma gefasst.

George stieß immer heftiger und pumpte in meinen Mund hinein. Ich war so geil und so wahnsinnig gierig. Aber es war George noch immer nicht heftig genug. Mit meiner Zunge konnte ich nichts mehr ausrichten, so stark stieß er zu. Also hielt ich einfach nur still und bot ihm meine Mundhöhle dar.

Seine Linke löste sich vom Glas und legte sich gegen meinen Hinterkopf. Mit entschlossenem Griff hielt er meinen Kopf an seinem Platz und stieß wie ein Verrückter in mich hinein. Jetzt bekam ich langsam Atemprobleme und begann mich ernsthaft zu fragen, wie lange er es schon nicht mehr oral gemacht hatte. Meine Lippen wurden wund, überzogen sich mit einem leichten Brennen und dann kam die Taubheit. Doch es störte mich nicht. Sein Stöhnen entschädigte mich im Übermaß. Beinahe winselte er und sein Ächzen hatte einen hohen Ton angenommen. Seine Hand presste meinen Schädel und ich schnaufte durch die Nase wie eine Hyperventilierende.

Ich konnte den Mund nicht öffnen ohne ihm etwas zu nehmen, also fasste ich mich in Geduld …

Mit einem langgezogenen Aufstöhnen kam er. Das Sperma verteilte sich in meinem Mund, überzog das zarte Fleisch und ich kam kaum mit dem Schlucken nach.

Schnaufend zog er sich aus meinem Mund zurück und drehte sich mit dem Rücken zum Fenster. Schwer lehnte er gegen das Glas und sah mich an. Gerade war ich dabei, mit dem Handrücken meinen Mund abzuwischen.

Er blickte auf mich herab wie auf eine Fremde und wirkte nachdenklich. Nachdenklich über das, was er da gerade mit dieser Fremden getan hatte?

Ich stellte mich auf und streichelte seinen schlaffen Schwanz, der nun zwischen seinen Schenkel matt herabhing. Meine Brüste berührten ihn und ich sehnte mich nach seiner Umarmung, doch er stand nur apathisch da. Ich begriff nicht, was vor sich ging.

»Bitte, sag mir, was los ist …«, forderte ich ihn auf.

Als erwache er aus einem Traum, blickte er sich suchend im Zimmer um. »Du hast es toll eingerichtet – sehr dezent. Es gefällt mir gut. Jetzt hängst du keinen Penny mehr umsonst rein, wo es doch nun deines ist.«

Gut, wenn er nicht reden wollte …

»Übrigens, ich habe einen Gast. Morgen Abend. Hast du Zeit?«

Er hatte doch gerade vor dem Sex von diesem Klienten gesprochen … Hatte er das vergessen?

»Ja, ich habe Zeit«, nickte ich.

»Ich schicke dir Danny.« Damit zog er seine Hosen an.

»Willst du nicht noch bleiben?«

»Was?« Verwirrt blickte er mich an. So hatte ich ihn noch nie erlebt. »George, was beschäftigt dich denn derart, dass du mir gar nicht mehr zuhörst?«

»Was meinst du?«

»Du weißt genau, was ich meine.«

»Emma, wenn ich zu dir komme, will ich kein Rumgezicke!« Seine Stimme war augenblicklich klar. Glasklar und konzentriert. »Dann will ich vögeln! Herrgott, wie oft muss ich es dir noch sagen? Du bringst mich noch so weit, dass ich dich loswerden will!«

Er hatte mir meinen Platz gezeigt und ich begriff schweigend.

Mit einem leichten Zittern in den Fingern zündete er sich eine neue Zigarette an und inhalierte tief. Dann drehte und wendete er irgendetwas in seinem Kopf und ich war taktvoll genug, ihn nicht dabei zu stören. Vielleicht dachte er gerade über eine Möglichkeit nach, mich doch noch in seinem Leben unterzubringen …

»Emma … ich, äh …«, begann George.

Seine Finger rieben an einem imaginären Fleck auf der Tischplatte. Seine blauen Augen blickten besorgt. »Ich muss mit dir reden …«

Eine andere Frau!

Es traf mich so unvorbereitet, dass ich seelisch augenblicklich in die Knie ging. Das hatte ihn also die ganze Zeit beschäftigt.

Seine Frau? Nein, die konnte es nicht sein. Jane? Dieses vertraute Gespräch zwischen den beiden damals … War es nicht möglich, dass da mehr zwischen ihnen war, als nur Geschäftliches?

Oder Mrs Chanel? Distinguiert und elegant. Eindeutig Upperclass. Die passte auch altersmäßig gut zu ihm. Trotz allem war George für mich kein »Sugar Daddy«. Er mochte Frauen, wobei das Alter dabei keine Rolle für ihn spielte und seltsamerweise war auch das Aussehen mit Sicherheit zweitrangig.

So wanderte ich also geistig durch die Ahnengalerie meiner erotischen Begleiterinnen und konnte mich doch für keine speziell entscheiden.

»Hast du noch einen Drink für mich?«

Ich war froh, mich von ihm wegdrehen zu können. Froh,

dass ich einen Grund hatte, ihn meine Augen und mein Gesicht nicht sehen zu lassen. Was mich nun aber am meisten beunruhigte, war die Tatsache, dass er sich weiter anzog.

Meine Magen rebellierte und ich wäre gerne für eine Auszeit aufs Klo gegangen. So trödelte ich mit dem Einschenken, bis ich mit einem leichten Blick über die Schulter merkte, dass er fertig war und reichte ihm dann das Glas. George wandte seinen Blick nicht von mir ab und achtete kaum auf das Glas, das er mir jetzt abnahm.

»Also … Nach dem Bewerbungsgespräch damals, als wir es miteinander getrieben hatten … da dachte ich, dass du die beste Wahl für meinen besonderen Job bist. Deswegen hatte ich dich ja gefragt. Aber dann, nach unserem Einkaufsbummel, bekam ich Zweifel.«

Mrs Chanel!

In meinem Hirn begann es zu rattern: Welche Chancen hatte ich gegen sie? Gegen die Jahre mit ihr?

»Ich spürte plötzlich, dass du begannst, Gefühle für mich zu entwickeln, die weiter gingen, als Sex. Und ich sah nur die Möglichkeit, dich zu stoppen, indem ich dich warnte. Vor mir!«

Ich lief neben seinen Worten her und wartete auf den finalen Schlag. Doch der blieb aus. Irgendwo zwischen seinen Sätzen lauerte er. Ich blickte sogar um die Buchstaben herum, um sein Versteck zu erspähen …

»Aber du wolltest nicht hören.«

Und als ich aufsah, mich gerettet glaubte, erkannte ich, dass es das Erwachen nach dem finalen K.O. war.

»Nicht hören?« Ich klang, wie Georges debiles Echo.

»Emma! Erstens: Ich werde mich nicht ändern! Ich werde immer mit anderen Frauen vögeln und ich werde wie ein Tier in der Kanzlei schuften und ich werde auch rauchen und im

Zweifel jede Menge Drinks in mich hineinschütten. Es gibt nichts, das eine Veränderung wert wäre. Zweitens: Natürlich könntest du jetzt sagen: ›Aber das will ich doch auch gar nicht. Ich will dich so wie du bist. All diese Dinge stören mich nicht.‹ Gut, aber dann sage ich dir: Ich liebe dich nicht! Ich mag dich und ich liebe es, dich zu bumsen. Verschwende deine Zeit nicht an mich, während du längst mit einem Mann glücklich werden könntest, der dich wirklich liebt.«

Es prickelte in meiner Hand. Herr im Himmel! Ich wollte ihn schlagen. Ausholen und zuschlagen. Zusehen, wie seine Wange feuerrot wurde. Nicht für seine zweifelhafte Offenheit mir gegenüber, nicht wegen seiner Ablehnung, sondern dafür, dass er jetzt wie ein Anwalt mit mir redete.

Der Schmerz war so alles betäubend, dass sich meine Ohren hinter einem dichten, samtenen Vorhang zu verschließen schienen. Ich hörte George wie aus weiter Ferne und betrachtete nur die Bewegungen seiner Lippen.

»Du meinst also, ich solle mit einem anderen Mann glücklich werden ...«, hakte ich noch mal nach.

Er nickte mit ausdrucksloser Miene.

»Gut. Es gibt diesen Mann ...«

Jetzt ließ *ich* kleine Satzsteinchen ins Wasser fallen und wartete auf seine Reaktionen. Noch las ich keine Änderung in seiner Beherrschtheit. Aber ich hatte die Bombe ja auch noch nicht wirklich gezündet, auf der er saß ...

»Wer ist es?«, seine Stimme klang nach Whiskey. Whiskey, in dem ein kleiner Brocken Eis klirrt.

»Derek«, sagte ich ungerührt. Die Bombe war geplatzt.

In diesem Moment wurde sein Gesicht aschfahl. Seine Augen weiteten sich und erhielten einen beinahe glasigen Glanz. Dann kam die Röte. Ich sah wie seine Brust sich hob und senkte.

Heftig. George zündete seine Zigarette an.

»Derek«, wiederholte er. Es war das Äußerste, was er sich an Emotionalität gestattete. Dann rauchte er schweigend die Zigarette, bis nur noch der Filter übrigblieb, den er im Aschenbecher zerdrückte. Wir hatten uns beide nicht einen Millimeter bewegt. Standen nur da und lauschten dem Eis, das unter unseren Füßen gefährlich knirschte.

»Ach, weißt du was, Emma – tu einfach, was du willst. Von mir aus kannst du ihn haben.«

Ich bekam gerade noch den Sinn seiner Worte zu fassen und fürchtete im gleichen Moment, durchzudrehen. Die Bombe war zwar unter seinem Hintern explodiert, aber ich bekam die Splitter ab! Was hatte ich mir denn dabei gedacht, so etwas zu ihm zu sagen?

»Heißt das, du legst ihn mir vor die Füße? Ist er eine Gabe deinerseits? Wie dieses Apartment?«

George schüttelte langsam den Kopf. »Ich bin Pragmatiker. Du bist der Renner bei meinen Klienten und du magst deinen Job. Wieso sollte ich das kaputtmachen? Du hast mir nur Vorteile gebracht und das war letztendlich der Grund, warum ich auch mit dir reden musste. Du bist der Typ Frau, der sich früher oder später vollkommen in mich verrannt hätte. Also musste ich einfach die Notbremse ziehen. Und wenn Derek das Trostpflaster ist, das du brauchst, dann ist es okay. Da ist der Junge wenigstens mal von Nutzen.«

Er leerte sein Glas und schenkte sich nun selbst nach. Ich setzte mich an den Tisch, bekämpfte die in mir aufsteigenden Tränen und starrte ihn an wie eine neue Spezies unter dem Mikroskop. Während er in einer Hand sein Glas balancierte, schob er die andere bereits in den Ärmel seines Mantels. Offenbar hatte er es mehr als eilig von hier wegzukommen!

Wie konnte ein Mensch nur so sein? Wie sehr hatte ich mich in ihm getäuscht!

»Arbeitest du noch für mich?«, fragte er geschäftsmäßig.

Es kam so unerwartet, dass ich gar nicht groß nachdenken konnte. Meine Reaktion war rein instinktiv. Bauchgefühl.

Ich nickte.

Nie würde er erfahren, was in diesem Moment in mir vorging.

# Ungeahnte Sehnsucht

Das heiße Wasser rauschte über mich hinweg, prasselte auf meinen müden Körper und mein noch ausgelaugteres Herz.

Wieso fiel es mir so ungemein schwer, George einfach nur aus der professionellen Sicht zu betrachten? Warum war es so ein Leichtes für ihn, mich zu verletzen?

Hätte ich mir sicher sein können, dass er zumindest so etwas wie liebende Freundschaft empfand, dann hätte ich ihm wenigstens noch mal richtig wehtun können. Aber so …

Wieder rief ich mir, als ich von Liebe sprach, sein Gesicht mit der Anwaltsmiene ins Gedächtnis und kam zu dem Schluss, dass ich für ihn wirklich nicht mehr war, als ein verdammt guter Fick.

Tief verletzt den Gedanken nachhängend, seifte ich mich ein und spülte dann das sanft nach Rosen duftende Gel von meinem Körper.

Gerade rechtzeitig stellte ich das Wasser aus, um das Klingeln zu hören. So warf ich mir meinen Bademantel über und eilte zur Haustür.

*George! Er war zurückgekommen!*, schoss es mir durch den Kopf. *Hatte er etwas vergessen? Wollte er mir noch etwas sagen?* Ich jubelte innerlich. Das konnte nur bedeuten, dass es ihm leid tat und dass er es wiedergutmachen wollte.

Ohne auch nur einen Blick durch den Spion zu werfen, riss ich die Tür auf und prallte direkt in eine dunkle Lederjacke.

Scham erhitzte mein Gesicht und ich wagte kaum aufzusehen. Was konnte peinlicher sein, als eine vor Erregung strahlende Frau, nur mit einem dünnen Bademantel bekleidet, darunter nackt, die die Tür einem komplett Fremden öffnete?

Nein, nicht komplett fremd! Denn vor mir stand kein anderer als Derek!

Augenblicklich erstarrte ich zu einer Salzsäule. War er noch mit George zusammengetroffen? Mein Herz raste und ich wusste eigentlich nicht so recht warum.

»Du?«, schaffte ich zu sagen.

Seine Blicke wanderten an mir herunter und wieder herauf. Aus irgendeinem Grund fühlte ich mich wie ein Pferd auf dem Bauernmarkt. Dann grinste er breit. Meine Hand bebte und Zorn stieg in mir auf. »Kann ich dir irgendwie helfen?«

Dereks Grinsen wurde noch breiter. »Wenn ich dich so sehe … Auf jeden Fall!«

Ich verschränkte die Arme vor der Brust. »Kannst du mir auch eine vernünftige Antwort geben?!«

Im gleichen Moment straffte er sich und setzte einen blasierten Gesichtsausdruck auf. »Ja, du kannst mir helfen.« Ohne, dass ich ihn auch nur mit einem Wink in die Wohnung gebeten hatte, drängte er sich jetzt an mir vorbei und marschierte mit langen Schritten in mein Wohnzimmer. Hier wiederum führte ihn sein Weg direkt an die Hausbar, wo er sich an diversen Flaschen zu schaffen machte.

Als er seinen Wunschcocktail gemixt hatte, hielt er auch mir ein Glas entgegen. Zögernd nahm ich es an, denn ich kannte die Tendenz, bei seinen Cocktails das Höllenfeuer nachzuempfinden …

»Ist das wieder eine deiner Mörder-Mischungen?«, fragte ich unsicher.

»Kannst ihn dir ja verdünnen.« Damit leerte er sein Glas mit einen Zug.

Ich aber schnupperte kurz über den Rand meines Drinks und beschloss, dass dieses Gemisch nur mit äußerster Vorsicht zu genießen sei.

»Ich brauche hier ein Zimmer«, sagte Derek plötzlich.

Ich war so perplex, dass ich ganz normal klang: »Bitte?«

»Also ... Ich habe da heute Abend eine entzückende junge Dame kennengelernt. Sie war, wie ich auch, Gast einer Privatparty im ›Dark Light‹.«

Strategische Pause. Privatparty – das musste ich erstmal wirken lassen. »Ja? Und?«

»Ich fand sie interessant. Und sie mich ...«

»... auch interessant?«, fragte ich überbetont freundlich.

»Ja, und scharf. Sie verwickelte mich in ein Gespräch. Und dann haben die Dinge ihren Lauf genommen.«

»Du hast sie gebumst.«

»Noch nicht.«

»Aha.«

Er grinste wieder. »Aber jetzt. Jetzt will sie ficken. Und zwar hier.«

»Hier?«

»Ja. Schön, dass es dir nichts ausmacht!«

»Langsam, langsam. Das habe ich keineswegs gesagt! Und ob es mir verdammt noch mal was ausmacht!«

*Falsche Formulierung,* ärgerte ich mich.

Derek legte seinen Kopf leicht zur Seite, verengte seine Augen zu Schlitzen und schenkte mir seinen berüchtigten Von-der-Seite-prüf-Blick. »Bist du eifersüchtig?«

Seine Stimme war so leise, dass ich sie kaum hören konnte und gerade das machte mich vorsichtig.

Langsam ließ ich meinen Atem ein- und ausströmen, bevor ich antwortete: »Nein. Ganz und gar nicht. Du kannst bumsen, wen du willst, wann du willst und wo du willst.«

»Gut.«

Etwas zog sich in meinem Magen zusammen. »Nur nicht jetzt. Und nicht hier. Ich bin müde und mag keine Gäste mehr.«

Das war kein Argument für Derek. Ich erkannte es an seinem überheblichen Gesichtsausdruck. »Wir stören dich auch nicht. Großes Indianer-Ehrenwort!«

Noch so eine alberne Bemerkung und wir würden innerhalb von Millisekunden richtig Zoff kriegen. Ich sah in seine olivenfarbenen Augen, betrachtete seine wundervollen Lippen und ahnte im gleichen Moment um das, was sich unter seinen Kleidern verbarg. Ein Sirren wanderte wie ein elektrischer Impuls durch meinen Körper.

»Dein Vater ist gerade gegangen«, versetzte ich knapp.

Ja, ich wusste, wo ich ihn kriegen konnte. Seine Augen zogen sich sofort zu kleinen, bösen Schlitzen zusammen und sein Schweigen zeigte mir, dass ich genau dort getroffen hatte, wo ich hatte treffen wollen. Seine Brust hob und senkte sich verräterischer, als er es seinem Gesicht, über das er für einen Augenblick die Kontrolle verloren hatte, erlauben konnte.

Touché!

Doch sogleich hatte er seine Gesichtszüge wieder im Griff und seine Worte parat. »Und wenn schon, ich will ja nicht *dich* ficken, sondern diese heiße Lady von der Party.«

So viel zum Thema »Touché«!

»Nein, keine Gäste! Ich bin müde und will schlafen.«

Er kam einen Schritt auf mich zu, überragte mich nun um beinahe zwei Köpfe. Sein Atem streifte über mich hinweg und ich starrte auf die matt-schimmernden Knöpfe seiner Jacke.

»Jetzt hör mir mal gut zu, Emma. Ich brauche dich wohl kaum daran zu erinnern, wer dieses Apartment hier bezahlt hat, oder?!«

Seine Hand machte eine schraubende Bewegung in Richtung Decke, während seine Stimme leise, beinahe zischend auf mich herabzuschweben schien. Was er auch tat, und wie er auch sprach, bei jeder Silbe schwang eine Drohung mit. Ein unausgesprochenes »Ich kann dir das alles jederzeit nehmen. Es kostet mich einen einzigen Satz mit meinem Vater«.

Bei klarem Verstand pfiff ich natürlich auf diese Drohung, denn ich wusste: Es war ein Geschenk von George. Ich hatte es schwarz auf weiß und notariell beglaubigt – wie sollte man es mir wieder wegnehmen? Aber irgendetwas prickelte in meiner Brust, wenn Derek so zu mir sprach und ich wusste nicht, was es war.

»Also? Welches Zimmer dürfen wir benutzen?«

Ich schwieg bockig.

»Noch einmal im Klartext: Ich habe keine Lust, hier die Zeit mit dir zu verschwenden. Wenn ich rauskomme und die Lady ist abgehauen, dann haben wir zwei ein Problem!«

Meine Kehle war wie zugeschnürt, Kälte kroch meinen Bademantel hoch, und so langsam verlor ich die Kraft zum Armdrücken mit ihm. »Also gut, hol sie rein. Ihr könnt das Gästezimmer haben.«

Derek brummte ein entschiedenes »H-m« und war offensichtlich zufrieden, dass er das störrische Gör Emma zur Vernunft gebracht hatte.

***

»Das ist Tiffany … Tiffany … das ist Emma.«

In meiner jetzigen Verfassung brauchte ich nichts weniger, als eine Vorstellungsrunde wie diese. Dennoch gab ich ihr lächelnd die Hand.

Himmel, das war der Typ Mädchen, den sogar ich, mit meinem exzellenten Gedächtnis für Gesichter, ruck zuck vergessen würde. Ihr Körper war ziemlich dünn, allerdings überragte sie mich um eine halbe Haupteslänge, und als sie ihren Mantel ablegte, sah ich nur allzu deutlich ihre Schlüsselbeinknochen, die die Spaghettiträger ihres Hängerkleidchens anhoben. Bei ihrem flachsblonden Haar hatte sie mit Farbe nachgeholfen, denn laut ihren Augenbrauen war sie bestenfalls eine Aschblondine. Sie hatte Titten, die so klein waren, dass sie keinen BH benötigte und mit Sicherheit würde sie sich eher früher als später, sobald sie das nötige Kleingeld beisammen hatte, die Brüste aufplustern lassen. Ihre Beine waren lang und dünn und wurden in ihrer Wirkung durch die weißen Nylons auch nicht kräftiger. Sie lächelte mich mit perfekten weißen Zähnen an, und ich bewunderte ihr kräftiges Augen-Makeup, das von ihrem ansonsten eher knochigen Erscheinungsbild erfolgreich ablenkte.

Derek sah sich wie ein interessierter Käufer um und lächelte mich dann verbindlich an. »Wo ist das Gästezimmer? Ich möchte nämlich meine süße Tiff jetzt gerne vögeln.«

»Tiff« stürzte in meiner Wertschätzung augenblicklich in die Tiefe, als sich diese Äußerung widerspruchslos bieten ließ.

Und *ich* sank in *meiner* Wertschätzung, weil ich Derek und seine »Tiff« nicht sofort hinauswarf und in ein Stundenhotel verwies. Stattdessen zeigte ich ihnen das perfekt aufgeräumte Gästezimmer, das nur auf die beiden gewartet zu haben schien.

»Könnte ich bitte noch das Bad sehen?«, fragte Tiffany mit leiser Stimme, die mir allerdings sehr einstudiert mädchenhaft klang. Wahrscheinlich hatte sie die Erfahrung gemacht, dass die Männer, mit denen sie zu tun hatte, keine entschieden sprechenden »Tiffs« mochten.

»Klar. Komm!«

Sie nahm meine Hand, und ich war doppelt überrascht: Einerseits, dass sie ihre Hand in meine schob, andererseits, dass sie so einen zupackenden Griff hatte. Da ich mich nicht traute, sie loszulassen, führte ich sie Hand in Hand in mein Gästebad, während Derek sich bereits auszog.

Mit angehaltener Luft versuchte ich, den Anblick seines entblößten Rückens zu ignorieren, auch wenn es mir noch so schwerfiel. Außer in meinem Träumen hatte ich ihn noch nie so gesehen. Mein Mund wurde trocken und die Trockenheit breitete sich auf meinen Lippen aus. Zu sehen, wie er sich bewegte, wie seine Haut schimmerte … Nervös bestrich meine Zunge die brennenden Lippen. Wie gerne hätte ich die langen Muskelstränge ignoriert, die sein Fleisch hoben und senkten. Ebenso wie die geschmeidigen Bewegungen seiner Wirbelsäule, die den Blick beinahe willenlos auf die Schultern lenkten, die wiederum diese wunderbar definierten Arme betonten, die durchzogen von geschwollenen Adern und kräftigen Muskeln jene Finger bewegten, die eine Frau mit Sicherheit um den Verstand bringen konnten. Mein Atem ging schwer und alles um mich herum schien zu versinken, auch wenn ich mich noch so sehr dagegen wehrte!

»Hier«, versuchte ich mich selber abzulenken, indem ich Tiffany die Dusche erklärte, »… sie ist etwas tricky. Du veränderst die Temperatur, indem du diesen Knopf hier gedrückt hältst …«

Tiffany betrachtete die Duscharmatur wie ein mittelalterliches Folterinstrument. »Kannst du mir das zeigen?«, fiepte sie.

Ich war leicht genervt – allein nur von dieser Stimme. Und von der Vorstellung, wie diese Stimme klingen würde, wenn Derek sie zum Kreischen brachte.

Ehe ich antworten konnte, lag das Hängerchen am Boden, gefolgt von den sehr hohen Stiletto-Sandalen und den Nylons. Wäsche trug Tiffany nicht. Wahrscheinlich auch sinnvoller bei den Absichten, mit denen sie sich sicherlich an diesem Abend auf den Weg ins »Dark Light« gemacht hatte.

Jetzt sah ich auch ihre zu einem fingerbreiten Streifen rasierte Muschi und die langen Beine, die praktisch nicht dicker wurden, verglich man ihre Waden mit den Oberschenkeln.

Sie hob leicht einen Fuß und stieg in die Duschwanne, während ich das Wasser so einstellte, dass es eine angenehme Wärme hatte. Wie merkwürdig es sich anfühlte, eine mir eigentlich unbekannte Frau nackt in meiner Dusche zu haben …

»Kannst du mir meinen Rücken einseifen? … Bitte!«, fragte sie mit Engelsblick.

Brav enthielt ich mich eines Kommentars und ließ etwas Gel auf meine Hand fließen, dann rieb ich Tiffany damit ein.

»Ooooh … das fühlt sich gut an. Kannst du noch ein bisschen tiefer …?«

Ehe ich mich versah, dirigierte die gute Tiffany meine Hand zu ihren kleinen, harten Pobacken. Ich vergaß mich und begann sie intensiv zu kneten. Nur Augenblicke später hatte Tiffany ein Bein gehoben, und meine Finger waren zwischen ihre Schamlippen geglitten. Erst als sie tief seufzte, kam ich zu mir. Sofort zog ich meine Hand zurück, als hätte ich mich an ihr verbrannt. Himmel! Es hatte sich so wahnsinnig gut angefühlt, ihre Spalte mit der glitschigen Seife zu reiben. »Es wird Derek nicht gefallen, wenn du schon in der Dusche kommst«, versuchte ich mich selber abzulenken.

»Macht doch nichts, ich kann ja mehr als einmal. Seifst du mir auch meine Brüste ein?«

Das brauchte keine zweite Aufforderung. Mit kreisenden

Bewegungen meiner Fingerkuppen rieb ich das Gel über ihre Spitzen, die sich sofort hart zusammenzogen und senkrecht in die Luft ragten. Tiffany schnurrte und genoss die Wärme des Wassers, während ich ihren nackten Körper abspülte. Ihrer glitschigen Spalte widmete ich meine größte Aufmerksamkeit.

In gleichmäßigen Bewegungen begann Tiffany ihren Unterleib vor- und zurückzuschieben, was mich ziemlich auf Touren brachte, ohne, dass ich es eigentlich wollte. Meine Möse pochte und pulste, und ich wusste nicht, wohin mit meiner Sehnsucht, Tiffany zum Orgasmus zu bringen – und mich selbst gleich mit! Meine Fantasie überschlug sich, und ich spürte, wie kleine Schweißperlen aus meiner Haut traten. Schwer atmend legte ich den Duschkopf beiseite und richtete mich wieder auf.

»Warum hörst du auf? Das hat so gut getan …«

Mein Atem ging beinahe hektisch, was mir gar nicht gefiel, denn ich wollte keine Lust darauf haben, mit dieser Tiffany zu schlafen. Außerdem hatte ich schon Sex mit George gehabt. Ansatzweise jedenfalls … *Man muss wissen, wann es genug ist!,* sagte ich mir und hoffte, mich selber zu überzeugen.

»Was ist los? Warum dauert das so lange? Ich will ficken!«, ertönte Dereks Stimme in der Tür.

Fast tat es mir für Tiffany leid, wie er sich aufführte. »Spinnst du, Derek? Gehört Tiffany zu deinem Harem oder was?«, wies ich ihn energisch zurecht.

Tiffany aber schüttelte leicht den Kopf. Offensichtlich fürchtete sie, Derek werde sie rauswerfen, wenn ich weiter so mit ihm redete.

»Gehört sie etwa zu *deinem*?«, giftete er zurück.

»Ich habe – im Gegensatz zu dir – jedenfalls keinen Harem nötig. Und ich habe es auch nicht nötig, permanent mit der

Kreditkarte meines Daddys zu wedeln.«

»Vielleicht einfach nur, weil *Dein* Daddy gar keine hat?«

Wütend schlug ich mit der flachen Hand gegen die Wand.

»Oh, wir verlieren gerade die Contenance ...«, flötete Derek.

»Man kann nur verlieren, was man hat«, zischte ich und schämte mich dafür, dass ich meine Beherrschung tatsächlich Stück um Stück verlor. Aber er brachte mich heute einfach um den Verstand.

»Na, dann bist du ja fein raus«, giftete er weiter. Offensichtlich sehnte er sich nach einer weiteren Runde.

»Wie darf ich das verstehen?«

Derek hatte sich vor mir aufgebaut. Er war zu nah. Viel zu nah. Ich konnte jedes Pünktchen in seiner Iris sehen. Die sanfte Röte, die sich jetzt über seine Wangen zog. Den perfekten Oberkörper und die sich fast hektisch hebende und senkende Brust, erregt vom Zorn, der ihn gepackt hatte. Ihn und mich. Oh, Gott. Wie schön dieser Körper war! Seine Brustwarzen, die sich hart zusammengezogen hatten, die Muskeln, die sich durch die Haut drückten. Aber ich stritt mich mit ihm! Er beleidigte mich! Und ich hatte Angst vor dem, was er sagen würde.

»Du bist eine Hure! Also ... Was willst du überhaupt?«

Tränen schossen in meine Augen.

»Für dich ... bin ich also eine ... eine Hure.«

Herr im Himmel hilf mir! Ich begann vor Aufregung zu stottern. Nie hätte ich gedacht, dass mich ein Mann schlimmer als George hätte verletzen können. Doch Derek hatte es geschafft! Mühsam bekämpfte ich meine Tränen.

»Für mich und für meinen Vater. Genauso wie ich für dich nur irgendein dahergelaufener Berufs-Sohn bin. Ein wertloses Stück Scheiße, das nur existiert, um Georges Nutten einzureiten. Und du bist einfach nur eine von vielen.«

Das war zu viel! Ich holte so weit aus, wie es mein Arm zuließ, sammelte alle Kraft in meiner Hand und schwang sie in Richtung seiner Wange. Doch ich hatte nicht mit Dereks Schnelligkeit gerechnet, der noch in der Luft mein Handgelenk packte und schmerzhaft mitten im Schwung aufhielt. Ein Keuchen entfuhr meiner Kehle. Sein Gesicht stieß beinahe gegen meines, so tief hatte er sich zu mir herabgebeugt. Sein Atem umschloss mich und wurde zu meinem. Jetzt, da ich mich von dem ersten Schrecken zu erholen begann, spürte ich auch seine Brust, die gegen meine drückte, sein Herz, das gegen meines hämmerte, wie eine Faust, die Einlass begehrte. Ein Zittern raste durch meinen Körper und ich erstarrte gleichzeitig unter Dereks lodernden Blicken. So standen wir wie angewurzelt in unseren übermächtigen Gefühlen, uns in einem glühenden Bann gegenseitig fixierend.

Tiffany stieg aus der Wanne und schlang sich ein Duschtuch unter den Armen durch, das sie über der Brust feststeckte. »Und jetzt? Wollt ihr beide den ganzen Abend rumzicken oder vögeln wir?«, erhob sie entschieden ihre Stimme.

Derek schaute verblüfft zu ihr.

Entschlossen marschierte Tiffany an uns vorbei ins Gäste- zimmer, wo sie das Tuch über einen Sessel warf. Dann ließ sie sich beinahe grazil auf das Bett nieder, und genauso grazil stellte sie ein Bein hoch und streckte das andere mit spitzen Zehen geradeaus. Mit vor Abscheu verzerrtem Blick hatte ich meinen Arm Dereks eisernem Griff entwunden und folgte ihr. Noch immer mein schmerzendes Handgelenk reibend, ertappte mich erst jetzt dabei, dass ich – noch immer nur mit dem Bademantel bekleidet – mitten im Zimmer stand und ihren Körper eingehend betrachtete. Entschlossen drehte mich weg und wollte hinausmarschieren, als mir Derek den Weg verstellte. Verdammt! Hatte er *noch* nicht genug?

Er war nackt bis auf die hautenge Jeans, die die Beule in seiner Hose mehr als nur betonte. Zögernd blickte ich zu ihm auf. Ich war unsicher, ob ich noch solch eine Runde überstehen würde. Wie gut er roch. Es war der gleiche Duft, den ich damals in der Buchhandlung gerochen hatte und der mich beinahe verrückt machte. Sein Atem verriet, dass er sich noch immer nicht beruhigt hatte und auch sein Gesicht sprach Bände. Oh, Gott! Wieso konnte er nicht ein bisschen weniger sexy aussehen und ein klein wenig gleichgültiger mir gegenüber sein? Woher kam denn diese Sehnsucht in mir, diesen Mann zu berühren, zu streicheln, ihm alles zu geben, dessen ich fähig war, wenn ich gleichzeitig wusste, dass er mit solcher Inbrunst meinen Körper hasste? Definitiv: Ich musste raus aus diesem Zimmer!

Seinem fixierenden Blick standhaltend, wollte ich mich an ihm vorbeidrängen, doch Derek hielt mich am Oberarm fest.

»Wo willst du hin?«, knurrte er düster.

»Ins Bett. Lass mich los!«

»Wer sagt denn, dass wir allein bleiben wollen?«, seine Stimme klang etwas weniger bedrohlich.

Mein Herz pochte. Es hämmerte gegen meinen Brustkorb, wie ein Riese, der sich aus seinem Gefängnis befreien will.

Mit halb geschlossenen Lidern schaute Derek über meine Schulter zu Tiffany hin. »Willst *du,* dass sie geht?« Auch ihr gegenüber befleißigte er sich keines warmherzigeren Tons.

Ein leises »Nein!« erklang hinter mir, das aber nicht weniger entschieden wirkte, nur weil sie verhalten ausgesprochen hatte. Das Pochen in meinem Brustkorb erstreckte sich mittlerweile auch auf meine Magengegend und ich rechnete damit, dass es bald auf meine Blase drücken würde.

Wie erstarrt stand ich vor Derek, während er mit einem entschiedenen Griff meinen Bademantelgurt aufriss. Der Schmerz erfüllte meinen Körper und ich hasste die Blicke, mit denen er mich jetzt abschätzig betrachtete wie ein Stück Vieh. Es war beinahe noch schlimmer, als unsere verbale Auseinandersetzung. Flach atmend spürte ich seine Lippen, die an meinem Hals ansetzten, eisige Schauer über meinen Rücken sandten und dann langsam abwärts wanderten, bis sie meine entblößten Brüste erreichten.

»Ich will dich«, dröhnte seine Stimme in meinem Kopf. »Ich will dich mehr, als jemals zuvor und ich werde nicht zulassen, dass du jetzt abhaust!«

Doch ich war noch nicht zur Aufgabe bereit. Mit all meiner verbliebenen Kraft stieß ich ihn beiseite und nutzte den Überraschungsmoment, um aus dem Zimmer zu stürmen.

Aber wenn ich gedacht hatte, er würde nun seinerseits aufgeben und sich um Tiffany »kümmern«, so hatte ich mich geirrt.

Es kostete ihn drei lange Schritte, dann hatte er mich. Er packte mich so brutal am Oberarm und schleuderte mich herum, dass ich entsetzt aufheulte.

»Ich … habe es bereits … gesagt …«, keuchte Derek atemlos. »…Ich bin es nicht gewöhnt, dass ich abgewiesen werde.«

Unsere Nasenspitzen stießen gegeneinander, was wir ignorierten, als ich ihm entgegenschleuderte: »Dann wird es Zeit, dass du es *lernst!*«

»Komm her, ich will dich ficken. Das ist wenigstens etwas, was du kannst!«

Und jetzt traf meine Ohrfeige. Sein Kopf flog herum und er jappte kurz nach Luft, doch er ließ mich nicht los.

»Du verdammtes Miststück!«, brüllte Derek.

Womit ich auch immer in diesem Moment gerechnet hatte

– er verblüffte mich, indem er seine Lippen mit solcher Gewalt auf meine presste, dass ich sie reißen spürte. Mit ungeheurer Wucht stieß er mich zu Boden und warf sich augenblicklich auf mich.

Jetzt schrie ich. Gellend. Mit Tränen vermischt. Doch ich schrie nicht aus Angst oder Panik. Ich schrie, weil ich mich nach ihm verzehrte. Weil ich ihn wollte, wie ich nie zuvor in meinem Leben einen Mann gewollt hatte. Weil diese Urgewalt meiner Gefühle keinen anderen Ausdruck mehr finden konnten. »Dann fick mich doch ... oh Gott ... fick mich!«, heulte ich ihn an.

Derek riss wie ein Besessener an seiner Hose, strampelte sie mit unkoordinierten Tritten von seinen Beinen und fluchte. Dann rammte er seine Zunge in meinen Mund, übertönte mein Gurgeln mit seinem Stöhnen, als er meine Schenkel kraftvoll auseinanderzwängte. Jetzt nahm er sich mit Wucht das, was ich ihm freiwillig geben wollte. Derek riss seinen Mund auf, um Atem holen zu können, schrie seine Lust, seine Gier in mein Gesicht, während seine Erektion wie ein Rammbock in mein Innerstes tobte. Seine neben meinen Schultern aufgestützten Arme bebten, da die Kraft langsam aus ihnen wich und so packte ich seine Locken an seinem Hinterkopf, riss mit Gewalt an ihnen, so dass er sich, vor Schmerz aufjaulend, herumwarf und zu Boden ging. Sein Schwanz entglitt mir für einen Moment und er begann, nach meinen Armen zu schnappen, wohl in der Überzeugung, ich wolle ihm abermals entkommen.

Doch schnell erkannte Derek den Irrtum und ergab sich mir, die ich mich rittlings auf seine hoch erhobene Männlichkeit niederließ und ihn so lange mit heftigen Bewegungen ritt, bis Derek mit einem langgezogenen Schrei in mir kam. Kraftlos brach ich auf seinem schwitzenden, schnaubenden Körper zusammen. Barg mein von Tränen überströmtes Gesicht in seinem Haar und spürte überrascht die kräftigen Arme, die sich um meinen Rücken schlossen. Wir sagten kein Wort. Kein einziges. Wir hörten nur, wie sich unsere keuchenden Atmungen langsam beruhigten.

Endlos lange lagen wir so auf dem Boden und lauschten der Stille um uns herum und dem Pochen unserer Herzen.

Seltsamerweise durchbrach ich als erste das Schweigen. Ich musste es tun. Wir waren wie die Tiere übereinander hergefallen und es würde der Tag kommen, wo wir uns wie Tiere zerfleischen würden. George war ein, wie er selbst sagte, »Pragmatiker«. Damit konnte ich umgehen. Aber Derek gegenüber war ich *zu* verletzlich, denn in seiner Gegenwart legte ich jegliches Schutzschild ab und da setzte einfach meine Vernunft aus. Die Ähnlichkeit zwischen George und Derek ängstigte mich. Ihre Art, über andere Menschen zu herrschen ...

Doch noch mehr schreckte mich der Unterschied zwischen ihnen beiden. Denn Derek empfand, dass er nichts zu verlieren habe und das machte ihn unberechenbar. Ich musste mich von ihm lösen, Distanz zwischen uns bringen, sonst würden mich unsere Gefühle zermalmen.

»Willst du auch was essen?« Es war alles, was mir einfiel, um mein Ziel zu erreichen.

Derek schluckte hart, ich sah seinen Adamsapfel, der auf und ab sprang. Dann schüttelte er stumm den Kopf. Langsam erhob ich mich aus seinen Armen, erwiderte seinen letzten, zärtlichen Kuss und machte mich dann auf den Weg in die Küche.

Ein Blick ins Gästezimmer genügte, um zu sehen, dass Tiff sich heimlich, still und leise verdrückt hatte. Offenbar hatte ihr unsere Vorstellung genügt.

So machte ich mir also ein Schinkensandwich, denn ich verspürte wirklich einen unglaublichen Hunger. Mein Magen hatte mit der Selbstverdauung begonnen und ich musste dringend einschreiten. Ich war noch nicht fertig, da roch ich eine Zigarette hinter mir. Derek stand in der Tür, eine Schulter gegen den Rahmen gelehnt und sah mich an. Welche Enttäuschung – er hatte sich schon wieder angezogen!

»Ich … ich geh dann jetzt«, sagte er.

Was war denn jetzt los? Wie sollte ich so schnell einen Rettungsring finden? Die Flucht nach vorn war angesagt!

»Ja, okay. Mach's gut«, erwiderte ich so betont lässig wie nur irgend möglich.

Er nickte und zog seine Jacke über, die qualmende Zigarette im Mundwinkel klemmend.

»Das, ähm … das vorhin … ich wollte nicht so grob sein. Schätze mal, Tiff hat mich einfach so scharf gemacht, dass ich ein bisschen den Überblick verloren habe«, sagte er im Wegdrehen.

Jetzt schluckte ich hart und sehnte mich nach einem Drink.

»Ja. Schon vergessen. Ich … war ja auch … ein bisschen …«

Wieso sollte ich bloß einen solch idiotischen Satz zu Ende bringen?

»Man sieht sich …« Damit war er verschwunden.

Ich war wie betäubt. Nicht einmal Schmerz oder Enttäuschung drangen durch den dicken Kokon, der sich um mein Herz und meinen Verstand gelegt hatte.

Jetzt wollte ich wirklich nur noch in mein Bett. Nicht mehr an Derek denken oder an das, was gerade zwischen uns gewesen war.

*Er hat den Überblick verloren,* ging es mir wieder und wieder durch den Kopf, als ich im Bett war. *Den Überblick verloren …* Das war alles, was ihm dazu einfiel? Mehr empfand er nicht? *Den Überblick verloren …*

In diese gedankliche Endlosschleife hinein, klingelte es plötzlich an meiner Tür. Wer zum Teufel war das?

Ich ruhig lag da, gab keinen Laut von mir, lauschte nur in die Dunkelheit, die um mich herum herrschte und wartete, ob sich die Störung wiederholen würde. Wen auch immer ich mir vor der Tür vorstellte – es war niemand, den ich jetzt bei mir haben wollte.

Auf George war ich ebenso sauer wie auf Derek, und auch mein Bedarf an der niedlichen Tiffany war eindeutig für heute gedeckt. Wie viel mehr sollte ich an diesem Tag denn noch ertragen? Nicht mal mit mir allein hatte ich Ruhe! Vielleicht würde der Unbekannte auch aufgeben, wenn ich nicht reagierte …

Doch da klingelte es abermals. Ich lauschte. Wer auch immer es war, er wollte etwas von mir, und es war wichtig genug, als dass er zu solcher Zeit noch vor meiner Tür ausharrte. Endlich gab ich auf, zog meinen rosa Hausanzug über meine Blöße und begab mich zur Haustür.

Diesmal machte ich nicht den Fehler, einfach zu öffnen, sondern blickte durch den Spion und erkannte einen Mann, der ungewöhnlich groß sein musste, denn ich sah in dem Glasausschnitt nur sein Kinn.

»Wer ist da?«, rief ich durch die geschlossene Tür.

»Miss Hunter?«, stellte er mir die geistreiche Gegenfrage und antwortete, als ich intensiv schwieg: »Tretjakow. Sergeij Maximowitsch Tretjakow.«

Und als wäre das genug, schließlich hatte ich ja bereits einschlägige Erfahrungen mit zwielichtigen Russen gesammelt, öffnete ich ohne weiteres Nachdenken die Tür.

Vor mir stand ein hünenhafter Mann, wohl um die einsneunzig groß und blickte auf mich herab.

Mit einer abrupten Geste raffte ich meinen unpassend

pinkfarbenen Hausanzug unterhalb des Halses zusammen und starrte den Fremden fragend an.

Er hatte wellige, blonde Haare, die seitlich beinahe militärisch kurz geschnitten waren. Sein etwas längeres Deckhaar trug er locker nach hinten gekämmt. Die Kleidung, das erkannte ich mittlerweile mühelos, war von einem exquisiten Herrenausstatter und stand in einem gewissen Gegensatz zu seiner nachlässig rasierten Kinnpartie. Sein Gesicht hatte dabei den kecken Charme eines großen Jungen und es brauchte keine große Menschenkenntnis, um zu ahnen, dass er dies auch schamlos einzusetzen bereit war, wenn er es für nötig erachtete.

Als der Fremde zu sprechen begann, senkte er seinen Kopf ein klein wenig, wie es sehr große Leute oft aus Gewohnheit bei einem wesentlich kleineren Gegenüber tun. Seine Stimme war tief und passte in ihrer Klangfarbe zu seinem sonstigen Erscheinungsbild.

»Arbeiten Sie noch für George McLeod?«

**Wie es weitergeht, erfahren Sie in der Internet-Story »Der Russe« und im zweiten Teil der »AnwaltsHure²« ...**

# »DER RUSSE«
## DIE INTERNET-STORY

MIT DEM GUTSCHEIN-CODE
### HC1TBSLQX
ERHALTEN SIE AUF
**WWW.BLUE-PANTHER-BOOKS.DE**
DIESE EXKLUSIVE ZUSATZGESCHICHTE ALS PDF.
REGISTRIEREN SIE SICH EINFACH ONLINE ODER
SCHICKEN SIE UNS DIE BEILIEGENDE
POSTKARTE AUSGEFÜLLT ZURÜCK!

## Leseprobe:

## Trinity Taylor

## »Ich will dich ganz & gar«

## Machtspiele

Die Party war in vollem Gange. *Es sind bestimmt sechzig bis achtzig Leute hier,* kam mir in den Sinn. Ich bewunderte die Garderobe der Frauen. Fast alle weiblichen Gäste hatten sich mächtig in Schale geworfen. Abendkleider in lang und kurz, Flippiges, Abstraktes und Klassisches. Alles Elegante und Schicke war vertreten. Die Musik mischte mit Klängen aus Jazz und ultimativem Chart-Pop auf. Auch das Buffet konnte sich sehen lassen. Auf einem etwa fünf Meter langen Tisch war für jeden etwas dabei. Sogar zwei Kellner wirbelten um das Buffet, halfen beim Anrichten der Teller des warmen Essens oder füllten leere Schalen und Platten auf. Es war lange her, dass ich mich so wohl gefühlt hatte. Ich stand alleine nahe der Tanzfläche, wippte im Takt der Musik und summte im Stillen mit.

Ryan kam auf mich zu und lächelte. Er war sehr galant, verdammt clever, ungeheuer redegewandt, hochgradig schwul und ein phantastischer Gastgeber. Eigentlich war er der perfekte Ehemann. Er hatte sich in einen silberblauen Anzug geworfen, von dem es einem Laien unmöglich war, die Qualität zu bestimmen. »Na, Schätzchen, amüsierst du dich?«, fragte er und nahm einen großzügigen Schluck Tequila Sunrise.

»Auf jeden Fall! Bei einer solchen Party mit den vielen Leuten, der guten Musik, dem leckeren Buffet und den ausgefallenen Cocktails, kann es einem nur gutgehen.«

Ryan strahlte übers ganze Gesicht. »Danke dir, Herzchen. Freut mich, wenn's dir gefällt. Sag mal, bist du noch immer mit Shawn zusammen?«

Ich lachte. »Ja klar, was hast du denn gedacht! Wir sind doch erst seit einem Monat zusammen.«

Ryan nippte an seinem Glas und blickte in die Runde.

Mein Gesicht wurde ernst. »Warum, was ist denn?«

Ryan betrachtete anscheinend einen knackigen Tänzer.

»Ryan!«

Er zuckte zusammen. »Entschuldige, Herzchen! Ich war gerade abgelenkt. Was hast du gefragt?«

Ich stemmte eine Hand in die Hüfte und legte den Kopf schief. »So! Du hast mir also nicht zugehört …«

»Doch, habe ich. Aber ich weiß nicht genau, was ich darauf antworten soll. Es war nur so eine Frage ins Blaue hinein.«

»So wie ich dich kenne, gibt es keine Fragen ins Blaue hinein. Ist denn irgendetwas mit Shawn, von dem ich noch nichts weiß? Wird hinter meinem Rücken laut gelacht oder mit dem Finger auf mich gezeigt, weil er eine beknackte Frisur hat oder Ziegenfüße?«

»Nein, nein, Schätzchen. Es war doch nur eine Frage von mir, ob ihr noch zusammen seid und du noch glücklich bist.«

»Hallo, Schmusekatze!«, sagte Shawn und gab mir einen Kuss auf den Hals. In beiden Händen hielt er einen Drink. »Willst du noch einen?«

Ich schüttelte den Kopf.

»Hi, Ryan. Geile Party! Darfst du gerne öfter machen.« Shawn lachte.

Ryan zwang sich ein Lächeln ab. »Wenn du versprichst, nicht immer anwesend zu sein, gern. Wir sehen uns noch, Schätzchen.« Er zwinkerte mir zu und verschwand mit hochgehobenem Arm, an seinem Tequila Sunrise schlürfend, zwischen den Partygästen.

»Ist ihm eine Laus über die Leber gelaufen?! Worüber habt ihr gerade gesprochen?« Shawn blickte Ryan unwirsch hinterher und nahm einen beherzten Schluck aus einem der beiden Gläser.

»Sag mal, musst du dich so volllaufen lassen, Shawn? Ein Glas hätte genügt!«

»Hey, was ist denn jetzt los? Erstens war das andere Glas für dich bestimmt und zweitens klingst du wie meine Mutter. Also, lass das bitte, klar?!«

»Ach, hör auf. Du verdirbst mir die ganze Stimmung!« Angesäuert sog ich an meinem Strohhalm und blickte auf die Tanzenden.

»Was denn? *Ich* verderbe dir den Abend? Ich vermute eher, dass Ryan irgendetwas Intelligentes gesagt hat, das dich nervt.«

»Shawn, du bist ja völlig betrunken.«

»Ach Quatsch! Ein bisschen angeheitert vielleicht. Aber wer ist das hier nicht. Sag mal, was soll dieser Moralapostel-Kram? Ich glaube, du brauchst mal wieder einen ordentlichen Fick!«

Geschockt blickte ich ihn an. Geschockt, dass er dieses Wort so laut in der Partyöffentlichkeit aussprach, geschockt, dass er diesen Gedanken hatte und geschockt, dass mein Körper darauf reagierte. »Du spinnst ja wohl völlig!«

»Ach komm, Süße, du willst es – ich weiß es! Dafür kenne ich dich zu gut.«

»Nach nur einem Monat kannst du mich nicht kennen.«

»Alles Ausflüchte«, winkte er ab und kam mir so nahe, dass

ich sein Parfum riechen konnte. Seine Lippen senkten sich auf die meinen, und sofort schob er die Zunge in meinen Mund. Mein Herz klopfte, und meine Muschi wurde feucht. Ich erwartete, dass er seinen Unterleib an mich presste, um mich spüren zu lassen, was er empfand. Doch er behielt den Abstand bei, blickte mir stattdessen in die Augen und raunte mir zu: »Komm, wir schleichen uns in eins der oberen Schlafzimmer und sehen dann weiter …« Ich wusste, dass Ryan, aus welchen Gründen auch immer, über drei Schlafräume verfügte.

»Nein, Shawn, das können wir nicht tun«, zierte ich mich. Doch je mehr ich darüber nachdachte, desto verführerischer wurde für mich die Vorstellung: es zu tun, während andere eine Party feierten und im gleichen Haus waren. Shawn schien meine Gedanken gelesen zu haben. Langsam schob er seine Hand, die auf meinem freien Rücken lag, nach unten in mein tief ausgeschnittenes, flaschengrünes Abendkleid und stoppte erst, als seine Hand auf meinem Po ruhte.

»Shawn, bitte nicht!«

»Wenn du dich noch mehr bewegst, werde ich dir dein Kleid zerreißen.«

»Alle können deine Hand durch den dünnen Stoff sehen.«

»Ach, es ist also nicht schicklich, meine Hand unter dem Stoff zu sehen, aber schicklich, deine steifen Brustwarzen zu erkennen. Hm …«

Ich musste gegen meinen Willen schmunzeln und spürte, wie sich meine Nippel bei dem Gedanken sofort noch mehr versteiften.

Shawn beugte sich zu mir hinunter und flüsterte: »Was mich an diesem Fetzen Stoff völlig verrückt macht, ist, wenn du mit den steifen Brustwarzen durch die Gegend marschierst, dann wippen deine Brüste auf und ab. Bitte, tu mir den Gefallen und geh dort zum Fenster und sieh hinaus. Komm dann mit schnellem Schritt wieder und lass mich deine Brüste sehen.«

Ich lachte: »Du spinnst ja!«

»Los, mach!«, scheuchte er mich und sagte dann liebevoll schnurrend: »Bitte!«

Ich stieß die Luft durch die Nase und ging los. Interesse vortäuschend blickte ich aus dem Shawn gegenüberliegenden Fenster, drehte mich dann um und kam schnellen Schrittes auf Shawn zu. Dieser starrte mir auf die wippenden Brüste. Ich spürte, wie der Stoff meine erigierten Nippel rieb und mich selber scharfmachte. Kaum war ich bei Shawn angelangt, fasste er nach meiner Hand und zog mich mit sich fort. Sogleich stiegen wir unbemerkt die Treppe hinauf und schlossen uns im ersten Schlafzimmer ein.

Shawn schlang die Arme um mich und bedeckte meinen Mund mit Küssen. Lange hielt er sich dort nicht auf, sondern glitt sofort hinunter zu meinen Brüsten, die er mit einem Ruck am Nackenbändchen freilegte. Der Stoff floss nach unten und landete wie ein Häufchen Nichts auf dem Boden. Nur mein String bekleidete mich noch. Eine Gänsehaut legte sich über meinen Körper. Shawns Saugen und Nuckeln an den steifen Nippeln machte mich unendlich geil, und ich verlangte nach mehr. Deswegen machte ich einen Schritt nach hinten und ließ mich aufs Bett fallen. Shawn lächelte über meine Eigeninitiative. Ruck zuck zog er sich seine Klamotten aus, schritt kurz zur Tür, lauschte und kam dann zum Bett. Bevor er sich neben mich fallen ließ, zog er mir den String aus. Erst dann versenkte er sein Gesicht in meiner Scham. Ich seufzte, als ich den warmen Atem zwischen meinen Beinen spürte. Spontan öffnete ich die Schenkel für ihn, und sofort war seine Zunge da. Sie leckte meine Spalte und stieß dann in meine Möse hinein. Ich schrie auf.

Augenblicklich sah er mich an und hielt mir den Mund zu. »Pst, Darling, nicht so laut!«

Ich nickte.

Er nahm seine Hand runter, glitt mit der Zunge wieder zwischen meine Beine und drang sofort ein. Ich riss ein Kissen zu mir heran und biss hinein. Endlich konnte ich meine Lust gedämpft hinausstöhnen. Mein Körper war so elektrisiert, dass ich nach seinem Schwanz suchte. Shawn erriet meine Gedanken und schob sich meiner Hand entgegen. Als ich ihn packte und seine Vorhaut vor- und zurückschob, war er am Stöhnen. Ich zog ein weiteres Kissen heran.

Wir grinsten über unsere Improvisation. Doch wir waren sofort wieder bei der Sache, denn unsere Körper glühten vor Lust. Shawn rückte so hoch und nahe an mich heran, dass ich seinen nach männlicher Geilheit riechenden Schwanz in den Mund nahm. Es durchfuhr meinen Körper mit noch mehr Sinneslust. Ich war so scharf, dass es mir schwerfiel zu atmen und mich im Zaum zu halten. Ich wollte endlich diesen harten Schaft in mir spüren und in die höchsten Höhen getrieben werden.

Als hätte Shawn meine Gedanken erraten, entzog er mir seinen Schwanz, um ihn mir an anderer Stelle wiederzugeben. Fast schon tierisch stieß er mir seinen harten Penis in die Möse, hielt einen Moment keuchend inne und flüsterte: »Mann, ist das geil, Baby!«

Dann stieß er wieder zu, während ich ihm mein Becken entgegenwarf und nach Befreiung fieberte. Unsere Körper klatschten aufeinander und schenkten sich gegenseitig die höchsten Wonnen der Lust.

Plötzlich zog Shawn sich aus mir zurück und kniete sich hin. Erschrocken blickte ich zu ihm hoch. »Was ist los?«

»Ich will dich lecken, Baby!« Damit versank sein Kopf wieder zwischen meinen Schamlippen, und er saugte an der vernachlässigten Klitoris. Sofort presste ich das Kissen vor meinen Mund und stöhnte hinein. Mit flatternden Bewegungen flog seine Zunge über die Lustperle und schickte Lichtblitze durch meinen Körper.

»Oh, Shawn, komm endlich zu mir und vögel' mich!«, keuchte ich.

Er lächelte mich an. Schnell war sein steifer Schwanz in mir und stieß immer wieder energisch in meine Möse.

Ich spürte ihn, nicht nur den Schwanz, sondern auch den Höhepunkt. Er nahte und drohte, mich zu überrollen. Ich hielt mich krampfhaft am Kissen fest und wollte ihn herankommen lassen, als ich einen fremden Ausruf von der Tür wahrnahm. Sofort schnellte mein Kopf hoch.

In der geöffneten Tür erkannte ich ein Pärchen der Partygäste. Entsetzt blickte ich Shawn an. Dieser hatte sich schnell von der Tür abgewandt und sah mich mit einem Blitzen in den Augen an. »Ist doch geil, Baby! Zuschauer!« ...

**Wie es weitergeht, erfahren Sie im Taschenbuch, Hörbuch oder E-Book: Trinity Taylor - »Ich will dich ganz & gar«**

*Cosmopolitan schreibt:* »Wenn Sie lieber etwas deutlicher werden möchten, versuchen Sie es doch mit den erotischen Geschichten von Trinity Taylor«

*BZ, die Zeitung in Berlin schreibt:* »**Scharfe Literatur!** Bei Trinity Taylor geht es immer sofort zur Sache, und das in den unterschiedlichsten Situationen und Varianten. Erotische Geschichten, die große Lust machen ...«

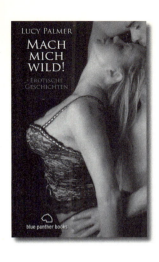

# Leseprobe:

# Lucy Palmer

# »Mach mich Wild!«

# Dienerin des Barbaren

... Also schlich sie schweren Herzens zurück zu Ragnar, der auf dem Rücken lag und scheinbar fest schlief. Eine Weile betrachtete sie im schwachen Lichtschein sein entspanntes Gesicht. Ragnars Lippen waren leicht geöffnet, ein Arm lag angewinkelt neben seinem Kopf. In Reichweite lag sein Schwert, das er überallhin mitnahm, wie Menja schon aufgefallen war. Die kunstvollen Verzierungen fesselten ihren Blick. Die Leute ihres Volks waren ebenfalls gute Handwerker, auch wenn sie sich weniger auf die Herstellung von Waffen verstanden.

Vorsichtig glitt ihr Finger über die scharfe Schneide, wobei Menja ein fürchterlicher Gedanke kam: Was würde geschehen, wenn sie die schwere Waffe in ihre Hände nähme, um Ragnar damit ...

Abermals sah sie ihn an. Er wirkte so friedlich, wenn er schlief, und äußerst attraktiv. Menja war sich sicher, dass ein guter Kern in ihm steckte. Als sie sich vorhin schlafend gestellt hatte, hätte er sie dennoch nehmen können, doch das tat er nicht. Stattdessen hatte es beinahe so ausgesehen, als wollte er sie trösten.

Immer noch ruhten ihre Finger auf dem Schwert, als plötzlich Ragnars Hand hervorschoss und ihr Handgelenk umfasste. Ohne dabei die Augen zu öffnen, murmelte er: »Komm endlich wieder ins Bett, Weib«, und zog sie zu sich auf die Felle.

Menjas Herz pochte wild. Sie legte sich wieder neben ihn, und Ragnar drückte sie an seinen warmen Körper. Wie hatte sie sich nur vorstellen können, ihn im Schlaf zu töten? Dieser Mann hatte die Instinkte eines Raubtieres! Nein, er hat ein weiches Herz, ganz bestimmt, hoffte sie. Aber Ragnar hatte keine Ahnung, wie man mit einer Frau umgehen musste. Wenn er eine gehorsame Sklavin haben wollte, so sollte er ihr auch einige Wünsche erfüllen. Menjas Zorn war noch nicht ganz verraucht. Ihr Körper sehnte sich immer noch nach Befriedigung, vor allem jetzt, da sie Ragnars männlichen Duft wieder in der Nase hatte. Sollte sie es wagen und es ihm heimzahlen?

Bei den Grasländern war es selbstverständlich, dass ein Mann eine Frau so lange verwöhnte, bis sie Erfüllung fand. Auch wenn sie hier im Waldland war und die Sklavin eines Wilden – bei den Göttern, dieses Recht würde sie dennoch einfordern!

Mutig geworden ob der schützenden Dunkelheit, die sie umgab, begann Menja sanft über Ragnars breite Brust zu streicheln. Sie rückte noch ein Stück näher an ihn heran, bis ihre Lippen seine weiche Haut berührten, um wie ein Baby an seinen Nippeln zu saugen.

Ragnar wand sich und stöhnte. »Jetzt wird geschlafen, kleine Sklavin.«

Aber Menja dachte nicht daran. Sie war hellwach. In ihrem Schoß pochte es bereits wieder, so sehr erregte es sie, diesen mächtigen Kriegerfürsten in ihrer Gewalt zu haben. Sie rutschte tiefer an seinem flachen Bauch hinab, bis ihre Nase an die Spur dunkler Haare stieß, die ihr den Weg zu seinem Geschlecht wies. Menjas Finger streichelten über die dicken Hoden, die sich sofort zusammenzogen. Auch Ragnars Männlichkeit schlief nicht länger, sie schwoll unter ihren erfahrenen Händen zu beachtlicher Größe an. Bove hatte ihr beigebracht, wie es ein Mann gerne hatte. Auch wenn sie nie mit Bove geschlafen hatte, so durfte sie durch seine Hände doch höchste Lust erfahren. Darauf wollte sie auch als Sklavin nicht verzichten!

Als sie seine dicke Eichel zwischen ihre Lippen schob, begann Ragnars Körper zu beben. Menja knetete mit ihrer Hand eine muskulöse Pobacke, streichelte mit der anderen die Stelle unter seinen Hoden und senkte ihren Mund tief auf den harten Schaft.

»Bei den Göttern, Weib!« Ragnar stöhnte lang und kehlig, worauf Menjas Brustspitzen hart wurden. Wie gerne hätte sie sich jetzt selbst Erleichterung verschafft, doch sie konzentrierte sich ganz auf Ragnars Geschlecht, aus dessen Mitte bereits die Vorboten der Lust quollen. Menja wusste, dass er kurz davor war, seinen Samen in sie zu spritzen. Sie reizte ihn noch weiter, bis er abgehackt atmete und mit den Hüften pumpte, und dann ... hörte sie einfach auf.

Menja kroch unter der Decke hervor und blieb mit geschlossenen Augen neben Ragnar liegen. Dabei rauschte ihr das Blut wie ein tosender Wasserfall in den Ohren. Wie würde er reagieren?

»Was soll das? Du warst noch nicht fertig!«, knurrte es durch die Dunkelheit.

»Doch, war ich.« Menja gähnte absichtlich laut und streckte sich, bevor sie Ragnar den Rücken zukehrte. »Gute Nacht.«

Sofort packte seine Hand ihre Schulter und wirbelte sie herum. »Was treibst du mit mir für Spielchen?«

So, der Herr war also wütend. Sehr gut! Das war sie auch. Menja stützte sich auf die Ellbogen und blickte ihn so finster an, wie sie es vermochte. Im schwachen Lichtschein sah sie, dass er sehr erzürnt war, ja, er litt anscheinend Schmerzen. »Jetzt wisst Ihr, wie ich mich zuvor gefühlt habe, Herr«, schleuderte sie ihm entgegen. »Vielleicht bin ich in diesen Dingen ebenso ungeschickt wie Ihr, also lasst mich einfach, ich kann es nicht besser.« Sie schüttelte seine Hand ab und drehte sich wieder um.

»Ich soll ungeschickt sein?«, drang es bedrohlich an ihr Ohr. Ragnar hatte sich über sie gebeugt und hielt sie mit einer Hand am Nacken fest.

Oh je, er war aber richtig wütend! »Na ja, anscheinend wisst Ihr nicht, wie man eine Frau richtig befriedigt«, sagte sie leise, doch sofort bereute sie ihre Worte.

»WAS?!« Ragnar brüllte so laut, dass Menja glaubte, er habe das halbe Dorf aufgeweckt. »Meine Liebeskünste sind bis weit über die Grenzen meines Landes bekannt!«, polterte er.

»Das«, sagte sie spöttisch, »kann ja jeder von sich behaupten, mein Fürst.« Bei den Göttern, war dieser Mann von sich überzeugt!

»So, du brauchst also Beweise, kleine Sklavin?«, funkelte er plötzlich gefährlich leise. »Die kannst du haben.« Ungestüm riss er die Decken von ihrem Körper, sodass sie in hohem Bogen durch die Luft wirbelten, und blickte Menja mit fiebrigen Augen an. Ragnar kniete über ihr, sein Geschlecht stand dabei wie ein Speer von seinem Körper ab.

Menjas Herz überschlug sich beinahe, als er ihre Beine fasste, um sie weit auseinanderzuziehen. »Ich werde dir so viel Lust bescheren, dass du mich anflehen wirst, aufzuhören, bevor du zerspringst!«

Mit gespreizten Schenkeln lag sie vor ihm, sodass er ihre Lust riechen musste, die bereits zwischen ihre Pobacken sickerte. Ihr Körper sehnte sich so sehr nach Erlösung, dass es beinahe schmerzte. Ragnar kam höher und senkte sein Haupt direkt auf ihre Spalte. Menja war auf diesen direkten Angriff nicht vorbereitet gewesen. Sie versuchte, seinen Kopf wegzudrücken, aber Ragnar bewegte sich nicht von der Stelle. Mit flinken Zungenschlägen glitt er über ihre Knospe und zog mit den Daumen ihre Falten noch weiter auseinander, bis ihr empfindlichster Punkt völlig entblößt war.

Da Ragnar zwischen ihren Beinen lag, konnte Menja ihre Schenkel nicht schließen. Ragnar war wie ein Fels: unnachgiebig und ausdauernd. Er leckte sie hart, bis sich ihr Unterleib zusammenzog. Menja war erstaunt, wie schnell sich ihr Körper unter der Ekstase ergab. Ihr Kitzler pochte gegen seine Zunge, ihr Herz raste, und als Ragnar einen Finger in sie schob, brach die Welle über ihr zusammen.

Selig lächelnd lag sie unter ihm und wollte Ragnar gerade für seine Großzügigkeit danken, als er ihre Brüste in die Hände nahm und die Knospen zwirbelte. »Das war erst das Vorspiel, meine Hübsche.«

Menja sah ihn erschrocken an, aber da presste er wieder den Mund auf ihren Kitzler. Der war nach dem Höhepunkt noch empfindlich und wund, und es schmerzte sogar leicht, als Ragnar ihn fest zwischen die Lippen nahm, aber bald verschwand das unangenehme Gefühl.

Ragnar massierte ihren Lustpunkt nun mit den Händen, während zwei Finger in sie hineinfuhren, um sie auszutasten. Er weitete ihren Eingang und dehnte ihn, sodass Menja schon bald ein neuer Schauder durchfuhr, so süß war der Lustschmerz, den dieser Barbar ihr bereitete. Seine rauen Kriegerhände rieben angenehm über ihr empfindliches Fleisch, das immer noch weit offen vor ihm lag.

Menja spähte zwischen ihre Beine. Ragnar betrachtete ihr

hochrotes Geschlecht mit solch einem heißen Blick, dass sie ihren Barbaren jetzt gerne geküsst hätte. Wie sehr sie sich danach sehnte, von ihm geliebt zu werden!

»Jetzt werde ich meiner unfolgsamen Sklavin zeigen, dass sie mich nie wieder unbefriedigt lassen darf.«

Menja hielt den Atem an. Sie sah, wie Ragnar mit der flachen Hand ausholte und auf ihre weit gespreizte Spalte schlug. Sie ließ einen Schrei los, als seine Finger auf ihre geschwollenen Schamlippen klatschten, aber mehr aus Angst vor dem Schmerz, der kommen würde. Ein Stich durchfuhr ihre Perle, der so bittersüß war, dass vor Menjas Augen Sternchen tanzten. Ragnars Schlag war nicht so fest gewesen, dass er ernsthaft wehgetan hatte, denn ihr Kitzler pochte daraufhin umso mehr und ihre Schamlippen schwollen weiter an. Abermals holte Ragnar aus, platzierte kleine, gekonnte Schläge auf ihr Geschlecht und trieb sie somit einem Höhepunkt entgegen, wie sie noch nie einen erlebt hatte. Ihre Beine zuckten unkontrolliert und wollten sich schließen, aber Ragnar drückte sie mit seinen Knien weit auseinander.

»Jetzt darfst du kommen, kleine Sklavin«, stieß er heiser hervor. »Komm gegen meine Hand, ich will es fühlen.«

Seine Worte gaben ihr den Rest. Alles in ihrem Unterleib verkrampfte sich rhythmisch. Ragnar schob schnell einen Finger in sie, um den sich ihre Scheide schloss und ihn in ihrem Griff hielt. Ragnar intensivierte seine Schläge noch, bis die angestaute Lust schreiend aus Menja herausbrach. Ihr Kitzler glühte und pulsierte gegen seine Finger, die noch immer auf den empfindlichen Knopf schnellten, bis Menjas Körper erschlaffte. Schwer atmend und verschwitzt schloss sie die Augen.

»Na, hast du schon genug?«, raunte er.

Ja, jetzt hatte sie genug. Da kam ihr in den Sinn, dass

Ragnar noch keine Befriedigung gefunden hatte. Sein hartes Geschlecht drückte gegen ihr Bein. Menja öffnete erschrocken die Lider. Sie wusste nicht, ob sie noch mehr ertragen konnte.

Ragnar kroch über sie. Seinen schweren Körper stützte er rechts und links mit den Ellbogen ab, wobei er sie aus dunklen Augen lüstern ansah. ...

Wie es weitergeht, erfahren Sie im Taschenbuch, Hörbuch oder E-Book: »**Lucy Palmer - Mach mich wild!**«

# Trinity Taylor - Ich will dich noch mehr

Trinity Taylors erotische Geschichten berühren erneut alle Sinne:

Während einer TV-Produktion im Fahrstuhl,
mit dem Ex auf der Massageliege,
mit Gangstern undercover im Lagerhaus
oder im Pferdestall mit dem »Stallburschen« ...

Spannend und lustvoll knistern die neuen Storys voller Erotik und Leidenschaft. Sie fesseln den Leser von der ersten bis zur letzten Minute!

# Trinity Taylor - Ich will dich ganz

*Empfohlen von: BZ, die Zeitung in Berlin*

Trinity Taylor entführt den Leser in Geschichten voller
lasterhafter Fantasien & ungezügelter Erotik:

Im Theater eines Kreuzfahrtschiffes, auf einer einsamen Insel mit
einem Piraten, mit der Freundin in der Schwimmbad-Dusche
oder mit zwei Männern im Baseballstadion ...

Trinity überschreitet so manches Tabu und schreibt
über ihre intimsten Gedanken.

# Lucy Palmer - Mach mich scharf!

Begeben Sie sich auf eine sinnliche Reise voller erotischer
Begegnungen, sexuellem Verlangen und ungeahnter Sehnsüchte ...

Ob mit dem Chef im SM-Studio,
heimlich mit einem Vampir,
mit Studenten auf der Dachterrasse,
oder unbewusst mit einem Dämon ...

„Lucy Palmer schreibt einfach super erotische, romantische und lustvolle Geschichten, die sehr viel Lust auf mehr machen."
Trinity Taylor

# inity Taylor - Ich will dich ganz & gar

Lassen Sie sich von der Wollust mitreißen, und fühlen Sie das Verlangen der neuen erotischen Geschichten:

Gefesselt auf dem Rücksitz,
auf der Party im Hinterzimmer,
»ferngesteuert« vom neuen Kollegen
oder in der Kunstausstellung ...

»Scharfe Literatur! - Bei Trinity Taylor geht es immer sofort zur Sache, und das in den unterschiedlichsten Situationen und Varianten.«
BZ, die Zeitung in Berlin

# Anna Lynn - FeuchtOasen

Trinity Taylor, Autorin der »Ich will dich ...«-Serie, sagt:
»Das ist der neue SexSeller: Erholen Sie sich von ›Feuchtgebieten‹,
›Fleckenteufeln‹ und ›Trockensümpfen‹ in den wirklich erotischen
und frivolen ›Feuchtoasen‹, und erleben Sie einen neuen Frühling. Sie
werden in eine Welt voller Wollust und Sünde gerissen, in der nur noch
die Fantasie die Oberhand behält ...«